太陽召喚

1

影與骨

SHADOW AND BONE

Leigh Bardugo

莉・巴度格——著　林零——譯

太陽召喚　書評推薦

「極度迷人。」

——《衛報》（*The Guardian*）

「令人著迷……巴度格的設定有趣又多樣，讓人不禁起雞皮疙瘩。這就是奇幻小說存在的意義。」

——《紐約時報》（*The New York Times*）

「這世界真實到讓人覺得它該有自己的護照戳章。」

——NPR書評網站

「奇幻傑作。」

——《哈芬登郵報》（*The Huffington Post*）

「背景設定迷人、充滿獨特的細節，我從來沒讀過像《太陽召喚》這樣的作品。」

——《分歧者》系列暢銷作家　薇若妮卡・羅斯（Veronica Roth）

「豐富的描述、迷人的魔法，還有大量的轉折，這場讓人難忘的冒險提供了讀者動作與陰謀，底下更有著浪漫與危險的暗流。」

——《出版人週刊》（*Publishers Weekly*）

「充滿讓人信服的轉折、美麗的景色，還有一位你絕對會想支持的主角。對喜愛喬治・馬汀與托爾金的年輕讀者來說，會是個很棒的選擇。」

——RT Book Review網站

「一個讓人陶醉的奇幻、浪漫、冒險混合體。」

——《波西・傑克森》系列暢銷作家　雷克・萊爾頓（Rick Riordan）

「每當讀者們以為故事被寫進死局時，巴度格會寫出一個令人驚艷的轉折，讓讀者們忍不住瘋狂翻頁。」

——《科克斯書評》（*Kirkus Reviews*）

「動作感十足，心碎的結局會讓年輕讀者們在最後一幕屏息。」

——《學校圖書館學報》（*School Library Journal*）

地圖插畫　黃靄琳

Fjerda
斐優達
Djerholm
第爾霍姆
Permafrost
永凍區
Chernast
切納斯特
Tsibeya
茲貝亞
Unsea
異海
Petrazoi
佩塔索
Ryevost
雷沃斯特
Ravka
拉夫卡
Novokribirsk
新奎比爾斯克
Os Kervo
歐斯科佛
Kribirsk
奎比爾斯克
The Vy
汝道
Balakirev
巴拉基列夫
Os Alta
歐斯奧塔
True Sea
真理之海
Poliznaya
波利茲那亞
Sikurzoi
斯庫左山脈
Shu Han
蜀邯

太陽召喚 ❶ 影與骨

目次

獻給祖父：
說點謊給我聽。

之前

他的僕人稱他們爲*malenchki*，亦即小鬼魂。因爲他們個子和年紀都最小，也因他們一如咯咯笑著的幽魂在公爵家中出沒，在那些房間衝進衝出，躲在櫥櫃裡偷聽人說話，溜進廚房摸走夏日最後的桃子。

男孩和女孩來到此處相差不出幾週，只是又多了兩個因邊境戰爭造成的孤兒，從遠方小鎮的瓦礫堆中被揀出來、臉髒兮兮的難民，被帶到公爵莊園，學習讀寫和一技之長。男孩矮壯結實，害羞但臉上總掛著微笑；而女孩與大家都不同，這件事她自己也知道。

她縮在廚房櫥櫃裡聽大人講閒言碎語，聽見公爵的管家阿娜．庫亞說，「她是個小醜八怪，小孩怎會長成那樣。那麼蒼白，脾氣又壞，像杯壞掉的牛奶。」

「而且瘦得要命！」廚子回答。「每次都不吃完晚餐。」

男孩蜷在女孩身旁，轉頭對著她小小聲地說：「妳爲什麼不吃？」

「因爲她煮的每樣東西吃起來都像泥巴。」

「我覺得還行。」

「你什麼都能吃。」

他們又將耳朵貼回櫥櫃門上的縫隙。

一會兒後，男孩悄聲說。「我不覺得妳醜。」

「噓！」女孩斷著聲音，卻在櫥櫃深暗的陰影中露出了微笑。

□

夏天，他們忍耐長時間的雜務，接著甚至得在窒悶的教室中上更久的課。當熱浪衝到最高峰，他們會逃進森林尋找鳥窩，或在混濁的小溪中游泳，或在他們的草地躺上好幾個小時，看太陽慢慢從頭上經過、認真思考兩人將在哪兒建造屬於他們的牧場，以及到底會有兩隻，還是三隻白色母牛。冬天，公爵會前往位於歐斯奧塔城裡的宅邸。而當白日變得越來越短、越來越冷，那些老師會漸漸怠忽職守，更喜歡坐在火旁玩牌或喝科瓦斯酒。大孩子若感到無聊、有被困在屋內的感覺，就會比平時更常出手打人。所以男孩和女孩躲進莊園中廢棄不用的房間，演戲給老鼠看，並努力保持暖和。

格里沙檢驗官來的那天，男孩和女孩正在樓上某間滿是灰塵的臥室，棲在窗台，希望能偷看到郵車一眼。然而，他們卻看到一輛由三匹黑馬拉的橇車，通過白石大門朝莊園駛來。他們看著它在雪上無聲無息地朝公爵的前門逼近。

三道身著優雅毛皮帽及厚重羊毛柯夫塔的身影出現：一人是猩紅色，一人是最深沉的藍，另一人則是鮮明的紫色。

「格里沙！」女孩低聲說。

「快點！」男孩說。

他們立刻甩掉鞋子，安靜跑下門廳，溜過空蕩蕩的音樂室，衝到樓座一根柱子後面。這兒能夠俯瞰阿娜．庫亞最愛用來接待客人的客廳。

阿娜．庫亞已經在那裡了。她穿著黑色禮服，像隻鳥兒一般。她從銅茶壺倒出茶來，大大的鑰匙圈在腰間叮噹響。

「所以今年只有這兩個？」低沉的女聲問。

他們從露台扶手之間偷看底下。火旁坐著兩名格里沙，一個是身穿藍色的俊美男子，一個是有著一頭桀驁不馴秀髮的紅袍女人；第三人是個年輕的金髮男子，他在房中從容漫步，伸展雙腿。

「是的，」阿娜．庫亞說。「一個男孩、一個女孩，比這裡的孩子都小很多，我們猜兩人大概八歲。」

「你們猜？」藍衣男子問。

「他們父母過世時……」

「我們懂的，」女人說：「當然，我們十分敬佩你們的機構，眞希望有更多貴族階層能關心一下普通人。」

「我們的公爵十分了不起。」阿娜・庫亞說道。

露台上，男孩和女孩一派睿智地相互頷首。他們的恩人卡拉索夫公爵是名聞天下的戰爭英雄，也是人民的好朋友。當他從前線歸來，便改建自己的莊園，成爲孤兒院及因戰爭守寡的婦女住所。這些女人只需夜夜爲他祈福即可。

「那，他們兩個是怎樣的孩子？」女人問。

「女孩有點畫圖天分，男孩在草原和森林中最悠然自得。」

「但是他們到底是怎樣的孩子？」女人重複道。

阿娜・庫亞噘起乾巴巴的嘴唇。「妳想知道他們是怎樣的孩子嗎——沒紀律又難教，成天黏在一起。他們——」

「他們正聽著我們說的每一個字。」年輕的紫衣男人說。

男孩和女孩嚇得跳了起來。他正直勾勾地望著他們躲的地方，兩人立刻縮到柱子後面，可是已經太遲了。

阿娜・庫亞的聲音像鞭子一樣掃了過來。「阿利娜・史塔科夫！瑪爾延・奧列捷夫！立刻下來這裡！」

阿利娜和瑪爾心不甘情不願地從樓座盡頭的細窄螺旋梯走下來。當他們走到最下方，紅衣女子從椅子起身，示意他們上前。

「你們知道我們是誰嗎？」女人問道。她的頭髮是鐵灰色，臉上雖有皺紋，但仍十分美麗。

「你們是女巫！」瑪爾衝口而出。

「女巫？」她不禁咆哮，朝著阿娜・庫亞一個轉身。「你們在這學校就是教這些東西嗎？迷信，還有謊言？」

阿娜・庫亞難堪地漲紅了臉。紅衣女子又朝瑪爾和阿利娜轉回頭，深色雙目熊熊燃燒。「我們不是女巫，是微物魔法的實踐者，我們保護這個國家、這個王國的安全。」

「就和第一軍團一樣。」阿娜・庫亞靜靜說道，毫無疑問，語調有些尖銳。

紅衣女子僵住，但過了一會兒，她退讓了。「就和國王的軍團一樣。」

紫色衣服的年輕男子露出微笑，在孩子面前跪下來溫柔地說。「葉子改變顏色時，你會說那是魔法嗎？當你割到手、傷口痊癒的時候呢？還有，當你在爐子上放一壺水，水燒滾了，那算魔法嗎？」

瑪爾搖頭，睜大了眼睛。

但是阿利娜皺著眉說，「誰都可以把水燒滾。」

阿娜・庫亞惱火地嘆了口氣，紅衣女子卻笑了。

「妳說得沒錯，誰都能把水燒滾，但不是誰都能駕馭微物魔法。就是因爲這樣，我們才來測試你們。」她轉向阿娜．庫亞。「讓我們獨處一下。」

「等等！」瑪爾喊道。「如果我們是格里沙，那會怎樣？我們會怎樣？」

紅衣女子低頭看著他們。「如果有那麼一點可能，你們之中有格里沙，那麼，那個幸運的孩子會去特別的學校，格里沙會在那兒學習怎麼使用天賦。」

「你會有最精緻的衣服、最高級的食物，想要什麼都能得到，」紫衣男子說：「喜歡這樣嗎？」

「這是侍奉國王最棒的方式。」仍在門邊徘徊著的阿娜．庫亞說。

「千眞萬確。」紅衣女子說，十分樂意，也很願意握手言和。

男孩和女孩看看彼此，然後——因爲大人都沒有很注意，便沒有見到女孩伸手緊緊抓住男孩的手，也沒見到兩人之間交換的眼神。如果是公爵，一定認得出來。他在荒蕪的北方邊境待了很多年，那兒的村子經常受到災禍侵襲，而那些農民往往不會倚靠國王或其他人的幫助，而是獨自戰鬥。他曾見過一名女子，雖赤著腳，卻堅定無畏地站在家門口，英勇面對整排的刺刀。當人除了手中一顆石頭外再無其他事物能保衛家園，他深知這種人會露出什麼眼神。

第一章

我站在擁擠道路的邊緣，眺望士拉谷的起伏原野及荒廢農場，並第一次見到影淵。我所屬的軍團已經離開波利茲那亞的軍營兩週。頭頂上的秋陽暖烘烘的，但當我瞄到地平線上彷彿污漬般盤據在那兒的薄霧，即便身上穿著外套，仍不禁顫抖。

一副厚實的肩膀從後方撞到我，我踉蹌一下，差點面朝地一頭栽倒在泥濘路上。

「嘿！」那士兵喊道。「小心點！」

「你這傢伙才要小心點咧！」我回嘴，並因爲那張寬臉浮現的訝異神情而得到些許滿足。一般人，尤其是揹大槍的大個子，通常沒想過會被我這種乾巴巴的傢伙搶白。因此一旦被回嘴，往往陷入茫然。

那名士兵很快從這個新奇體驗回過神，一面調整著背上的背包，一面惡狠狠地瞪我，然後便竄進從山丘頂端綿延到下方山谷那由馬匹、人群、二輪車和運貨馬車組成的隊列中。

我加快腳步，努力在人群中搜尋。我已經好幾小時沒看到測量師二輪車上的黃旗，很清楚自己已遠遠落後。

我邊走邊感受秋日樹木的金綠氣息與身後微風。我們正在汝道上，這是一條寬廣大道，曾由歐斯奧塔一路通往拉夫卡西岸幾座富饒的港口城市。不過這都是影淵出現以前的事了。

人群中某處傳來歌聲。*歌聲?是哪個白痴在進入影淵的路上唱歌?*我又瞥了地平線上那塊污漬一眼，拚命壓下顫意。我曾在許多地圖上看過影淵，那是一道黑色長縫，將拉夫卡與其僅有的海岸線分開，讓拉夫卡成爲內陸國家。有時它看起來像污漬，有時又像蒼涼且無固定形狀的雲霧。也有些地圖只將影淵畫成一座既長又細的湖，並使用它的別名「異海」標記。彷彿想用這個名字讓士兵和商人放輕鬆些，鼓勵大家去跨越。

我嗤之以鼻。這也許能唬到一些腦滿腸肥的商人，不過對我沒什麼安撫作用。

我強迫自己將注意力從盤旋於遠方的邪惡大霧移開，去看土拉谷那些遭受摧殘的農場。這片山谷曾是拉夫卡一些鉅富莊園的所在處。上一刻還是有農夫耕種作物、羊群在碧綠草原吃草的地方；下一刻便有一道暗黑裂痕出現在大地上。隨著時間流逝，這道幾乎無法穿越、既長又寬的暗影變得越來越大，其中還有各種恐怖事物出沒。農夫去哪裡了，他們的牲畜和作物、他們的家和家人去哪裡了?沒人曉得。

好了，我毅然決然對自己說，*妳只是讓情況變得更糟而已。這麼多年來一堆人都在跨越影淵……雖然通常有大量傷亡，但總之……*我深呼吸一口氣，穩定心情。

「半路上可不准昏倒啊。」有人貼在我耳邊說，同時一隻粗壯手臂攬住我的肩膀，捏了我一下。我抬起頭，看見瑪爾熟悉的臉龐，他來我身邊與我同行，明亮的藍眼中帶著笑意。「喔拜託，」他說：「就是先左腳再右腳，妳不是會嗎？」

「你影響到我的計畫了。」

「是這樣嗎？」

「是。我要昏倒，被人踩過，渾身重傷。」

「這計畫聽起來挺不賴的。」

「啊，不過要是我嚴重殘廢，就沒辦法橫越影淵了。」

瑪爾緩緩點頭。「我懂了。我可以把妳推到二輪車底下──如果這能有點幫助。」

「我會考慮。」我咕噥著，不過無論如何還是覺得心情好了起來。儘管我努力抗拒，瑪爾仍深深影響著我──而且我不孤單。有個漂亮的金髮女孩悠悠走過，揮了揮手，回頭輕佻地拋給瑪爾一記媚眼。

「嘿，露比，」他喊，「等會兒見？」

露比咯咯笑，小跳步遁入人群。瑪爾咧開嘴，露出大大的笑容，直到發現我在翻白眼。

「怎樣？我以爲妳喜歡露比。」

「非常碰巧，其實我們沒什麼共同話題。」我語氣乾澀的。其實我本來確實喜歡露比──一開始的時候。當瑪爾和我離開卡拉錫的孤兒院來到波利茲那亞接受從軍訓練，我對於認識新朋友一直很緊張，可是那些女孩似乎樂於和我交朋友，露比就是最積極的人之一。不過這友誼存活的時間有限，大概就到我終於發現，她們對我唯一的興趣其實是因為我和瑪爾很親近。

而今，我看著他大大伸展雙臂，抬臉望著秋日天空，一副心滿意足的模樣，就連走起路都有些小跳步，好噁。

「你到底是怎麼回事？」我壓低音量火大地說。

「沒有啊，」他驚訝地說，「我狀態超好。」

「你怎麼有辦法這麼……樂不可支？」

「樂不可支？我以前沒有樂不可支，希望以後也不要樂不可支。」

「那你這是怎樣？」我對他揮著手。「你看起來活像要去吃豪華晚餐，而不是可能會掛掉或被分屍。」

瑪爾笑了出來。「妳擔心太多了。國王派了一整團格里沙火焰手負責輕艇，甚至還有幾個嚇死人的破心者。我們也有步槍，」他拍拍背後的那玩意兒。「會沒事的。」

「要是遇上猛烈攻勢，步槍恐怕不會起作用。」

瑪爾困惑地看我一眼。「妳最近是怎麼回事？脾氣比以前更壞，而且狀態有夠糟。」

「眞是謝了，」我抱怨道：「我最近沒睡好。」

「沒有別的新聞嗎？」

他說得沒錯，我從來就睡不好，可是這幾天越來越嚴重了。諸聖在上，我這麼怕進影淵的原因既合理又充分，而且我們這幾個倒了八輩子楣被選中橫越影淵的軍團成員都這麼想。可是除此之外，還有些別的，那是股我難以言明、令人深感不安的感覺。

我瞥了瞥瑪爾；曾有段時間我什麼都能對他說的。「我只是……有個感覺。」

「別再擔心一堆了啦，搞不好他們會把米凱放在輕艇上，這樣有翼鷹人只要看那傢伙又肥又油的肚子一眼，就不會來煩我們了。」

我不自覺想起一個回憶：瑪爾和我肩並肩坐在公爵圖書館椅子上，翻著一本巨大皮革裝幀書的內頁。我們正好翻到一張有翼鷹人的圖畫：骯髒的長爪、皮革般的翅膀，以及為了飽食人肉而長出的一排排剃刀般尖利的牙齒。由於牠們生活在影淵中，並在裡頭狩獵，有翼鷹人世世代代眼盲。可是傳說牠們從幾哩外就能聞到人血的氣味。那時我指著書頁問道：「牠抓的是什麼？」

即便此時，我都能聽見瑪爾在耳邊細聲說：「我想——我想那是一隻腳。」然後我們啪地把書闔上，一邊尖叫一邊跑到有陽光又安全的地方……

我無意識停下了腳步，僵在原地，無法將那記憶從腦中甩開。當瑪爾發現我沒跟上，困擾地嘆了一口大氣，回頭大步朝我走來，雙手擱在我肩上，稍微晃了我一下。

「我開玩笑的，米凱不會被吃掉。」

「知道啦，」我低頭注視著靴子。「你好好笑喔。」

「阿利娜，拜託，我們會沒事的。」

「你最好是能預測啦。」

「看著我，」於是我逼自己抬眼與他對望。「我知道妳很害怕，我也一樣。但是我們無論如何都要去，而且會平安無事。我們一直都是這樣，好嗎？」他露出微笑，而我的心臟在胸中發出了非常大的一聲咚。

我用拇指去抹那道橫在右手掌心的疤，顫抖地吸了一口氣。「好。」我回得不太情願，卻清楚感到自己回以微笑。

「夫人終於打起精神了！」瑪爾喊道，「太陽終於能再次閃耀！」

「你可以閉嘴嗎？」

我轉身揍他一拳，但是還來不及打到，他就一把抓住我、將我抬起離地。馬蹄外加吶喊的喧鬧聲劃破空氣。瑪爾使勁將我一把拉到路邊，同時間，一輛巨大的黑色四輪馬車呼嘯而過，驅散前方人群，眾人紛紛爲了閃開四匹黑馬重重踏下的馬蹄而走避。在揮鞭的車夫身旁，坐著兩名身穿炭灰外套的士兵。

闇之手。無論是黑色馬車或私人護衛的制服，就是他沒錯。

接著來了另一輛馬車。這輛塗上紅漆，以更從容不迫的步調轆轆經過我們身邊。

我抬頭看著瑪爾，因爲剛才的千鈞一髮心臟狂跳。「謝謝。」我小聲說。瑪爾彷彿突然意識到自己還緊抱著我，趕緊放開、退後。我把外套上的塵土揮掉，希望他不會注意到我臉上的紅暈。

第三輛馬車駛過，這輛塗成藍色，有個女孩從窗戶傾身探出。她有一頭黑鬈髮，戴著銀狐帽子。女孩掃視圍觀群眾，眼神停留在瑪爾身上——意料之中。

妳只是在旁邊傻傻地單戀人家，我責罵自己，為什麼其他漂亮格里沙就不可以？

當她對上瑪爾的眼神，便揚起嘴角，露出微笑，持續回眸望著他，直到馬車離開視線範圍。瑪爾在後頭一聲不吭，瞪凸了眼睛，嘴巴微微張開。

「趁蒼蠅飛進去前快把嘴巴閉起來吧。」我不禁火大起來。

瑪爾眨眨眼，仍一臉暈呼呼的模樣。

「你看到了嗎？」一個聲音喊道。我轉過身，見到米凱朝我們大步跑來，臉上掛著簡直稱得上滑稽的敬畏神情。他是紅髮的大個子，有張大臉和更粗的脖子。在他身後急忙跟上來的道伯夫則瘦得像蘆葦，有深色的皮膚。他們都是瑪爾小隊的追蹤師，老是跟前跟後的。

「我當然看到了，」瑪爾說，一臉呆樣瞬間蒸發，換上驕傲的燦笑。我翻了翻白眼。

「她直接看了你欸！」米凱喊道，往瑪爾的背一拍。

瑪爾稀鬆平常地聳了個肩，但笑容更加燦爛。「確實是。」他沾沾自喜地說。

道伯夫緊張地扭來扭去。「他們說格里沙女生會對人下咒。」

我嗤之以鼻。

米凱看著我，好像先前完全沒注意到我在這裡似的。「嘿，瘦竹竿。」他猛戳我的手臂一下。我因爲聽到這個綽號沉下了臉，但他已轉回去看瑪爾了。「你知道她也會待在營裡吧。」他色迷迷地擠眉弄眼。

「我聽說格里沙的帳篷大得和教堂一樣。」道伯夫補充。

「有不少很棒的陰暗角落。」米凱還真的動了動眉毛。

瑪爾歡呼一聲。這三個傢伙連多看我一眼都懶，直接大步走掉，邊喊邊互相推來推去。

「眞是很高興見到你們喔。」我壓低音量咕噥道，重新調整橫揹著的小包揹帶，開始走回路上，加入下山前往奎比爾斯克的最後一批掉隊者。我懶得趕路了，反正等我走到文書帳篷一定會被狂罵，但是此時此刻我對此也束手無策。

我揉揉手臂上剛剛被米凱打的地方，**瘦竹竿**，我好恨這個綽號。**你喝科瓦斯酒喝到醉醺醺、在跳動的篝火旁想亂摸我的時候可沒叫我瘦竹竿，你這可悲的大塊頭**，我恨恨地想。

奎比爾斯克沒有什麼可看的。根據資深製圖師的說法，在影淵出現以前，這裡也不是多熱鬧的市集鎮，頂多有個灰撲撲的主要廣場，以及一間給汝道疲憊旅人住的旅店。但是現在，這兒成了某種東拼西湊的港口城市，圍著一座永久軍營和旱地碼頭逐漸成長起來。沙上輕艇可以等在碼頭，運送乘客穿越這片暗影、前往西拉夫卡。我經過小酒館、酒店，以及我十分確定主要爲了服侍國王軍團的妓院。這兒有些店家出售步槍和十字弓，或販賣油燈和火把，總之都是通過影淵必要的設備。小教堂的四壁塗白、洋蔥圓頂散發光芒，修繕完好得令人不禁訝異。**但可能也沒什麼**

好訝異，我思忖著。但凡打算踏上橫越影淵的旅程，如果有點腦子，一定會在這裡停下來祈禱。

我找到了測量師被分配到的住宿，把背包放在行軍床上，急急忙忙就往文書帳篷跑。讓我鬆一口氣的是資深製圖師不見人影，我可以不被人發現地溜進去。

進了白色帆布帳後，我覺得打從看見影淵至今，是第一次放鬆心情。文書帳篷和我在任何軍營見過的並無二致，光線明亮，還有一排排讓繪師和測量師俯身工作的製圖桌。經歷旅程中諸多嘈雜和推擠後，紙張沙沙聲、墨水氣味及筆尖筆刷輕柔的刮寫聲，莫名令人寬慰。

我從外套口袋拿出素描本來，溜到阿列克謝旁的工作椅坐下。他煩躁地轉向我，小聲問道：

「妳跑哪裡去了？」

「差點被闇之手的馬車輾死。」我回答，抓了張乾淨的紙，翻遍素描本，努力想找張適合的圖複製畫上。阿列克謝和我都是很菜的製圖師助手。而作爲訓練的一部分，每天結束前都得上繳兩張完成的素描或透視圖。

阿列克謝狠狠倒抽一口氣。「眞的假的？妳眞的看到他了？」

「其實呢，爲了不要掛掉，我有點忙。」

「如果妳想死，還有更慘的死法。」他瞥到一眼我正要開始原圖照搬的岩谷素描。「呃，別用那個。」他將素描本翻到一張山脊的仰角，用手指點了點。「這個。」

當資深製圖師進入帳篷，風一般地在走道走來走去、檢查我們的作品，我的筆險些來不及碰到紙。

「我希望妳是要開始畫第二幅素描，阿利娜．史塔科夫。」

「我是，」我撒謊，「是這樣沒錯。」

製圖師一繼續前進，阿列克謝就小聲地說：「跟我說說馬車的事。」

「我得把素描畫完。」

「來。」他惱火地說，將一張素描偷塞給我。

「他會知道是你畫的。」

「這張沒那麼好，應該可以冒充成妳的沒問題。」

「很好，這才是我最願意不斤斤計較也最熟悉的阿列克謝。」我咕噥道，但沒把素描還回去。阿列克謝是最有天賦的助手之一，他自己也知道。

阿列克謝從我這裡逼問出那三輛格里沙馬車的每一個細節。由於我也很感激那張素描，所以一邊努力完成山脊仰角圖，拿拇指測量著幾座最高的山峰，同時盡全力滿足他的好奇心。

等到我們畫完，黃昏已然降臨。我們交出作品，走向伙食帳篷，站在那裡排隊領取渾身汗的廚子用杓子舀出的爛糊燉菜，並到其他測量師那兒找位子。

我靜靜用完餐，聽阿列克謝和其他人交換營中八卦，或談論對明日跨越影淵的緊張。阿列克謝堅持要我重講格里沙馬車的事，這番談話一如往常引發混雜著迷和恐懼的反應。只要提到闇之手，總是這樣。

「他違反自然，」伊芙表示。她是另一個助手，綠眼雖美，仍無法讓大家不去注意她的豬鼻子。「他們都違反自然。」

阿列克謝用鼻子嗤了一聲。「伊芙，拜託別拿妳的迷信來煩我們。」

「影淵的始作俑者就是闇之手。」

「那是幾百年前了！」阿列克謝出言反駁。「而且那個闇之手完全是瘋子。」

「這個也一樣壞。」

「鄉下人啦。」阿列克謝一個揮手將她打發。伊芙憤憤不平地瞪他一眼，然後刻意轉向另一邊，和她朋友講話。

我閉緊了嘴。儘管伊芙那麼迷信，我卻比她還要鄉下人。我只是靠著公爵的善舉才懂讀寫，然而在瑪爾和我無聲的默契中，我們都避談卡拉錫。

說人人到，一陣喧鬧的笑聲爆開，讓我從沉思中醒來。我轉頭一看，發現瑪爾在鬧哄哄的追蹤師那桌被團團圍住。

阿列克謝隨著我的視線看。「你們到底怎麼交上朋友的啊？」

「我們一起長大。」

「你們看起來沒什麼共通點。」

我聳聳肩。「我猜小的時候比較容易有共通點吧。」例如寂寞，例如應該放下的父母回憶，還有逃避雜務跑去我們的草地玩鬼抓人有多開心。

阿列克謝那臉懷疑實在太誇張，弄得我忍不住笑出來。「他不是一出生就是天才瑪爾的；不是老練的追蹤師，也不是能誘惑格里沙女孩的人。」

阿列克謝的下巴簡直快掉了。「他誘惑了格里沙女孩？」

「沒有，但我覺得他以後一定會。」我嘟囔著說。

「所以他以前到底是怎麼樣的？」

「矮矮、胖胖的，怕洗澡。」我說，語氣有些滿足。

阿列克謝瞥了瑪爾一眼。「我想人終歸會變。」

我用拇指揉著掌心的疤。「我想是這樣沒錯。」

我們清空盤子，晃出伙食帳篷，進入涼涼的夜色中。在回去兵營的路上，繞了路，這樣就能經過格里沙營地。格里沙的尖頂大帳篷還真的像教堂那麼大，用黑色絲綢蓋了起來，藍色、紅色和紫色三角旗高高在上隨風翻飛。藏在後方某處的便是由驅使系破心者和私人護衛看守著的闇之手帳篷。

等阿列克謝終於看滿意，我們便離開那裡，回到自己的營房。阿列克謝靜了下來，開始喀啦掰著指節，而我知道我們都想著明天的跨越之行。根據兵營裡陰沉的氛圍，我們絕對不孤單。

一些人已經躺在自己床上入睡——或努力入睡，而同時，其他人依偎在油燈的火光旁，低聲講著話。有幾個人緊抓聖像坐在那兒，對諸聖祈禱。

我在一張窄床上展開鋪蓋、脫掉靴子，把外套掛起來，扭著身子縮到皮毛襯裡的毯子下，盯著上方等待睡意。我躺了好長一段時間，直到燈火全數熄滅，聊天的聲音轉爲輕柔的鼾聲和身體翻動的聲響。

明天，如果一切按照計畫，我們將平安穿越影淵、抵達西拉夫卡。而我將能第一次見到眞理之海。瑪爾和其他追蹤師會在那裡獵捕紅狼、海狐，以及人人都想要、卻只能在西方找到的生物。我會在歐斯科佛和製圖師待在一塊兒，結束訓練，並幫忙把我們要在影淵蒐集的一切資訊落於紙上。然後呢，爲了回家，我自然還得再跨越影淵一次。不過，去思考那麼遠之後的事有點太困難了。

聽到聲音時，我還十分清醒。啪，啪。暫停一下，啪。然後又開始：啪，啪。再暫停。啪。

「怎麼了？」阿列克謝在離我最近的床上睡眼惺忪地咕噥。

「沒事。」我低聲回答，已從床鋪溜下，將腳塞進靴子。

我抓了外套，努力不發出聲音、偷偷摸摸出了營房。打開門時，我聽見一聲輕笑，有個女生聲音從黑暗的空間某處傳來。「如果是那個追蹤師，就叫他進來給我一點溫暖。」

「如果他想得希浮病，妳一定會是他的首選。」我親切地說，溜進夜色裡。

冷空氣刺著我的臉頰。我將下巴埋進領子，恨不得自己有多花幾秒鐘帶上圍巾和手套。瑪爾坐在搖搖欲墜的階梯上背對著我，再過去，我看到了米凱和道伯夫，他們在小徑亮晃晃的燈光下來回遞著一只瓶子。

我臉都臭了。「我眞心希望你們把我挖起來不只是想通知我你們打算跑去格里沙的帳篷。你們想要什麼，我的忠告嗎？」

「妳才沒睡咧，妳躺在那邊瞎操心。」

「錯，我在計畫怎麼偷溜進他們的大帳篷，幫我自己抓個可愛的軀使系格里沙。」

瑪爾笑了出來。我在門邊遲疑不定。這是在他身邊最辛苦的事之一——如果不算上他是怎樣害我的心笨拙地跳來跳去。他做的蠢事傷我那麼多，而我非常討厭自己得隱藏這些心情。可要是被他發現那就更討厭了。我想過就這麼轉身回去，卻仍吞下嫉妒，坐在他旁邊。

「希望你有給我帶點好東西，」我說：「阿利娜的誘惑妙招可不便宜喔。」

他笑開。「不能先記在我帳上嗎？」

「應該可以，不過是因爲我知道你還得起。」

我望進黑暗，看著道伯夫就著瓶子牛飲一口，然後往前一個栽倒。米凱伸出手想扶穩他，兩人的笑聲在夜晚空氣中朝我們飄來。

瑪爾搖頭嘆氣。「他老是想當米凱的跟屁蟲，最後搞不好會吐在我靴子上。」

「活該啦你，」我說，「所以你到底在這裡做什麼？」一年前，當我們開始軍旅生活，瑪爾幾乎每晚都來找我。但是他已經好幾個月沒來了。

他聳聳肩。「我不知道。晚餐時妳看起來一副可憐兮兮的樣子。」

他竟然注意到了，我很是驚訝。「只是在想跨越影淵的事。」我小心翼翼地說。這不完全是謊話，我很害怕進入影淵，此外瑪爾沒必要知道阿列克謝和我在講他閒話。「但你這麼關心我，我很感動。」

「嘿，」他咧嘴一笑。「我當然會擔心妳呀。」

「如果你運氣好，有翼鷹人明天就會吃我當早餐，這樣你就不用再憂愁了。」

「妳明知道要是沒有妳，我一定會失去方向。」

「你這輩子從來沒有失去過方向。」我嘲弄地說。我是製作地圖的人，但是瑪爾就算蒙著眼都能輕易找到真北。

他用肩膀撞撞我的肩。「總之，妳懂我意思。」

「當然。」我說，但其實我不懂，並不太懂。

我們安靜地坐著，看著吐息在冷空氣中變成縷縷煙雲。

瑪爾凝視著靴尖。「我猜我也覺得緊張吧。」

我用手肘推推他，用我其實沒有的自信說：「如果我們敢挑釁阿娜・庫亞，幾隻有翼鷹人有什麼問題。」

「如果我記得沒錯，上一次我們激怒阿娜．庫亞，妳被搧了一耳光，我們兩個最後都被罰掃馬廄。」

我縮了一下。「我是想安慰你，你至少可以假裝我成功了吧。」

「妳知道最好笑的是什麼嗎？」他問，「我有時還眞有點想她。」

我盡全力藏起驚訝。我們這輩子超過十年的時間都住在卡拉錫，但我總有種印象，覺得瑪爾想忘記那地方的一切——甚至包括我。在那裡，他只是另一個無處可去的難民，一個只要有飯餬口、有舊靴能穿就該感恩的孤兒。在軍隊，他自己闖出一席之地，沒有人有必要知道他曾是個沒人要的小男孩。

「我也是，」我承認道，「我們可以寫信給她。」

「也許可以喔。」瑪爾說。

突然間，他伸手來握住我的手，我則努力忽視傳遍全身的細微震撼。「明天的這個時候，我們會坐在歐斯科佛的港口，一邊眺望海洋，一邊喝科瓦斯酒。」

我瞥向正歪七扭八走著路的道伯夫，微笑著說：「道伯夫請客？」

「就妳和我。」瑪爾說。

「眞的？」

「向來只有妳和我，阿利娜。」

有一瞬間好像眞的是這樣。這道階梯、這圈燈光就是全世界，就我們兩人飄在黑暗之中。

「快來啦！」米凱在小徑上大喊。

瑪爾彷彿從夢中醒來似地驚跳一下，但在放開我手前捏了捏。「該走了，」他說，那自信得意的笑容又悄悄回到原位。「想辦法睡一下。」

他從階梯輕盈一躍，小跑步離開，加入朋友行列。「祝我好運！」他回頭喊道。

「祝你好運。」我像反射動作一樣回答，但說完只想踹自己。**祝你好運？瑪爾，祝你玩得愉快。希望你找到漂亮的格里沙，深深墜入愛河，一起生很多既漂亮又天賦異稟到討人厭的小寶寶。**

我坐在階梯上動彈不得，看著他們消失在小徑上，仍能感覺到瑪爾的手在我手中的溫暖力道。**好吧**，我站起來時想，**說不定他會在去那兒的路上掉進水溝**。

我慢慢溜回兵營，在身後緊緊把門關上，並心懷感謝地縮回我的鋪蓋。

那個黑髮格里沙女孩會溜出大帳篷找瑪爾嗎？我把這個想法推開。這不關我的事，說眞的，我也不想知道。瑪爾從沒用看那女孩的眼神看過我——甚至連看露比的眼神都沒有，而且他也永遠都不會這麼做。但是比起上述的一切，更重要的是我們仍然是朋友。

但能這樣多久呢？腦中有個叨叨絮絮的聲音響起。阿列克謝是對的，人終歸會變。瑪爾變得更優秀了。他變得更好看、更勇敢、更有自信。而我變得……個子更高。我嘆口氣，滾成側躺。

我想相信瑪爾和我能永遠是朋友，可是終歸要面對事實：我們走在不同的路上。我躺在黑暗中等待睡意降臨，思忖著這些路是否只會讓我們離彼此越來越遠。有沒有可能，某天我們真的會再次形同陌路。

第二章

早晨在一片模糊中過去，早餐、速速前往文書帳篷打包額外的墨水和紙張，接著是旱地碼頭上的一團亂。我和其他測量師站在一塊兒，等著輪我們登上沙上輕艇小隊中的一艘。身後的奎比爾斯克正在甦醒，開始一天的日常。前方則是影淵那詭奇且變幻不定的黑暗。

由於動物太吵，而且行過異海時太容易受驚嚇，因此跨越影淵得靠沙上輕艇——淺淺的橇車裝配巨大風帆，使它們幾乎能無聲無息滑過那片死亡灰沙。沙艇上載了穀物、木材及未加工的棉花，但在回程，將滿載西拉夫卡沿線所有海港的糖、步槍及各種各樣的產品。然而如果細看沙艇甲板，會發現只有一張船帆外加搖搖欲墜的圍欄，我滿腦子想著這樣根本無處可躲。

每艘沙艇的桅杆兩側都有全副武裝的士兵，站了來自召喚法師團的兩名元素系格里沙，身著深藍色柯夫塔。袖口和長袍褶邊的銀色刺繡表示他們是風術士，能夠升高或降低氣壓，讓沙艇的船帆鼓滿強風，帶我們跨越漫長的影淵路。

圍欄旁列站佩著步槍的士兵，並由一名臉色陰沉的軍官監督。他們之間站了更多元素系格里沙，不過藍袍搭配的是紅色袖口，表示他們能喚出火焰。

在沙艇船長的號令下，資深製圖師將我、阿列克謝和其餘助手趕上沙艇，加入其他乘客，他則到桅杆那邊的風術士旁就定位，因爲他能在黑暗中爲他們導航。資深製圖師手中握有羅盤，然而，一旦進入影淵，羅盤就無用武之地。聚集在甲板上時，我瞥到瑪爾在沙艇另一端和追蹤師站在一起。一排弓箭手位於他們身後，背後的箭袋豎著尖端以格里沙鋼鐵強化的箭矢。我摸索著塞在皮帶內側軍隊配刀的刀柄，卻沒因此獲得多少自信。

碼頭上的領班高喊一聲，地上一班魁梧男子就將沙艇一推，送進那片標記了影淵最遠範圍的慘然無色沙地中。他們退得很急，彷彿蒼白無生命的沙子會燒傷腳似的。

接著就換我們上場了。沙艇突如其來一顫、往前猛衝，在碼頭工人發力一提的瞬間在地上磨出嘎吱聲。我抓著欄杆穩住重心，心臟瘋狂亂跳。風術士舉起雙臂，船帆發出啪的巨響，翻騰著打開，沙艇一頭衝入影淵。

一開始感覺就像飄入厚厚的黑煙，但沒有炙熱感，也聞不到火焰氣息。所有聲響似乎變得悶窒，全世界恍若靜止。我看著前方的沙艇一艘接一艘滑入黑暗，從視線中消失，發現自己再也看不見我們沙艇的船頭，接著也看不見自己放在圍欄上的手。我回頭往後看，生氣蓬勃的世界已然消失，暗影降臨在四面八方；一片漆黑，沒有重量，卻不容質疑。我們進入了影淵。

感覺就像站在萬物的盡頭。我緊抓著欄杆，感到木頭刺進手中，並因爲它帶來的踏實感激不已。我專注在那個感覺上，還有靴中的趾頭用力扣著甲板；我聽到左側阿列克謝的呼吸聲。

我努力想著那些佩了步槍的士兵，還有藍袍的格里沙火焰手。若想成功橫越影淵，就得無聲無息、不被發現。不可以發出任何槍響，不可以召喚任何火焰。但是他們的存在仍讓我安心。

我不知道我們這樣前進了多久。沙艇飄浮著往前疾奔，唯一的聲響是沙礫碰觸船身的輕柔嘎扎聲。好像過了幾分鐘，也可能過去了幾小時。**我們會沒事的**，我想，**我們會沒事的**。接著我便感到阿列克謝摸索著我的手，抓住我的手腕。

「妳聽！」他壓低聲音，嗓子因爲恐懼而沙啞。有一瞬間，我只聽到他斷續的呼吸聲和沙艇規律的嘶嘶聲。接著，在一片黑暗的某處，傳來另一個聲響，雖然微弱，卻持續不停。是有節奏的翅膀拍動聲。

我用另一隻手抓住阿列克謝的手臂，另一手則抓緊我的刀柄，心臟狂敲，雙眼拚了命想在這片黑暗中看見東西，什麼都好。我聽見扣起扳機的聲響，箭矢搭上弦的輕扣，有人輕聲說，「準備。」我們等待著，聆聽翅膀擊打空氣的聲音。牠們越來越近，聲音也越來越大，有如即將到臨的軍隊擊鼓聲。我甚至覺得能感到牠們盤旋得越來越近時，有風吹上臉頰。

「燒！」一聲令下，隨著打火石似的劈啪響與爆裂的嗖嗖聲，格里沙火焰從各艘沙艇炸開翻湧焰雲。

我瞇眼望著這突如其來的明亮，等待視覺調整過來。在火光中，我看見了牠們——有翼鷹人本應小團體行動，可是……牠們不是十個十個，而是百個百個地在空中圍繞沙艇，或盤旋或攻擊。牠們比我在任何書裡見過的任何事物都嚇人，比我能想像到的任何怪獸都可怕。槍響紛起，弓箭手全力放箭，有翼鷹人的尖喊劃破空氣，高亢而駭人。

牠們俯衝而下，我聽見尖聲哭號，恐懼地望著一名士兵被撈起離地、抓入空中，瘋狂亂踢掙扎。阿列克謝和我蜷縮在一起，壓低身體貼緊圍欄，緊抓著我們那不堪一擊的刀，在全世界變成一場惡夢時呢喃著禱告。四面八方都有人在吶喊、眾聲尖叫，還有正和那些有翅怪物扭動的巨大形體戰鬥而脫不了身的士兵，搭配不時被炸開的格里沙金色火焰劃破、違反自然的黑暗影淵。

接著一聲哭號撕裂我身邊的空氣，阿列克謝的手臂從我手上被扯開，我瞬時出聲驚呼。在突然爆開的火焰中，我看見他以一手緊抓圍欄，目睹他哭喊的嘴形、睜大的恐懼雙眼，那用發亮的灰白手臂抓住阿列克謝的怪物一把將他抓離地面，同時拍動翅膀要飛，粗粗的指爪深陷進他背上，爪鉤已被阿列克謝的血浸濕。他用滑溜溜的手扣著圍欄，而我往前一撲，抓住他的手臂。

「別放開！」我喊道。

火焰消失。在黑暗中，我感到阿列克謝的手指從我手中被扯去。

「阿列克謝！」我大喊。

有翼鷹人將他帶進黑暗，他的尖叫消逝在戰鬥聲中。此時又爆開另一道火焰點亮天際，可是他早已不見蹤影。

「阿列克謝！」我高喊著，身體從圍欄伸出去。「阿列克謝！」

回應我的是另一隻有翼鷹人朝我俯衝而來時翅膀拍出的強風。我往後一閃，勉強躲過魔爪。

我用顫抖的雙手將刀子舉在身前，有翼鷹人往前撲來，一雙乳白盲眼亮晃晃映著火光，大張的口中擠滿一排排尖利歪曲的黑牙。我從眼角餘光看見火藥閃現、聽見步槍擊發，有翼鷹人踉蹌一下，憤怒且痛苦地嚎叫。

「走！」是瑪爾。他舉著步槍，臉上有斑斑血跡。他抓住我的手臂，將我拉到身後。

有翼鷹人仍在逼近，以手爪扣著甲板爬來，一邊翅膀以扭曲的角度吊高著。瑪爾正努力在火光中重新上膛，但是有翼鷹人動作太快，一瞬間朝我們衝來、手爪一劈，爪鉤橫過瑪爾胸膛，他發出痛苦的喊叫。

我抓住有翼鷹人受傷的翅膀，狠狠將刀子刺進牠肩膀中央。那生物滿是肌肉的身軀在手底下感覺黏黏的。牠發出尖叫聲，翻動著從我手中掙脫。我往後倒，用力撞上甲板，牠一個勁兒以狂怒姿態朝我衝來，巨大下頷喀喀咬動。

另一聲喊叫響起，有翼鷹人踉蹌倒下，癱成詭異且怪誕的一座小丘，黑血從口中汩汩流出。在昏暗光線下，我看見瑪爾放下步槍，撕裂的衣服被血浸成深色，他一面搖晃著跪下，步槍一面從手中滑落，整個人癱倒在甲板上。

「瑪爾！」我立刻衝到他身邊，雙手壓住他胸膛，無助地想阻止失血。「瑪爾！」我啜泣著，眼淚不斷從臉上流下。

空氣中滿是鮮血和火藥氣味。我們身周隨處可聞步槍擊發、人們哭泣……以及生物咀嚼的可憎聲響。格里沙的火焰變得更微弱、更零星，而最糟的是，我意識到沙艇不再前進。就這樣了，我絕望地想。我朝瑪爾俯身，繼續壓住傷口。

他的呼吸變得好吃力，「牠們要來了。」他喘著氣說。

我也抬起頭看見了，在虛弱且逐漸消逝的格里沙火焰中，兩隻有翼鷹人呼嘯著俯衝而來。

我伏在瑪爾身上，用自己的身體護住他，雖然知道這沒什麼用，但我也只能這麼做了。我嗅到有翼鷹人的強烈惡臭，感到翅膀拍出的強風；我用前額抵著瑪爾的額頭，聽見他悄然說：「我們草地見。」

我體內的一些什麼霎時崩壞了。在盛怒下、在絕望裡，在那避無可避的死亡之中。我感到手掌底下瑪爾的鮮血，看見那張我深愛的臉露出痛苦表情。一隻有翼鷹人的爪子深深鉤進我的肩膀，發出勝利的尖喊。疼痛貫穿我的全身。

然後全世界陷入一片白色。

一道突如其來的銳利光芒在視線中炸開，我在那瞬間閉上了眼睛。那道光彷彿填滿了我的腦袋，遮蔽所有畫面，讓我溺於其中。上方某處，我聽見一聲恐怖的尖叫，感到有翼鷹人鬆開了抓握。當我往前倒下腦袋撞上甲板，感到碰的一聲，接著就什麼也感覺不到了。

第三章

我驚醒過來，感到陣陣風拂過皮膚。我睜開眼，見到某種很像團團黑煙的玩意兒。我仰躺在沙艇甲板上，不到半晌就意識到煙雲變得越來越薄，逐漸化為縷縷細絲，而位於它們之間的，則是明亮的秋日太陽。我再次閉上雙眼，恍如沐浴在一股釋然中。**我們正在離開影淵**，我想。**我們不知怎麼就這樣通過了**。不過，這是真的嗎？在恐懼中，有翼鷹人來襲的記憶排山倒海朝我回流而來。瑪爾在哪兒？

我努力想坐起來，可是疼痛彷彿電光一閃竄過肩膀。我不予理會，撐著身體坐起，卻發現自己低頭注視的是柄步槍的槍管。

「把這東西拿開。」我火大地說，出手揮開。

那名士兵又把槍轉回來，威脅似地戳了戳我。「待在原地。」他命令道。

我無比震驚地瞪著他。「你是有什麼毛病？」

「她醒了！」他回頭大喊，接著立刻又多冒出兩名全副武裝的士兵、沙艇船長，以及一名軀使系格里沙加入行列。我在心臟撲撲亂跳的驚慌中見到她的紅色柯夫塔袖口繡了黑色。這個破心者想對我怎樣？

我四處張望。桅杆旁仍站著一名風術士，他正高舉雙臂，用強風帶著我們前進，他身旁還有一名士兵。甲板上有些地方仍留有滑溜溜的血漬。我想起那場惡戰之可怖，肚腹不禁一陣翻攪。有個療癒者正在照顧傷患。瑪爾到底在哪裡？

船欄杆旁列站了士兵和格里沙。他們有的身上流著血或有燒傷，而且和一開始出發比起來數量少很多。那些人全都警戒地看著我，而我在漸增的恐懼中意識到，那些士兵和軀使系格里沙其實是在看守我——像個囚犯一樣。

我說：「瑪爾．奧列捷夫，他是個追蹤師，在攻擊之中受了傷。他在哪裡？」沒人說半句話。「拜託，」我懇求。「他在哪裡？」

沙艇觸地時突然猛晃一下，船長用他的步槍對著我比了比。「起來。」

我想過要硬著脾氣拒絕，除非他們告訴我瑪爾怎麼了。但是破心者看了我一眼，我因此慎重地重新考慮。我站起來，因爲肩膀的疼痛一陣瑟縮，當沙艇被陸上的旱地碼頭工人往前拉，再次動起來時，我晃了一下，本能伸出手想穩住自己，可是被我碰到的士兵立刻往後縮，好像會被燙到似地。我努力想站穩，腦子卻暈眩不停。

沙艇再次停下。

「走。」船長下令。

士兵從沙艇出發，用步槍抵著我向前走。我經過其他生存者，敏感地意識到他們既好奇又害怕的目光，並瞥到資深製圖師正在一名士兵旁激動地喋喋不休。我想停下來告訴他阿列克謝出了什麼事，卻不敢這麼做。

踏上旱地碼頭時，我訝異地發現我們回到了奎比爾斯克——甚至沒橫越影淵。我瑟瑟發抖。就算被一把步槍抵在背上大步走過營地，也好過航行在異海上。

但也沒好多少就是了，我焦慮地想。

士兵趕著我大步走上主要道路，人們紛紛放下手上工作，目瞪口呆地盯著看。我的腦中千頭萬緒，拚了命想找出答案，卻一無所獲。我在影淵裡犯了什麼錯嗎？是否違反了某種軍規？而我們又是怎麼逃出影淵的？我肩膀的傷口陣陣刺痛，腦中記得的最後一件事，就是有翼鷹人的爪子劃破背後帶來的可怖疼痛，以及恍若爆炸的灼熱光芒。我們到底怎麼活下來的？

靠近高層軍官的帳篷時，這些念頭全從腦中蒸發。船長下令守衛停步，朝入口走去。那名驅使系格里沙伸出一手阻止他。「這是在浪費時間，我們應該立刻繼續——」

「把妳的手拿開，放血人。」船長厲聲說道，一把將她的手甩開。

有一瞬間，那名驅使系格里沙露出危險眼神望著他，接著又冷冷一笑，躬身一揖，用另一種語言說，「遵命，船長。」

我感到手臂寒毛豎起。

船長的身影進入帳篷後消失，我們在外等待。我緊張地瞥了一眼那名格里沙，她很顯然忘了和船長的磨擦，再次仔細將我看過一遍。她很年輕，搞不好比我還小，但即便這樣，也不妨礙她和上級軍官針鋒相對。有何不可？她甚至不必拿武器就能當場斃了那名船長。我揉揉雙臂，努力想甩開籠罩全身的寒意。

帳篷的門掀開，我恐懼地見到船長現身，身後跟著一派嚴肅的拉耶夫斯基上校。我到底是犯下什麼滔天大罪，令高階軍官介入？

上校凝視著我，那張飽經風霜的臉孔極度陰沉。「妳是什麼東西？」

「製圖師助手阿利娜．史塔科夫，王家測量師部隊——」

他打斷我。「妳到底是什麼鬼東西？」

我眨眨眼。「長官，我……我是製圖師。」

拉耶夫斯基臉一沉，把一名士兵拉到一邊，低聲對他說了些什麼，士兵一聽，立刻拔腿朝旱地碼頭飛奔回去。「我們走。」他簡短地說。

步槍槍管直往我背上戳。我往前邁開步伐，對於自己要被帶去哪裡有著非常不好的預感。**不可能吧**，我絕望地想，**這根本不合理啊**。然而，當眼前那座巨大的黑色帳篷越來越大，目的地是哪裡已經無庸置疑。

格里沙帳篷入口有更多驅使系破心者及一身炭灰的闇衛鎮守。闇衛是組成闇之手私人護衛的精英士兵。他們不是格里沙，但也同樣嚇人。

沙艇上那名格里沙去和帳篷前的護衛商量，接著她和拉耶夫斯基上校鑽進帳篷，我則等在外面，心臟狂跳，意識到身後的低語和目光，焦慮指數不斷上升。

在高高上方，四面旗子在風中翻騰：藍色、紅色、紫色，而在最上方的，則是黑色。才不過昨晚，瑪爾和他的朋友還在邊笑邊討論怎麼溜進這座帳篷，左思右想會在裡面找到些什麼。現下，能挖出答案的似乎只有我了。**瑪爾到底在哪？**我不斷冒出這個想法，這好像成了我唯一能清晰形成的念頭。

彷彿永恆那麼久，那名格里沙回來了。她對船長點了個頭，便帶我進入格里沙的帳篷。

有一瞬間，我的恐懼因爲被周遭的美麗吸引而被暫時隱去。帳篷內壁瀑布一般垂掛著銅色絲綢，與高高在上燭光閃爍的吊燈相映。地板覆蓋華美地毯和毛皮，沿牆掛著當作隔間的閃亮絲綢隔簾，格里沙身穿色彩鮮亮的柯夫塔在那裡聚成一塊兒。有些人站在那兒交談，其他則懶洋洋地靠在墊子上喝茶。有兩人正俯身下棋，我還從某處聽見巴拉萊卡琴的撥弦聲。公爵的莊園算得上漂亮，不過淨是滿是塵埃的房間和剝落畫作，散發某種憂傷之美，僅是一度宏偉事物的殘影迴響。格里沙帳篷則是前所未見，是個因力量與富奢而靈動鮮活的地方。

士兵趕著我走上鋪了地毯的長長走道，我在盡頭看見位於高聳台上的黑色華蓋。經過時，漣漪般的好奇浪潮擴散到帳篷各處。男男女女的格里沙停下對話，目瞪口呆地望著我，有幾人甚至還站起來想看得更清楚。

等我們抵達那座台子，整個空間除了安靜，就是安靜，而我非常確定所有人都能聽見我的心臟在胸中狂跳的聲音。在這個黑色華蓋前方，有幾名戴著國王雙鷹紋飾、打扮極盡華麗的大臣，以及一群圍在鋪滿地圖的長桌邊的軀使系格里沙。桌子首位處有張雕刻得過度華麗、色澤極深的檀木高背椅，上面坐著一道穿黑色柯夫塔的懶洋洋身影，他用蒼白的一手撐著下巴。只有一名格里沙會穿黑衣，也只有他有這特權穿黑衣。拉耶夫斯基上校站在他身旁輕聲細語，但音量太低，我聽不見。

我直勾勾地盯著看，在恐懼和著迷之間陷入兩難。**他太年輕了**，我想。這個闇之手打從我出生前就開始對格里沙發號施令，但坐鎮於上方高台的人看起來年紀不比我大多少。他有一張線條銳利的美麗臉孔，一頭蓬亂的濃密黑髮，石英般微微放光的清澈灰眼。我聽說力量越強的格里沙能活得越長，而闇之手是他們之中最強大的人。可是當我想起伊芙說過的話，便能意識到其中的問題：**他違反自然。他們都違反自然**。

銀鈴般的高亢笑聲從高台底下離我不遠的人群中傳來。我認得那個穿藍袍的漂亮女孩，她就是坐在元素系格里沙的馬車、被瑪爾深深吸引的那個人。她對她一位栗色頭髮的朋友悄聲說了些什麼，兩人便再次笑開。我想像了一下：經歷一趟進入影淵的旅程，外加和一群飢餓的有翼鷹人搏鬥後，我穿著撕裂又破爛的外套是什麼模樣——我的臉頰不禁燒燙。但是我抬起下巴，和那個漂亮女孩直接對看。**想笑儘管笑啊，我怨懟地想，不管妳在那邊說什麼悄悄話，我都聽過更糟**

的。她與我四目相交一會兒，便別開眼神。我享受著這曇花一現的滿足感，接著，拉耶夫斯基上校的聲音便將我帶回目前的慘烈現實中。

「帶他們來。」他說，我轉過頭，看見更多士兵帶著一群憔悴又迷惘的人進入帳篷、走上走道。在他們之中，我瞥到有翼鷹人展開攻擊時在我身旁的士兵，還有資深製圖師，他向來乾乾淨淨的外套現在撕得破爛、髒兮兮，而且一臉驚恐。而當我領悟這些人正是沙上輕艇的生還者，以目擊者的身分被帶到闇之手面前，不禁悲傷倍增。在影淵裡面到底發生了什麼事？他們到底認為我做了什麼？

當我認出那群人中的追蹤師，一時之間無法呼吸。我先看到了米凱。他那粗脖子上方那頭蓬亂紅髮正在晃動，從人群中冒了出來；靠在他身上的那個人一身血衣，還隱約能見到繃帶痕跡——正是看起來疲憊不堪又十分蒼白的瑪爾。我的雙腿失去力氣，只能一手按住嘴壓抑哭聲。

瑪爾還活著！我好想擠過人群緊緊抱住他，卻只能在鬆一口氣的感受流竄全身時繼續站在那兒。不管這裡發生了什麼事，我們都會平平安安。既然能從影淵生存下來，再怎麼亂七八糟我們也能撐過去。

我再次回望高台，愉快心情便旋即枯萎。闇之手正直視著我。雖然仍在聽拉耶夫斯基上校說話，姿態一如先前悠閒放鬆，眼神卻專注且緊迫盯人。他將注意力轉回上校，我才發現自己一直憋著呼吸。

那群落水老鼠似的生還者來到台子底部時，拉耶夫斯基上校命令道：「船長，報告。」

船長立正，以不帶情緒的語調回答：「進入影淵大約三十分鐘後，我們遭到一大群有翼鷹人襲擊，被釘在那裡動彈不得，造成極大傷亡。我在沙艇右舷奮戰，那時候我看見了……」這名士兵遲疑著。當他再度開口，語調聽來不再那麼確定。「我其實不知道自己看見什麼——一道猛烈強光，亮得就像正午一樣——甚至更亮，簡直像是直視太陽。」

人群中爆開一陣低語，沙艇的生還者頻頻點頭，而我發現自己也隨他們一起點；我也看見了那道強光。

士兵突然回過神，繼續說道：「有翼鷹人四散，光芒消失，我命大家立刻回去旱地碼頭。」

「那個女孩呢？」闇之手問。

此話彷彿一記陰冷的偷襲，我恐懼地意識到他在講我。

「我沒看到那女孩，*moi soverenyi*【註】。」

闇之手揚起一邊眉毛，轉向其他生還者。「有誰眞的看到了發生什麼事？」他的語調冷酷且疏離，彷彿一點也不感興趣。

生存者再次咕噥著展開討論，然後——資深製圖師慢慢、怯懦地上前。我對他產生一股深深內疚的憐憫。我從沒見過他這麼衣冠不整，稀疏棕髮在腦袋上朝四面八方亂翹，手指緊張地揪著破得亂七八糟的外套。

「告訴我們你看到了什麼。」拉耶夫斯基說。

製圖師舔舔嘴唇。「我們……我們正遭到攻擊，」他顫抖著聲音，「到處都在打鬥，那麼吵、那麼多血……其中一個男孩阿列克謝，他被抓走了。實在好可怕、好可怕。」他的雙手亂拍，有如兩隻受驚的鳥。

我皺起眉頭。如果製圖師看見阿列克謝遭到攻擊，爲什麼不想辦法幫忙？

那個老人清清喉嚨。「牠們到處都是，我看見有一隻去抓她——」

「抓誰？」拉耶夫斯基問。

「阿利娜……阿利娜．史塔科夫，我的一名助手。」

那個穿藍衣的漂亮女孩冷笑一下，靠近她朋友咬耳朵。我咬緊牙關。得知格里沙在聽人說到有翼鷹人攻擊時還可以維持狗眼看人低的態度，還眞是挺不錯的。

「繼續。」拉耶夫斯基催促。

「我看見有一隻去抓她和那個追蹤師。」製圖師說，比了比瑪爾。

「那你又在哪？」我憤怒地問，在仔細思考前就這麼脫口而出，每張臉都轉過來看我，可是我才不管。「你看到有翼鷹人攻擊我們，看到那東西抓走阿列克謝，爲什麼不出手幫忙？」

譯註：拉夫卡語，意爲「我的君王」，*soverenyi*是對闇之手的稱呼。

「我根本沒辦法做什麼，」他語帶懇求，雙手大大張開。「牠們到處都是！根本一團亂！」

「要是你動一下瘦巴巴的尊臀來幫我們，搞不好阿列克謝還能活著！」

人群中有人倒抽一口氣，也有一波竊笑。製圖師憤怒地漲紅了臉，而我立刻後悔不已。如果我能從這團混亂脫身，一定會惹上非常大的麻煩。

「夠了！」拉耶夫斯基大吼：「製圖師，把你看到的情況告訴我們。」

人群瞬間消音，製圖師再次舔著嘴唇。「那個追蹤師倒下，她就在他旁邊。那玩意兒——就是有翼鷹人——衝向他們。我看見牠在她上面，然後……她就發光了。」

格里沙爆出難以置信與嘲弄的驚嘆，少數幾人笑出聲音。如果我不是那麼怕又那麼困惑，可能也會忍不住加入。**也許我不該對他那麼嚴苛**，我邊想邊注視整個人亂七八糟的製圖師，**這可憐蟲顯然在遭到攻擊時腦袋上挨了一下**。

「我看見了！」他高喊著壓過喧鬧。「光從她身上冒出來！」

一些格里沙現在堂而皇之出聲嘲弄，但其他人則喊著，「聽他說！」製圖師手足無措地望向同夥的生還者尋求支持，令人訝異的是，我看見有些人還眞的點了頭。大家腦子都壞掉了嗎？他們眞的認爲是我把有翼鷹人趕走的？

「這太扯了！」人群中有個聲音說，是那個漂亮的藍衣女孩。「老頭，你想暗示什麼？難道你幫我們找到了太陽召喚者？」

「我沒有要暗示什麼，」他抗議道，「我只是把看到的說出來！」

「也不是不可能，」一名魁梧的格里沙說。他穿著代表質化系的紫色柯夫塔，是造物法師團的成員。「有傳說表示——」

「少蠢了好嗎？」女孩笑道，語調裡是滿滿的輕蔑。「那傢伙被有翼鷹人搞壞腦袋了！」

人群中掀起一波高聲爭執。

我突然感到非常疲憊。肩上被有翼鷹人爪子刺入的位置陣陣抽痛。我不知道製圖師或沙艇上的任何人認為自己看見了什麼，我只知道這全是某種可怕的誤會，而在這場鬧劇的最後，出盡洋相的會是我本人。當我想到這一切結束後會遭到何等奚落，不禁一陣瑟縮。然而我是真心希望這一切快快結束。

「安靜。」闇之手幾乎沒有提高音量，然而這道命令劃破人群，沉默降下。

我壓下顫意。他也許並不覺得這笑話好笑，我只希望他不會怪到我頭上。闇之手的字典中沒有仁慈。不過我大概不該擔心自己遭到嘲弄，應該多擔心一下會不會被放逐到茲貝亞，或更糟的地方。伊芙說，闇之手有一次命療癒者將某個叛徒的嘴永遠封上，那人的嘴唇便被融在一起，結果活活餓死。那時阿列克謝和我笑得要命，把這當成伊芙另一個瘋狂傳說，完全不當一回事。現在我可不確定了。

「追蹤師，」闇之手輕輕說道：「你看到了什麼？」

人群恍若化爲一體，有志一同轉向瑪爾。他不太自在地先看著我，眼神再回到闇之手身上。

「什麼都沒看到；我什麼都沒看到。」

「那女孩就在你旁邊。」

瑪爾點點頭。

「你一定看到了什麼。」

瑪爾再次抬頭望著我，眼神中承載著憂慮與疲憊。我從沒看過他這麼面無血色，不禁猜想他究竟流了多少血。我感到一波無可奈何的憤怒。他傷得那麼重，應該去休息才是，而不是站在這裡回答一些愚蠢的質問。

「告訴我們你記得哪些事情就好，追蹤師。」拉耶夫斯基命令道。

瑪爾輕輕聳肩，並因傷口疼痛縮了一下。「我當時躺在甲板上，阿利娜在我旁邊，我看見有翼鷹人俯衝下來，知道是衝著我們。我說了一些話，然後——」

「你說了什麼？」闇之手的冷酷聲線劈開整個空間。

「我不記得了。」瑪爾說。而我認得他固執時下巴一收的樣子，便知道了他在說謊；他其實記得。「我聞到有翼鷹人的味道，看見牠朝我們低飛而來。阿利娜在尖叫，然後我就什麼都看不見了。整個世界……變得超亮。」

「所以你沒看見光是從哪兒來的？」拉耶夫斯基問。

「阿利娜沒有……她不可能……」瑪爾搖頭。「我們是來自同一個……村落。」我注意到那微乎其微的暫停，只有孤兒才有的暫停。「如果她能做出那種事，我一定會知道。」

闇之手望著瑪爾好一會兒，眼神又回到我身上。

「我們都有自己的祕密。」他說。

瑪爾張嘴，好像有更多話想說，但是闇之手舉起一手，示意他安靜。瑪爾的臉上閃現怒意，但他緊閉上嘴，嘴唇抿成忿忿不平的一條線。

闇之手從座位起身，做了個手勢，士兵聽命退後，獨留我與他對峙。帳篷中安靜得令人毛骨聳然。他慢慢緩緩地從階梯上下來。

當他突然在我面前停住腳步，我得拚了命才能壓下想後退的衝動。

「現在妳怎麼說，阿利娜．史塔科夫？」他親切地問。

我吞了一口口水。喉嚨好乾，心臟每跳一下就不穩地亂撞，但我知道自己得開口。我得讓他明白我和這一切都沒有關係。「這其中有些誤會，」我嗓子沙啞，「我什麼都沒做，我不知道我們到底是怎麼活下來的。」

闇之手顯然認眞思慮此事，然後交叉雙臂，頭歪向一側。「怎麼說呢，」他彷彿相當困惑。「我會認爲自己清楚拉夫卡的任何風吹草動，如果我所生活的國家裡有個太陽召喚者，我一定會知道。」人群中傳來輕聲表示同意的細語，但是他予以無視，仔細打量著我。「但是有某樣強大的事物阻止了有翼鷹人，救出國王的沙艇。」

他停了一下，彷彿期待我替他解開這個謎語。

我固執地抬起下巴。「我什麼都沒有做，」我說：「什麼都沒有。」

闇之手的嘴巴一側抽動，好像正在壓抑笑意。他用眼神將我從頭到腳、再從腳到頭打量一遍。我覺得自己很像什麼詭異又發光的玩意兒，某種被沖上湖岸的奇珍異品，很可能會被他用靴子踢到一邊。

「妳的記憶也和妳朋友一樣出了問題嗎？」他問，朝瑪爾撇撇頭。

「我不……」我支吾其詞。我還記得什麼？恐懼、黑暗、疼痛、瑪爾的鮮血。他的生命從我手下、從他體內流走。還有，只要想到我是如此束手無策就填滿了體內的怒意。

「伸出手臂。」闇之手說。

「什麼？」

「我們浪費夠多時間了，伸出手臂。」

一陣讓人害怕的冰冷刺痛流竄全身。我驚慌四望，但根本求助無門。士兵全面無表情地直視前方；沙艇生還者看起來驚懼不已，疲累無力。格里沙全好奇地打量我，藍衣女孩又在冷笑。瑪爾蒼白的臉似乎又變得更白，但即使那雙憂慮的眼神也毫無回應。

我顫抖著伸出左手臂。

「袖子捲起來。」

「我什麼都沒做。」我本想大聲地這麼好好澄清一下，聲音聽起來卻怕得要死又像蚊子叫。闇之手看著我，靜靜等待。我捲起袖子。

他展開雙臂。當我看見他掌心滿滿盛著某種黑色物體，如水裡的墨水那樣懸空、聚集、纏繞，恐懼感旋即貫穿全身。

「現在，」他仍用那個日常聊天似的柔和語調說話，好像我們正坐在一起喝茶，而不是我站在他面前發抖。「來看看妳能做些什麼。」

他將雙手一合，發出雷擊般的聲響。當起伏的黑影從他緊握的雙手中擴散開，形成黑色波濤籠罩我和人群時，我倒抽一口氣。

我看不見了，整個空間消失，一切事物消失。我恐懼地大喊出聲，同時感到闇之手緊扣住我赤裸的手腕。突然之間，我的恐懼消退。雖然還在，卻像某種動物那樣縮在體內，被某個更冷靜、更踏實、更強大的事物推到一邊——某個隱隱讓我感到熟悉的事物。

我覺得有某種召喚在體內迴盪。令我驚訝的是，體內那個某物起而回應。我將那事物推開、壓制。不知怎麼，我深知要是那玩意兒得到自由，我必定會被它摧毀。

「什麼都沒有？」闇之手喃喃說道。我意識到他在黑暗中離我多麼近，而我驚慌失措的心靈立刻捕捉到他說的話。**什麼都沒有，沒錯，什麼都沒有，一點東西都沒有。就放過我吧！**

讓我鬆一口氣的是，體內那個掙扎不已的事物似乎又安分下來，讓闇之手的呼喚落了空。

「沒那麼快。」他低喃著。我感到某個冷冷的物體貼在上臂內側，並同時領悟那是一把刀。刀刃割入皮膚。

疼痛和恐懼貫穿全身。我大喊出來，體內的事物吼叫著浮出表面，加速朝闇之手的召喚奔去。我阻止不了自己，我回應了。全世界炸開，化爲灼目的白光。

黑暗在我們身旁如玻璃般碎裂。有一瞬間，我看見眾人的面孔，他們在塡滿耀眼陽光、空氣因熱度閃閃發亮的帳篷中嚇得嘴巴大張。然後闇之手放開了我，他一放開手，掌控我的詭異確定感也隨之消失。四面八方的閃光不見了，只剩尙在原地的普通燭焰，但我仍能感到皮膚上陽光帶來的溫暖及難以解釋的灼熱。

我的雙腿一軟，闇之手用強壯得驚人的一臂接住了我，讓我靠在他身上。

「我猜妳只是看起來像隻老鼠。」他在我耳邊悄聲說道，再對他其中一名私人護衛示意。「帶她走。」他說著，並將我轉交給伸出手來扶我的那名闇衛。我覺得自己像袋馬鈴薯，毫無尊嚴地被踢來踢去，並因此面紅耳赤。可是我實在抖得太嚴重又太困惑，無力抗議。血從闇之手剛剛割傷我手臂的地方流下。

「艾凡！」闇之手高喊。一名高大的破心者從台上衝到闇之手身旁。「把她帶到我的馬車去。我要武裝護衛全天候看守著她，把她帶到小行宮，中途無論如何都不准逗留。」艾凡點頭。

「還有，找個療癒者來照料她的傷口。」

「等等！」我出言抗議，但闇之手已經轉過身。我抓住他的手臂，無視在旁注視的格里沙發出何等驚呼。「這一定是有什麼誤會。我沒……我不是……」闇之手慢慢轉向我時，我的聲音漸漸消失。他藍灰色的雙眼落在我抓住他袖子的位置。我放開手，但沒打算輕易放棄。「我不是你認爲的人。」我絕望地低聲說道。

闇之手朝我走近，音量之低，只有我能聽到。「我倒是很懷疑妳對於自己是什麼人有任何頭緒。」說完，他便對艾凡點了個頭。「去！」

闇之手轉過身背對我，快速走向那高高聳立的台子，顧問和大臣簇擁著他，大聲且快速地說著話。

艾凡粗魯地抓住我的手臂。「快走。」

「艾凡，」闇之手喊道，「注意你的語氣，現在她是格里沙了。」

艾凡的臉稍稍漲紅，微微鞠了個躬。但當他扯著我走在走道上，力道一點也沒有放鬆。

「你得聽我說，」我一邊拚命跟上他大大的步幅，一邊喘著氣說：「我不是格里沙，我是一個製圖師——甚至還不是多好的製圖師。」

艾凡根本不理我。

我轉回頭，在人群中搜索著。瑪爾正在和沙艇的船長爭執。但他彷彿能感到我的視線，便抬起了眼，與我目光交會。我能看見自己的驚慌和困惑映在他蒼白的臉上。我想出口喊他、想奔向他，但是他下一瞬間就消失蹤影，被群眾吞沒。

第四章

艾凡將我拖出帳篷、走進傍晚陽光中，我眼中湧上挫折的淚水。他拖著我走下一座矮丘，來到一條路上，闇之手的黑色馬車已經等在那裡，由一圈騎著馬的元素系格里沙包圍，夾於兩側的是數排武裝騎兵。闇之手的兩名灰衣護衛等在馬車門旁，車上有一個女子和一名金髮男子，兩人都身著代表軀使系的紅色。

「進去。」艾凡命令。然後似乎猛地想起闇之手的指令，又補充說：「如果妳願意。」

「我不願意。」我說。

「什麼？」艾凡彷彿眞心訝異。另一個格里沙也一臉吃驚。

「我不願意！」我重複，「我哪裡也不去。這根本是弄錯了，我——」

艾凡打斷我，更堅定地抓住我的手臂。「闇之手不會犯錯，」他咬著牙關把話擠出來。「給我上去。」

「我不想——」

艾凡低下頭，直到鼻子和我的鼻子只剩幾吋距離，簡直像噴口水似地把話說出口。「妳覺得我會在意妳想怎樣嗎？不出幾個小時，斐優達間諜和蜀邯刺客就會知道影淵裡發生什麼事，就會來找妳。我們唯一的機會就是搶在大家發現妳到底是什麼之前，把妳帶到歐斯奧塔，躲進宮殿牆內。現在給我上馬車。」

他將我推進門裡，跟著我上去，一臉厭惡地一屁股在我對面坐下。另一個軀使系也加入，外加闇衛護衛，他們坐在我兩側。

「所以我現在是闇之手的囚犯了？」

「妳是受他保護。」

「有什麼差別嗎？」

艾凡的表情難以解讀。「就讓我們祈禱妳永遠不要知道。」

我繃起臉，往後陷進鋪了軟墊的座位，接著痛得發出嘶一聲。我都忘記身上的傷了。

「幫她治療。」艾凡對那個女格里沙說。她的袖子上有療癒者的灰色刺繡。

女人和其中一名闇衛換位子，好坐在我旁邊。

一名士兵把頭探進車門。「準備好了。」他說。

「很好，」艾凡回答，「保持警戒，繼續移動。」

「我們只會在換馬匹時停下，如果在那之前停了，你就會知道麻煩大了。」

士兵消失，將門在身後關上。馬夫刻不容緩，發出一聲呼喊，鞭子啪地一抽，馬車往前大晃一下。我湧上讓人心中一冷的驚慌。**我到底是怎麼了？**我想就這麼一把打開馬車門、拔腿逃亡。

可是要跑去哪裡？我們身處軍營中央，被全副武裝的兵馬團團包圍。但是就算沒有這樣，我還可能去哪裡呢？

「請脫掉外套。」我旁邊的女人說。

「什麼？」

「我得治療妳的傷口。」

我思考著要不要拒絕，可是這有何意義？我以奇怪的姿勢扭動肩膀脫掉外套，讓療癒者將我的衣服從肩膀輕輕拉下。所謂軀使系格里沙是隸屬死生法師團的一員——我努力把注意力放在生的部分上。可是我從沒接受過格里沙治療，因此身上每一條肌肉都因爲畏懼而繃緊著。

她從一只小包拿出某樣東西，一股鮮明的化學氣味立刻瀰漫在馬車中。她清理傷口時，我不禁瑟縮，手指緊扣雙膝。當她處理完，我感到肩膀中間一陣熱辣辣的刺痛，便用力咬住嘴唇。那股想去抓背後的衝動簡直令人難以忍受。終於，她停了下來，將衣服拉回原位。我小心伸展著肩膀，所有疼痛都已消失。

「現在換手臂。」她說。

差點忘了闇之手用刀割了我，但手腕和手上全是黏答答的血。她將傷口擦乾淨，把我的手臂舉到光源上。「盡量不要動，」她說，「不然會留疤。」

我盡了全力，但是馬車搖晃使得這件事變得更加困難。療癒者慢慢以手掠過傷口上方，我感到皮膚熱呼呼、一抽一抽的，手臂開始癢到不行，而在我讚嘆的注視下，割傷的兩側接織、皮膚密合，同時間，我的血肉似乎開始發光、移動。

癢感停止後，療癒者坐回去。我伸手去碰手臂。原本割傷的位置有個微微凸起的疤，但就只剩那樣了。

「謝謝妳。」我懷著敬畏說。

療癒者點點頭。

「把妳的柯夫塔給她。」艾凡對她說。

那女人皺眉，但只遲疑了一下，就扭動肩膀脫下紅色柯夫塔遞給我。

「我爲什麼要這個？」我問。

「拿就是了。」艾凡咆哮著說。

我從療癒者那兒接過柯夫塔，她一直面無表情，但我看得出來，要她交出這件衣服可說痛苦萬分。

我還沒決定到底要不要把我沾了血的外套給她，艾凡已敲敲車頂，馬車開始慢下。療癒者甚至沒等馬車停定就開了門衝出去。

艾凡將門關上，闇衛又坐回我旁邊的座位，我們再次上路。

「她要去哪裡？」我問。

「回奎比爾斯克，」艾凡回答，「少點重量就能走快一點。」

「你看起來比她重啊。」我咕噥著說。

「穿上柯夫塔。」他說。

「爲什麼？」

「因爲那是用質化系核芯布做的，能擋住步槍子彈。」

我望著他。這眞的可能嗎？曾有傳說說格里沙能直接抵擋槍彈，就算受到致命重傷也能存活。我從沒當一回事，可是說不定造物法師的巧手神技正是這些民間故事背後的眞相。

「你們都穿這些玩意兒嗎？」我穿上柯夫塔時問道。

「在戰場上會穿。」一個闇衛開口。我差點跳起來。這是兩個護衛中第一次有人說話。

「只要子彈別挨在腦袋上就行了。」艾凡紆尊降貴似地笑著補充。

我予以無視。這件柯夫塔太大了，穿起來很軟又很陌生，襯裡的毛皮貼在皮膚上十分溫暖。我咬著嘴唇。普通士兵沒有這種好東西可用，然而闇衛和格里沙卻能穿著核芯布，實在太不公平了。我們的軍官也會穿這東西嗎？

馬車加速。在療癒者動工的那段時間，暮色已逐漸落下，我們把奎比爾斯克拋在身後。我往前傾，拚命想看出窗外，可是外面的世界是一團模糊難辨的薄暮。我感到眼淚又岌岌可危地要湧上，趕緊眨掉。幾小時前，我是正要進入未知領域、嚇得要命的女孩，可是至少我知道自己是誰——或說是什麼人。在極度痛苦中，我想起了文書帳篷。此時此刻，其他測量師可能正在工作。他們會爲阿列克謝哀悼嗎？他們會談論我，談論在影淵裡發生了什麼事嗎？

我緊抓著那件軍隊配發的外套，它在我的大腿上被綑成一團縐巴巴的東西。這一定是場夢，是對影淵的恐懼誘發的瘋狂幻覺。我絕無可能穿著格里沙的柯夫塔坐在闇之手的馬車上——還是昨天差點把我輾死的那輛。

有人在馬車中點亮油燈。在搖曳火光中，我得以將襯了絲綢的內裝看得更清楚，座位鋪了厚厚黑色天鵝絨，窗戶玻璃上刻畫著闇之手的符號——兩個交疊的圓圈，亦即被遮蝕的太陽。

對面兩名格里沙正用毫不遮掩的好奇心打量我。他們的紅色柯夫塔用的是上好羊毛，奢華地飾以黑色刺繡，並內襯黑色皮毛。金髮破心者身材瘦長，有張憂鬱的長臉；艾凡高一些，身材寬一點，有著波浪棕髮和被太陽曬得古銅的皮膚。當我眞的留心去看，不得不承認其實他長得還不錯。**而且他自己也清楚。就是個長得好看卻愛欺負人的大塊頭。**

我在座位上不安扭動，被他們的眼神弄得十分不自在。我望出窗外，但除了漸深的黑暗和我蒼白的倒影，沒什麼可看。我又將眼神轉回格里沙，努力平息心中不耐。他們還在看個不停，我只好提醒自己，這些人可是有辦法讓我的心臟在胸膛裡爆開呢。可是到最後，我實在忍不住了。

「你們應該知道我不會耍花招吧？」我火大地表示。

兩名格里沙交換了眼神。

「帳篷裡那招耍得挺不賴的啊。」艾凡說。

我翻翻白眼。「好吧，我答應你們，如果我打算做出什麼刺激行爲，一定會對你們正式發出警告，所以……我想你們可以睡一下之類的。」

艾凡彷彿受到了冒犯，我冷不防感到一陣害怕。但是金髮格里沙卻爆出笑聲。

「我是費德，」他說：「這位是艾凡。」

「我知道，」我回答。然後一面想像著阿娜·庫亞那雙不置可否的怒目，一面補充：「很榮幸認識兩位。」

他們交換了個樂不可支的眼神，我故意不理，扭著身體蜷回座位，努力把自己弄得舒舒服服。這在兩名全副武裝的士兵占去很多空間的狀況下，可是十分不容易。

馬車撞上路面凸起，往前顚了一下。

「這樣安全嗎？」我問，「晚上趕路？」

「不安全。」費德說，「不過，相較之下停下來更危險。」

「因爲現在會有人來追殺我？」我挖苦地說。

「就算不是現在，也很快會發生。」

我嗤了一口氣，費德便揚起眉毛。「數百年來，影淵都是對我們的敵方有利，逼我們關閉港口、勒得我們不能呼吸，讓我們變得虛弱。如果妳眞的是太陽召喚者，那麼妳的力量就能成爲打開影淵的鑰匙──搞不好還可以摧毀它。斐優達和蜀邯絕對不可能袖手旁觀。」

我瞠目結舌地望著他。這些人是對我有什麼期待？等他們發現我達不到他們的期望，又會把我怎麼樣？「這太扯了。」我咕噥著說。

費德將我從頭打量到腳，輕笑一聲。「也許吧。」他說。

我皺起眉。雖然他同意我的想法，我仍有種被侮辱的感覺。

「妳是怎麼藏起來的？」艾凡突如其來一問。

「藏什麼？」

「妳的力量，」艾凡沒耐心地表示：「妳是怎麼藏起來的？」

「我沒有藏，我根本不知道我有。」

「那不可能。」

「但真的就是這樣。」我不快地說。

「妳沒接受測驗嗎？」

某個朦朧記憶閃過腦海。在卡拉錫的客廳裡，有三個穿著斗篷的身影；其中一個女人高傲地揚起眉毛。

「我當然接受過。」

「什麼時候？」

「八歲的時候。」

「那太晚了，」艾凡表示，「妳父母怎麼沒讓妳早點接受測驗？」

因爲他們都死了，我在心裡想，卻沒說出口。**而且沒人會對卡拉索夫公爵的孤兒多看一眼。**

我聳聳肩。

「這根本不合理。」艾凡咕噥個沒完。

「我不是一直這樣說了嗎！」我向前傾身，無奈至極地從艾凡再看到費德。「我不是你們以爲的那個人，我不是格里沙。在影淵裡發生的事……我根本不知道發生了什麼事，但那不是我做的。」

「那在格里沙帳篷裡發生的事呢？」費德冷靜地問道。

「我沒辦法解釋，可是那不是我做的。闇之手碰我時對我做了些事情。」

艾凡笑出聲。「他什麼也沒做，他是增幅者。」

「增什麼？」

費德和艾凡又交換了眼神。

「隨便啦，」我厲聲說道：「我才不在乎。」

艾凡將手伸進領口，從一條細細的銀鍊上將某個東西拿下來，遞到我面前讓我仔細看。

我被好奇心打敗，於是一點一點地慢慢往前移動，想看得更清楚一點。那好像是串尖銳的黑色爪子。

「這是什麼？」

「我的增幅物，」艾凡語氣中有著驕傲，「這是從雪爾朋熊前腳拿下來的爪子。是在我離開學校，加入闇之手麾下時親手殺的。」他往後陷進座位，將那串鍊子再次塞回領中。

「增幅物能增加格里沙的力量，」費德說：「但首先，重點是要有力量。」

「每個格里沙都有這東西嗎？」我問。

費德一時僵住。「沒有，」他說：「增幅物很少見，也很難入手。」

「只有最受闇之手寵愛的格里沙才有。」艾凡沾沾自喜。而我真後悔自己問了這個問題。

「闇之手就是活生生的人類增幅者，」費德說：「妳感覺到的就是那個。」

「就像這些爪子嗎？那就是他的力量？」

「他的其中一種力量。」艾凡出言糾正。

我用柯夫塔把自己裹緊一點，突然湧上一陣寒意。我記得闇之手碰觸我時流竄全身的自信感，還有召喚的聲音在全身迴盪時那熟悉到詭異的感覺──一個我不能不回應的召喚。那非常嚇人，卻同時又非常令人振奮。那瞬間，我所有的疑惑和恐懼都被某種絕對且確定的感覺取代。曾經我誰也不是，只是來自無名村落的難民，一個乾巴巴又笨手笨腳的女孩，獨自闖入越來越深的黑暗。可是當闇之手緊扣住我的手腕，我覺得自己變得不一樣了，好像變得更重要。我閉上眼睛、努力專注，試圖想起那種確定感，喚醒那股踏實且完美的力量，讓它再次熊熊燃燒、復甦。

可是什麼都沒發生。

我嘆了口氣，睜開眼。艾凡實在是太樂不可支，我簡直要忍不住想踹他的衝動。

「你們把一切押在一個註定失敗的賭注上。」我喃喃說道。

「爲了妳好，我眞心希望妳是錯的。」艾凡說。

「應該是爲了所有人好才對。」費德說。

□

我失去了時間感。夜晚、白晝，不斷從馬車窗外流過。我大多時候都看著外頭的風景，尋找一些能帶給我熟悉感的地標。我本以爲會走偏路小徑，但是我們一直走在汝道上，而費德解釋闇之手決定以速度爲優先，而非隱密度。他希望在我力量的謠言傳到在拉夫卡境內活動的敵方間諜及刺客耳中前，將我帶到歐斯奧塔安全的雙重城牆裡。

我們毫不鬆懈地快速前進。不時會停下來換馬，我則獲准能伸展一下雙腿。而即便我入睡了，夢中也總有怪物侵襲。

有一回，我猛然驚醒，心臟狂跳，發現費德注視著我，而艾凡在他旁邊熟睡，正大聲打呼。

「瑪爾是誰？」他問。

我意識到自己說了夢話，面紅耳赤地望向夾在我兩旁的闇衛。其中一人面無表情地望著前方，另一個在打瞌睡。車輪轆轆經過一小片樺樹林時，午後陽光穿林而過，從外頭照進來。

「誰也不是，」我說：「只是某個朋友。」

「那個追蹤師？」

我點點頭。「在影淵時他和我在一起；他救了我的命。」

「妳也救了他的命。」

我打算張嘴反駁，卻半途打住。我救了瑪爾的命嗎？這個想法讓我突然安靜下來。

「拯救他人性命──」費德說：「是無上的光榮。妳救了很多人。」

「還不夠多。」我低喃著，想起阿列克謝被抓進黑暗時臉上驚恐的表情。如果我有這種力量，爲什麼會救不了他，又或是任何一個在影淵中喪生的人？我看著費德。「如果你眞的相信拯救生命是無上光榮，那爲什麼選擇當破心者，不當療癒者？」

費德凝視著沿途經過的景色。「所有格里沙中，軀使系是最辛苦的一條路。我們要接受最多訓練、鑽研學問最深。在一切結束後，我覺得自己當破心者能夠拯救更多生命。」

「當殺手嗎？」我訝異問道。

「當士兵。」費德出言糾正，聳了聳肩。「要殺人，還是救人？」他露出悲傷的笑容。「我們都有屬於自己的天賦。」然而他臉色倏地一變，坐挺起身、用力戳了艾凡的身側。「快起來！」

馬車停下，我困惑地打量四周。「我們——」我才開口，身旁護衛卻一手摀住我嘴巴，一手比在唇上。

馬車門颼一聲打開，一名士兵探頭進來。

「路上有倒下的樹，」他說，「不過可能是陷阱，保持警戒，然後——」

他沒能把話說完。一聲槍響傳來，他便往前一倒，子彈射中了他的背後。轉瞬間，連發的子彈擊中馬車，四下頓時瀰漫驚慌喊叫，以及令人牙齒格格作響的步槍擊發聲。

「趴下！」我旁邊的護衛喊道，用自己的身體將我護住。同時，艾凡把擋路的士兵一腳踢開，將門關上。

「斐優達人。」護衛窺看著外頭。

艾凡看著費德和我旁邊的護衛。「費德，和他一起走；你走這邊，我們走另一邊。保護馬車，不計任何代價。」

費德從皮帶抽出一把大刀遞給我。「盡量壓低身體，不要出聲。」

格里沙和護衛一同伏身靜候在窗邊。在艾凡一聲令下，他們各從馬車一側躍出，再一把將門甩上。我在地上縮成一團，緊抓著刀子厚重的刀柄，雙膝貼近胸口，背抵著座位底部。我聽見外頭傳來打鬥聲，金屬交擊，悶哼與喊叫四起，馬匹嘶鳴。一具身軀狠狠撞上窗戶玻璃，馬車隨之搖撼。我驚恐地發現那是其中一名護衛。當他的軀體滑了下去消失，在玻璃上留下一抹鮮紅。

馬車門倏地打開，一個臉上蓄著野蠻黃鬍子的人冒了出來。我手忙腳亂地爬到馬車一側，將刀子舉在身前。他吠叫似地用詭異的斐優達語對同胞吼了些什麼，接著便伸手來抓我的腿。當我對著他一陣狂踢，身後的門打開來，我差點直接滾進另一個鬍子男懷中。他手穿過我腋下將我扣住，粗暴地把我從馬車拖出來，我則不斷怒吼，一個勁兒拿刀亂砍。

我一定砍到了什麼，因爲他出聲咒罵、將手鬆開。我掙扎著想站起來逃跑。我們此時在一座長滿樹木的峽谷中，因爲要從兩座斜陡的山丘之間通過，汝道縮得窄窄的。我四面八方皆是和那些蓄鬍男戰鬥的士兵和格里沙。位於攻擊火線上的樹木爆開、化爲烈焰。我看見費德出手攻擊，他面前的人立刻頹然倒地，緊揪著胸口，血從口中流淌而出。

我弄不清東南西北，一個勁兒狂奔，手腳並用爬上最近的山丘，雙腳不斷在蓋滿林地的落葉上打滑，只能喘著呼吸。我只成功爬上陡坡的一半，接著就從後方遭人攔截。當我往前摔倒，伸出雙臂以免跌個狗吃屎時，刀從我手中飛了出去。

當黃鬍子男人抓住我的腿，我又扭又踢，束手無策地低頭望向峽谷。然而下方的士兵和格里沙都在爲了活命奮戰，就人數而言屈居劣勢，無力前來救援。我拚命掙扎、死命攻擊，可是那個斐優達人太強壯了。他爬到我身上，以雙膝將我的雙臂固定在兩側，伸手拿刀。

「我要在這裡把妳開腸剖肚，女巫。」他用濃濃的斐優達腔咆哮著說。

就在此刻，我聽見馬蹄達達，攻擊我的人轉過頭朝路上看去。

一整隊騎士一面吶喊一面衝進峽谷，紅藍柯夫塔飄揚翻飛，手中的火焰與雷電灼灼發亮；領頭騎士一身黑色。

闇之手下馬，雙臂一展一合，發出響亮的轟隆聲。一束黑暗從他緊扣的雙手中射出，盤繞著貫穿峽谷，瞄準斐優達刺客，順勢爬上他們的身軀，以翻騰的陰影包裹住他們的臉面。那些人發出尖叫。有些人丟下劍，其他人則盲目亂揮。

拉夫卡戰士紛紛抓住機會，輕而易舉砍倒那些看不見的無助之人，我則帶著混雜敬畏和恐懼的心情注視這一切。

我上方的鬍子男低喃了些聽不懂的話，我想可能是禱詞吧。他瞠目結舌、無法動彈，那人望著闇之手，恐懼展露無遺。我馬上抓住這個機會。

「我在這裡！」我對著山腰大喊。

闇之手轉過頭，舉起雙手。

「*Nej*！」斐優達人輕聲說道，高舉起刀。「我不用雙眼也能刺穿她的心臟！」

我屏住呼吸，死寂籠罩峽谷，只有瀕死者偶爾發出的呻吟將之打斷。闇之手垂下雙手。

「你應該知道自己被包圍了吧。」他鎮定地說，嗓音穿透樹林。

刺客的目光快速來回，再往上望向從山丘頂部冒出來的拉夫卡士兵，他們個個用步槍瞄準了這裡。當斐優達人慌亂地環顧四周，闇之手悄悄朝山坡上走了幾步。

「不准再靠近了！」那人尖聲喊道。

闇之手停下腳步。「把她給我，」他說：「我就讓你逃回你的國王身邊。」

刺客輕輕發出歇斯底里的笑聲，「噢不，不不不，我不覺得。」他搖著頭，刀子高舉在我狂跳的心臟之上，無情的刀尖在太陽下爍爍發光。「闇之手不會饒過任何一個人的命。」他低頭望著我。這人的睫毛是淺金色的，幾乎看不見。「我不會讓他得到妳的，」他輕哼著，「我不會讓他得到這個女巫，還有這分力量。」他把刀舉得更高，號吼一聲。「*Skirden Fjerda*！」

刀子劃出閃耀的弧線往下刺來，我別過臉，害怕地閉緊了眼睛。在閉眼前，我瞥見闇之手對著面前伸手一劈，聽見猶如打雷的另一聲啪，然後就……什麼聲音都沒了。

我慢慢睜眼，望著面前的駭人景象，張開嘴想尖叫，卻什麼聲音都發不出來。我上方的男人被切成兩半，頭、右邊肩膀和手臂落在林地上，那隻白手還緊抓著刀。剩餘的身軀在我上方搖晃了一會兒，遭劈斷的軀體傷口中冒出細細一縷黑煙，然後消散在空氣中。接著，這個人的剩餘軀體便往前倒。

我終於找回聲音放聲尖叫。我往後爬開，驚慌失措地想逃離那副被切斷的屍體，卻怎麼也站不起來，無法將眼神從那可怕景象移開。我無法控制自己，瘋狂顫抖。

闇之手快速跑上山坡，跪在我旁邊遮住我的視線，不讓我看到屍體。「看著我。」他命令。

我努力想專注在他的臉上，卻只能看見刺客被切開的身體，血在濕答答的葉子裡聚積成池。

「你……你對他做了什麼？」我抖著聲音問。

「做我不得不做的事。妳站得起來嗎？」

我顫抖著點頭。他抓住我的雙手，扶我站起來。當我的眼神再次飄向屍體，他捏住我的下巴，引導我的視線回到他身上。「看著我。」他用命令的語氣說。

我點點頭，在闇之手帶我走下山丘、對手下發號施令時努力看著他。

「把路清空，我要二十名騎士。」

「那個女孩呢？」艾凡問。

「她和我一起。」闇之手說。

闇之手去和艾凡、他的隊長商量事情時，我被留在他的坐騎旁。看到費德和他們在一起，我鬆了一口氣。他雖緊抱著一臂，但似乎沒有其他地方受傷。我拍拍馬兒汗涔涔的側腹，一口吸進馬鞍純粹的皮革氣味，努力讓心跳放慢一些，不去看身後山腰上我心知肚明發生的一切。

幾分鐘後，我看見士兵和格里沙紛紛上馬，已有幾人將路上的樹木清開，其他人則隨著變得更千瘡百孔的馬車一同騎馬離開。

「是誘餌，」闇之手來到我身旁。「我們要走南邊小徑。打從一開始就該這麼做才對。」

「所以你也會犯錯。」我想也沒想就這麼說出口。

他手套戴到一半，停了下來，於是我緊張地抿起嘴唇。「我的意思不是——」

「我當然會犯錯，」他嘴角一抿，露出要笑不笑的神情。「只是不常發生。」

他拉起帽兜，伸手扶我上馬，我有一瞬遲疑。他站在我面前——這名暗黑騎士，一身黑色斗篷，輪廓藏在陰影之中。那個人被切開的畫面隱約閃現在腦海，我的肚子一陣翻攪。

他彷彿讀出了我的想法，又重複道：「阿利娜，我做了不得不做的事。」

這我知道。他救了我的命。而我又有什麼選擇？我將手交到他手中，任他扶我上了馬鞍。他坐到我身後，踢了一下，讓馬匹快跑。

離開峽谷時，我覺得自己可能永遠無法忘記剛剛發生的一切。

「妳在發抖。」他說。

「我還沒習慣大家都想殺我這種事。」

「是嗎？我已經沒什麼感覺了。」

我轉頭看他。那抹微笑還在，但我不是很確定他是不是在開玩笑。我又轉回來。「畢竟我是親眼看見一個人被切成兩半。」我盡可能語調放輕鬆，不過藏不了仍在顫抖的事實。

闇之手改成用單手拉著韁繩，脫掉一隻手套。當我感到他赤裸的手掌穿進我頭髮下方、擱在我的頸背，不禁全身僵硬。然而，當同樣一股充滿力量與自信的感覺流竄全身，驚訝就變成了平靜。他一手捧著我的腦袋，再次策馬慢慢跑起。我閉上眼睛，努力什麼都別想。儘管馬不停在前進，儘管歷經了一整天的恐懼，我仍迅速墜入不平靜的夢鄉。

第五章

接下來幾天在不適與極度疲倦的朦朧中度過。我們遠離汝道，持續抄小路和細窄的獵道，盡可能快速在多丘且時而艱險難行的地形前進。我完全搞不清楚我們身在何方，或到底走了多遠。

第一天過後，闇之手便和我分騎不同馬匹，我卻發現自己總能感應到他在隊伍中的哪個位置。他沒對我說一個字，但在數小時、甚至數日緩慢流逝後，我開始擔心自己是不是不小心冒犯到他了。（雖然我們眞的沒什麼交談，我不確定到底怎麼冒犯到他的。）不時，我會發現他注視著我，眼神冰冷且難以解讀。

我騎馬向來沒騎得多好，而闇之手設下的速度讓此事更雪上加霜。不管我在馬鞍上怎麼挪，身體某個部分就是痛得要命。我無精打采地盯著我那匹馬抽動的耳朵，努力忽視灼痛的雙腿或下背部的陣陣刺痛。第五天晚上，我們在一間廢棄農場停下來紮營，我是很想歡天喜地從馬上跳下來，無奈整個人實在太過僵硬，最後只能用尷尬的姿勢滑下地面。我謝過扶我下馬的那名士兵，步履蹣跚地從一座小丘慢慢走下，朝著輕柔傳入耳中的潺潺溪流聲過去。

我顫抖著雙腿在岸邊跪下，用冰冷的水清洗臉和手。這幾天來氣候大變，燦亮的秋日藍天轉爲鬱鬱寡歡的灰色。士兵似乎都認爲我們會在眞正轉變爲壞天氣前抵達歐斯奧塔。然後呢？等抵達小行宮，我又會怎麼樣？要是做不到他們要我做的事，我會有什麼下場？讓國王，或闇之手大失所望恐怕不妙。我不認爲他們只會在我背上拍一下，就這麼把我丟回軍團。我忍不住要想，不曉得瑪爾是不是還在奎比爾斯克。如果他的傷都治好了，很可能又會被送回去跨越影淵，或接下其他任務。我想起那時在格里沙帳篷裡，他的臉孔消失在眾人之中。我甚至沒有機會和他道別。

在越來越濃的暮色裡，我伸展著雙臂和背部，努力甩開當頭罩下的陰鬱感覺。**這樣可能才是最好。**我對自己說。**不然我該怎麼對瑪爾道別？謝謝你成爲我最好的朋友，讓我還能忍受這個人生——噢，不好意思，我好像有點愛上你了。記得寫信給我喔！**

「妳在笑什麼？」

我急轉過身，看進黑暗。闇之手的聲音彷彿從陰影中飄出似的。他往下走到小溪旁，在岸邊俯身，把水潑到臉上，弄濕他的深色頭髮。

「笑什麼？」他問，抬頭看著我。

「笑我自己。」我承認。

「妳有這麼好笑嗎？」

「我可是非常好笑的。」

闇之手就著殘餘的暮光細細打量我。這種彷彿被人研究的感覺令我一陣不安。除了柯夫塔上有點灰塵，這趟苦行似乎沒在他身上留下什麼痕跡。而當我意識到自己身上這件過大的破爛柯夫塔、髒兮兮的頭髮，以及斐優達刺客在我臉上留下的瘀青，簡直不好意思到皮膚都痛了起來。他會不會一邊看著我一邊後悔，覺得不該將我一路拖到這個地方？他會不會在想，他竟然犯了一個不常犯下的錯誤？

「我不是格里沙。」我脫口這麼說。

「就證據來看不是這樣，」他的口吻十分擔憂，「妳爲什麼會這麼肯定？」

「你看看我！」

「我在看。」

「你看我這樣難道像格里沙嗎？」格里沙很美麗，他們不會有斑斑點點的皮膚、暗棕色頭髮和乾巴巴的手臂。

他搖搖頭，站起身。「妳完全沒搞懂。」他說，開始朝山丘走回去。

「那你不向我解釋一下嗎？」

「不是現在。」

我火大到恨不得狠狠往他後腦勺打下去。要不是我才目睹他把一個人切成兩半，搞不好眞的就出手了。總之，我暫且在隨他走上山丘時惡狠狠地瞪著他兩片肩胛骨中央，這樣就好。

農場的頹倒穀倉裡，闇之手的人馬在泥土地上清出一塊空間生起火。其中一人抓到一頭松雞，殺了在火上烤。要所有人只吃這當一餐實在太過窘迫，但闇之手不想派人進森林到處狩獵。

我在火旁找位子坐下，無聲吃下我分到的一小份。吃完時，我遲疑了一下，然後直接將手擦在已經很髒的柯夫塔上。這可能是我有生以來──搞不好會是這輩子──穿過最好的東西。看到這麼好的布料又髒又破，不知怎麼讓我情緒特別低落。

在火光中，我看著闍衛和格里沙並肩而坐。有些人已經從火旁走開，鋪床準備就寢；其他則被派輪第一班守夜，剩下的人伴著漸弱的火焰坐著聊天，來回傳遞酒瓶。闍之手和他們坐在一塊兒。我發現他並沒有分到較多的松雞肉，現在又和他的士兵一同坐在冰冷地上。他甚至是一人之下萬人之上的地位。

他一定感覺到了我的目光，因爲他轉過來看我，冷酷如石的雙眼映著火光閃爍。我不禁臉紅。而最讓我驚慌的是，他站起身過來坐在我旁邊，把酒瓶遞給了我。我遲疑了一下，然後啜了一口，因爲那味道皺起臉來。我一直不喜歡科瓦斯酒，但卡拉錫的老師喝酒像喝水一樣。瑪爾和我曾偷過一瓶，我們被抓到時挨的打，和喝完酒後有多痛苦、多不舒服相比，根本不算什麼。

然而酒液仍一路灼燒下肚，帶來令人愉悅的暖意。我又喝了一口才將酒瓶還給他。「謝謝。」我小咳了一下。

他也喝了，並注視著火焰，然後說，「好，妳問吧。」

我對他眨了眨眼，有些吃驚。我不確定該從何問起。在我疲憊的腦中，問題簡直滿到要溢出來，打從離開奎比爾斯克，我就一直處於驚慌失措、精疲力盡、難以置信三股情緒相互糾纏的狀態，不確定我還有力氣具體說出任何想法，而當我張開嘴，問出的問題連自己都嚇了一跳。

「你幾歲？」

他饒有興味地看著我。

「我不太確定。」

「你怎麼可能不確定？」

闇之手聳聳肩。「那妳又幾歲了？」

我不快地看他一眼。我不曉得我的出生日期，卡拉錫的每個孤兒都借用公爵的生日，以榮耀這位大恩人。「那不然你大約幾歲？」

「妳想知道什麼？」

「我從小就聽說過你的故事，但是你看起來沒比我大多少。」我誠實表示。

「什麼樣的故事？」

「很常見的故事，」我有點惱怒。「如果你不想回答，直說就是。」

「我不想回答。」

「噢。」

然後他嘆了口氣，說，「一百二十吧，大概。」

「什麼？」我聲音一尖，坐在對面的士兵看了過來。「怎麼可能。」我將音量放小了一點。

他注視著火焰。「火燃燒時會消耗木柴，將它吞噬，只留灰燼。但格里沙的力量不是那樣運作的。」

「那是怎樣運作的？」

「使用這分力量會讓我們更強壯，它餵養我們，而非消耗我們。大多格里沙都長命百歲。」

「但是不至於到一百二十歲。」

「確實，」他承認，「格里沙壽命的長度和力量成正比。力量越強，活得越久。而當力量獲得增幅……」他聳了下肩，沒再說下去。

「你就是活生生的增幅物，就像艾凡的那頭熊。」

他唇邊揚起一絲微笑。「就像艾凡的那頭熊。」

我突然冒出不太舒服的念頭。「但那就表示——」

「我的骨頭或單單幾顆牙齒，就能讓其他格里沙力量變強。」

「我得說這眞的太令人毛骨悚然了。你都不會有點擔心嗎？」

「不會，」他簡要地說，「現在換妳回答我的問題了。你們聽說的那些關於我的故事……都是怎麼說的？」

我不自在地動了動。「呃……我們的老師說，你從拉夫卡之外的地方召來格里沙，讓第二軍團變強。」

「我不必召他們來，是他們自己來找我的。其他國家對待自家的格里沙可沒像拉夫卡那麼好。」他陰沉地說：「斐優達人把他們當女巫燒死，克爾斥拿他們像奴隸一樣做買賣；蜀邯把我們開膛剖肚，想尋找力量來源。還有什麼問題？」

「他們說你是世代以來最強的闇之手。」

「我沒叫妳拍我馬屁。」

我撥弄著柯夫塔袖口鬆脫的一條線。他望著我，等我開口。

「呃，」我說：「有一個之前在莊園工作的老奴隸……」

「繼續說，」他說：「都告訴我。」

「他……他說闇之手生下來就沒有靈魂，只有真正邪惡的事物才會創造出影淵。」我注視著他冷酷的面孔，急忙追加。「但是阿娜．庫亞叫他收拾包袱滾出去，然後告訴我們那全是鄉下人的迷信。」

闇之手嘆了口氣，「我覺得相信這種事的，絕對不只那個奴隸。」

我什麼也沒說。不是每個人的想法都和伊芙或那老奴隸一樣，但我在第一軍團待了很久，知道一般士兵大多都不信任格里沙，對闇之手也無忠誠可言。

過了一會兒，闇之手說：「我的曾曾曾祖父是黑異教徒——就是那個創造出影淵的闇之手。那是天大的錯誤，是出自他的貪婪——又或者是邪惡的實驗——到底是哪個，我也不曉得。但是從那之後，每名闇之手都試圖彌補他對我們國家造成的傷害，我也一樣。」然後他轉向我，一臉嚴肅，火光在他完美的五官表面上舞動。「我花了一輩子尋找匡亂反正的方法，這麼久以來，妳是我看到的第一絲希望。」

「我？」

「世界正在改變，阿利娜，火槍和步槍不過是開端。我看過他們在克爾斥和斐優達發明的那些武器，格里沙力量的時代已經走到盡頭。」

那是個可怕的想法。「但是……但是第一軍團呢？他們有步槍，有武器啊。」

「妳覺得他們的步槍是哪來的？還有彈藥？每次跨越影淵，我們就會有死傷。分裂的拉夫卡是撐不過新世紀的。我們要有自己的港口、自己的碼頭。而只有妳能幫我們把這些拿回來。」

「該怎麼做？」我懇求道，「我該怎麼做到這一切？」

「幫我摧毀影淵。」

我搖首。「你瘋了，這眞是太瘋狂了。」

我抬起頭，透過穀倉屋頂斷掉的屋梁看向夜空。天空全是星星，我卻只看見它們之間無限延伸的黑暗。我想像自己站在影淵的死寂中，雙眼盲目、恐懼萬分，除了所謂我的力量，沒有別的東西護身。我想到了黑異教徒。他創造了影淵，他是闇之手，就和坐在火光中仔細端詳我的那個人一樣。

「那麼那個呢？」趁勇氣還沒盡失，我問出口。「就是你對那個斐優達人做的事？」

他的視線又轉回火上。「那叫黑破斬，要有很大的力量和很強的專注力，沒有多少格里沙能做到。」

我揉揉手臂，努力趕走將我攫住的寒意。

他瞥向我，再次回望火光。「如果我是用劍將他砍倒，會比較好嗎？」

會嗎？這幾天來，我目睹了數也數不盡的恐怖景象。但即使經歷了影淵的夢魘，在我夢中揮之不去，持續暴走並一路追著我直到驚醒的，卻是鬍子男被切開後，身體在斑駁陽光中搖晃一陣才倒在我身上的畫面。

「我不知道。」我靜靜地說。

某些情緒從他臉上閃過，看起來像是憤怒，甚或是痛苦。他沒再說一句話，直接站起來從我身邊走開。

我看著他消失在黑暗中，突然湧上一股罪惡感。**少蠢了，**我責罵自己。**他可是闇之手，是拉夫卡第二有權勢的人——他都一百二十歲了！妳才不可能傷到他的心。**但我想起他臉上一閃而過的神情，當他談起黑異教徒時語調中那絲羞愧，就揮不去某種感覺：我好像沒能通過某種測驗。

□

兩天後，日出後不久，我們通過一道巨大的門，進入歐斯奧塔遠近馳名的雙層牆內。

瑪爾和我是在距這裡不遠的地方，亦即波利茲那亞的軍事要塞接受訓練的，可是從沒眞正進入過城市。歐斯奧塔這地方只有少數人才能涉足，非常富有的人，軍方和政府官員及其家人、情婦，外加所有專事服務這些人士的人們。

我們經過幾家關起窗戶的店鋪，以及開始準備攤位但攤販寥寥無幾的寬闊市集、一排排擠在一塊兒的狹窄房屋，我心中湧上一股痛苦的失望感。歐斯奧塔被稱爲夢幻之都，也是拉夫卡的首都，是格里沙和國王的大宮殿之所在。但如果眞的要說，這兒不過是比卡拉錫的市集鎮大一些、髒一點的地方。

可是當我們來到橋前，一切都變了。橋橫跨一條寬廣運河，底下的水上有小船漂蕩。從橋另一頭霧中升起、微微發著白光的，正是另一個歐斯奧塔。過橋時，我明白這座橋如果升起，就能將這條運河變成巨大的護城河，將面前的夢幻之都和身後那座隨處可見的髒亂市集鎮隔開。

來到運河另一邊恍若進入另一個世界，觸目所及每個角落都能看見噴泉和廣場，青翠的公園，寬廣大道兩旁列站一排排漂亮而完美的樹木。無論在哪兒，我都能在華麗房屋的低樓層處看見燈光，那些屋子廚房都點亮了燈，就要開始一天的工作。

街道開始爬坡。我們爬得越高，房屋就越大越壯觀，直到最後抵達另一道牆，又是一連串門。這些門精細地鑄上閃亮的黃金，並飾以代表國王的雙鷹紋章。沿著牆壁，我看見全副武裝的士兵在此駐守，恍若某種冷酷的提醒，在在昭告著儘管歐斯奧塔如此美麗，仍是長年處於戰爭狀態的國家首都。

門悠然敞開。

我們騎上一條寬廣大路，路上鋪了閃亮鵝卵石，夾道立著姿態優雅的排排樹木。從左到右，我看見一路延伸到遠處，有許多修剪整齊的花園，充滿綠意，在清晨時分的霧中朦朦朧朧。此外，在一連串的大理石露台和金色噴泉之上的，正是大宮殿，也就是拉夫卡國王的冬天別莊，若隱若現地矗立在那兒。

當終於抵達宮殿底部的巨大雙鷹噴泉，闇之手將馬停在我的馬旁邊。

「看了覺得如何？」他問。

我望著他，再看回那精雕細琢的正面。這宮殿比我這輩子見過的建築都大，露台上擠滿雕像，整整三層樓一排接著一排的閃亮窗戶熠熠發光，每扇都大量裝飾著……那應該眞的是金子。

「它眞的是……好大喔。」我小心翼翼地說。

他看著我，唇上露出一絲微笑。「我覺得那是我這輩子看過最醜的東西。」他輕推馬兒，讓牠往前走。

我們順著一條繞進宮殿後方的彎路更深入其中，經過樹籬迷宮、起伏的草坪，草坪中央有座由圓柱支撐的神殿，還有一座巨大溫室，溫室的窗戶蒙上一片凝結的水珠。接著，我們進了一叢規模大得有如一小座森林的濃密林子，再通過一條長而陰暗的林道，樹枝在頭頂上緊密交織出一座頂棚。

我雙臂上的寒毛直豎，心中冒出一種感覺，就和越過運河時一模一樣：我彷彿跨越了兩個世界的分界線。

當我們從隧道冒出來，進入微弱的陽光中。我由一座緩坡俯瞰，見到一幢從未見過的建築。

「歡迎來到小行宮。」闇之手說。

這名字眞的很怪。儘管它比大宮殿小，「小」行宮卻仍然巨大。在包圍宮殿的樹林中，它高高聳起，由諸多深色木牆和金色圓頂組成，有如某種從魔法森林誕生的事物。當我們越靠越近，我見到它的每吋表面都蓋滿了複雜精細的雕刻，有鳥、花朵、糾結的藤蔓及魔法怪獸。

一群身著炭灰衣裝的僕役在階梯上等待。我才下馬，其中一人就衝上前將我的馬牽去，其他人則推開巨大的雙開門。通過門時，我忍不住衝動，伸手去摸那些精緻的雕刻。它們全都鑲嵌了珍珠母，如此一來，就能在清晨日光中閃閃發亮。要花多少工夫、多少年，才能打造這樣一個地方？

我們通過某個入口門廳，進入一間巨大的六角房間，裡面有四張長桌，排成正方形放置在正中。踏在石頭地上，我們踩出陣陣回音；頭頂的碩大金色圓頂似乎正飄在不可思議的高度。

闇之手把一名僕役帶到一邊。她是個穿炭灰裙裝、稍有年紀的女人。他壓低聲音對她說話，然後稍微對我躬了個身，再大步越過門廳。他的手下跟在他身後。

我心裡湧上一股惱怒。打從穀倉那晚，闇之手就沒對我說什麼話，而且就這麼讓我毫無頭緒，不曉得抵達後會發生些什麼事。但我除了沒膽也沒力氣追上去，只能乖乖跟著那名灰衣女子走過另一對雙開門，進入較小的塔中。

當我看到那些樓梯，差點要崩潰哭出來。**也許我可以問問，我是不是留在這個門廳中央就行了。**我悲慘地想，卻仍將手放上飾有雕刻的樓梯扶手，拖著自己往上爬。每走一步，僵硬的身體就不斷抗議。等到抵達最上方，我眞想往地上一躺、睡上一覺來慶祝——但是那名僕人已經走向走道。我們行經一扇又一扇的門，直到來到另一間房室，打開的門旁站了一名身穿制服的女僕。

我隱約意識到這是一間很大的房間，有厚重的金色帷幔，漂亮的貼磚壁爐裡有火在燃燒，不過我只在意那張有著頂篷的四柱大床。

「要爲妳準備什麼嗎？想吃點什麼嗎？」女人問道。我搖搖頭。我只想睡覺。

「非常好，」她說，然後對女僕點點頭，女僕行了屈膝禮，消失在門廳。「那我就讓妳休息吧，記得把門鎖上。」

我眨了眨眼。

「以策安全。」那女人說完便離開，輕輕將門在身後關上。

以策什麼安全？我忍不住想，可是實在累得沒辦法繼續了。我鎖上門，剝掉柯夫塔和靴子，倒在床上。

第六章

我夢到自己回到卡拉錫，腳上只穿著襪子，悄悄溜過黑漆漆的走道，試圖找到瑪爾。我能聽見他在呼喚我，但不管我怎麼做，似乎都無法靠近那個聲音。最後，我來到最上方的樓層，在那間藍色舊臥室門前，那裡面有我們最喜歡坐的窗邊位子，往外能眺望我們的草地。我聽見瑪爾的笑聲，於是一把將門打開……然後放聲尖叫。那兒到處是血，有翼鷹人棲在窗邊，牠轉向我，張開那可怖的下頷，我看見牠灰如石英的雙眼。

我猛然驚醒，心臟在胸中狂跳，恐懼地四下張望。有一瞬間我想不起自己身在何處，然後便呻吟著往後一頭倒在那堆枕頭上。

當我好不容易能再次入睡，卻有人大力敲門。

「走開。」我埋在被子底下咕噥著，敲門聲卻越來越大。我坐起來，感到全身都在尖叫造反。我的頭好痛。當我試圖站起，雙腿卻一點也不想合作。

「好啦！」我喊道，「我來了啦！」敲門停下。我踉蹌著走到門前，朝門鎖伸出手，卻不禁遲疑。「是誰？」

「我沒時間搞這個，」門另一邊猛地傳來一個女聲。「現在就給我開門！」

我聳聳肩。隨他們要殺要剮、要綁架我還是想怎樣，都隨便。只要別再叫我騎馬或爬樓梯，我就一個字都不抱怨。

我把鎖打開不到一秒，門就瞬間開了，有個高個子女孩擠過我身邊，用一絲不苟的目光檢視整個房間，接著再檢視我。這女孩顯而易見是我這輩子見過最漂亮的人。她的波浪秀髮是最深的赭色，還有大大的金色瞳仁；她的皮膚柔嫩無瑕，完美顴骨彷彿是用大理石雕刻出來。她還穿著以金線刺繡、內襯淺紅狐皮毛的奶油色柯夫塔。

「諸聖啊，」她將我打量一遍。「妳洗過澡嗎？這臉又是出了什麼事？」

我的臉漲成鮮紅色，立刻舉手去摸臉頰上的瘀青。我離開兵營已快要一週，距離上回洗澡或梳頭髮則更久——我一身都是土和血及馬的味道。「我——」

但那女孩已開始對跟她進房的僕人發號施令。「放缸水，要熱的。我要我的工具箱——另外，把她那些衣服給脫了。」

僕人紛紛撲上來扯我的釦子。

「喂！」我邊喊邊拍開她們的手。

那名格里沙翻翻白眼。「有必要就把她壓住。」

僕人加倍使力。

「停下來！」我大喊著，努力躲開她們。於是她們遲疑了一下，先看我再看那個女孩。

說實話，能洗個熱水澡、換件衣服眞的是太好不過，但我不打算被不知道哪裡來的獨裁紅髮暴君指手畫腳。「到底怎麼回事？妳是誰？」

「我沒時間——」

「那就擠出時間！」我出言反駁。「我在馬背上跑了快要兩百哩，一整個禮拜沒好好睡過覺，差點被殺——而且還兩次。所以在叫我做任何事情之前，妳得告訴我妳是何方神聖，還有為什麼非把我衣服剝掉不可。」

紅髮女深吸一口氣，慢慢開口，彷彿在和小孩子說話。「我叫娟雅。妳將在一小時內晉見國王，而我的任務就是要讓妳看起來可以見人。」

我的怒意瞬間蒸發。我要去見國王？「噢。」我突然變得溫順。

「沒有錯，就是『噢——』所以我們可以繼續了？」

我無聲點頭。娟雅一拍雙手，僕人立刻咻一下又開始行動——扯我的衣服、把我拖進浴室。昨晚我累到沒時間注意這房間，可是此時此刻——即使因為要去晉見國王，我渾身顫抖又嚇壞了，仍不禁讚嘆不已，整間房以青銅色的小壁磚貼成波紋，而僕人正往下嵌的橢圓形銅浴缸注入冒煙熱水。浴缸旁邊的牆上覆滿貝殼和鮑魚殼製成的馬賽克鑲嵌。

「進去！進去！」其中一個僕人用手肘推了我一下。

我爬進去。水燙得要命，但我咬牙忍下，沒有放慢速度。我個性中僅有的一絲端莊衿持早被軍旅生活磨光，可是成爲整個空間中唯一裸體的人還是有點不太一樣。尤其是所有人都不斷用好奇的眼光打量著我。

其中一個僕人抓住我的腦袋，粗暴地洗我的頭髮，我忍不住啞著嗓子叫了一聲；另一個僕人靠向浴缸，開始刷我的指甲。

一調適過來，水的熱燙就讓我痠痛的身軀感覺好上很多。我整整一年以上沒洗過熱水澡，當然也沒傻傻以爲能在這種浴缸泡澡。顯然當個格里沙是有好處的。我猜我大概花了一小時左右在裡頭玩水，不過一旦徹底浸泡完畢、清洗乾淨，僕人就扯著我的手臂命令：「出來！出來！」

我心不甘情不願地從浴缸爬出來，讓那些女人拿著厚厚的毛巾將我大概弄乾。一個稍年輕的僕人拿了件厚重的天鵝絨袍子走上前，再帶我進入臥室，接著她和其他人就從門口退場，留我獨自和娟雅在一起。

我滿心警戒地看著紅髮女。她已將窗簾拉開，一張雕刻精細的木桌和木椅被拉到窗戶邊。

「坐下。」她命令道。她的口氣讓我火氣上升，不過我仍照她說的做。

她手邊擺著一只打開的小行李箱，其中的內容物——裝滿類似莓果、樹葉和有色粉末的矮胖玻璃瓶——散放在桌面。不過我沒機會更進一步研究，因爲娟雅已捏住我的下巴，極度靠近地檢視我的臉，並把我的瘀青臉頰轉向從窗戶照進來的光。她吸了一口氣，手指在我皮膚上遊走。一股刺痛的感受湧上，就和在影淵讓療癒者照料傷口時一模一樣。

我將雙手緊捏成拳，努力不要去抓，就這樣過了好久好久。接著娟雅後退，那股癢感消退，她遞給我一只金色小手鏡——瘀青完全消失了。我試探地壓了壓皮膚，一點也不痛。

「謝謝妳，」我放下鏡子，打算站起身，娟雅卻直接把我推回椅子坐著。

「妳是想去哪裡？我們還沒完。」

「但是——」

「如果闇之手只要把妳的傷治好，叫療癒者來就行了。」

「妳不是療癒者？」

「我不是穿紅色的吧？」娟雅回覆，語調中隱約有一絲苦澀。她比畫了一下自己。「我是塑形者。」

我陷入困惑，突然意識到自己從沒看過穿白色柯夫塔的格里沙。「所以妳要幫我做造型嗎？」

娟雅氣撲撲地吐出一口氣。「不是造型！是這個！」她用那纖長又優雅的手指在臉前做了個示意動作。「妳不會以爲我一出生就長這樣吧？」

我注視著娟雅大理石般柔嫩無瑕的完美五官，慢慢領悟過來。而在我領悟的同時還湧上一股憤怒。「妳想改造我的臉？」

「不是改造。只是……稍微調整一下。」

我臉一沉。我知道自己長什麼樣……事實上，我非常清楚自己的缺陷。但眞的不必由一個豔光四射的格里沙特別幫我指出來，而且最糟的地方在於，是闇之手派她來執行此事的。

「算了，」我一股腦兒跳起來，「如果闇之手不喜歡我的長相，那是他的問題。」

「那妳喜歡自己的長相嗎？」娟雅問，語氣聽來眞心好奇。

「沒有特別喜歡，」我厲聲回應。「但是我這輩子迷惘的事情已經夠多，不必再讓我和鏡子裡某張陌生臉孔大眼瞪小眼。」

「不是那樣的，」娟雅說，「我沒辦法做出太大的改變，只能修改些小地方，把妳的膚色弄均勻，給那灰溜溜的頭髮施展點小花招。我是把自己變得完美，但這花了我一輩子的工夫。」

我想爭論，可是她實際上很完美沒錯。「出去。」

娟雅頭一歪，打量著我。「妳爲什麼把這件事看得那麼嚴重？」

「妳不會嗎？」

「我不曉得，我一直都很漂亮。」

「也很謙虛？」

她聳聳肩，「好，我是很漂亮，但這在格里沙之中不代表什麼。闇之手不在乎你長什麼樣，只在乎你有什麼能力。」

「那他爲什麼叫妳來？」

「因爲國王喜歡漂亮的東西，闇之手也很清楚。在國王的宮廷裡，外貌就是一切。如果妳想成爲拉夫卡的救世主……這樣說吧，看起來體面點會比較好。」

我交叉雙臂看著窗外。外頭的陽光映照在小小的湖面，湖中央有座小島。我毫無頭緒現在幾點，或者我睡了多久。

娟雅朝我走來。「妳並不醜，妳知道的。」

「眞是謝了喔。」我冷淡地表示，仍盯著外頭那片林木叢生的地面。

「妳只是看起來有點……」

「有點累？有點病？有點瘦？」

「這樣說好了，」娟雅一派理性地說，「妳自己也說這幾天的旅程很辛苦，而且——」

我嘆了口氣。「我看起來一直都是這樣。」我用頭貼著冷冰冰的玻璃，覺得自己被怒意和羞恥整個抽乾了。我是在反抗什麼？如果誠實面對自我，說實話，娟雅提供的選項十分誘人。「好吧，」我說，「妳下手吧。」

「謝天謝地！」娟雅雙手一拍喊道。我猛地看向她，可是她無論聲音或表情都沒有任何挖苦之意。她是鬆了一口氣，我突然意識到。闇之手派給娟雅一項任務，而我忍不住思考，要是我拒絕，她不曉得會有什麼下場。我任憑她帶我回到椅子上。

「只要別太誇張就好。」我說。

「不要擔心，」紅髮女說。「妳還是會看起來像自己，只不過是好好睡了幾小時的模樣，我可是很厲害的。」

「看得出來。」我閉上眼睛。

「沒事的，」她說，「妳可以看。」她將金色手鏡遞給我。「但不能再開口說話。還有，不要動。」

我舉起鏡子，隨著娟雅冷冷的指尖慢慢落在額頭上，我專心看著。我的皮膚刺痛起來，然而，當娟雅的雙手遊走在我的皮膚上，我便越看越讚嘆。每個瑕疵、每道刮傷、每個缺陷，似乎都消失在她的手指下。接著，她把兩根拇指放到我的眼下。

「噢！」打從小時候就困擾我至今的黑眼圈瞬間消失，我不禁訝異地喊出聲。

「別太激動，」娟雅說，「那只是暫時的。」她朝著桌上一枝玫瑰伸出手，摘下一片淺粉紅的花瓣，舉到我頰旁，那顏色便緩緩從花瓣滲入我的皮膚，讓它看起來變成漂亮的紅霞，接著她又將新的一片花瓣舉到我唇邊，重複這個過程。「只會維持幾天而已。」她對我說。「現在，換頭髮。」

她從皮箱抽出一把骨頭做的長梳，還有一只裝滿亮晶晶物體的玻璃瓶。

我震驚不已地問道：「那是眞的金子嗎？」

「當然了。」娟雅說，一面抓起我頭上一大把暗沉的棕髮。她撒了些金箔到我頭頂，當她用梳子梳過頭髮，那些金色似乎融進了閃亮的髮絲中。娟雅每做完一部分，就將頭髮纏繞在手指上，再鬆開讓它呈波浪狀。

最後她退後一步，臉上掛著得意的笑。「好多了吧？」

我檢視著鏡中的自己，頭髮閃閃發光，臉頰上有玫瑰般的紅潤氣色。我仍不漂亮，但無法否認的是真的有所改善。我不禁想，要是瑪爾看到我不曉得會怎麼樣，但是又將那想法遠遠拋開。

「是好多了。」我不情不願地表示同意。

娟雅悲哀地嘆了口氣。「我真的盡全力了，但目前只能做到這樣。」

「謝了噢。」我不禁刻薄起來，但接著娟雅就對我眨了下眼，露出微笑。

「此外，」她說，「妳也不會想引起國王太多注意的。」她的語氣很淡。然而，當她大步走過房間、開門再次讓僕人衝進來時，我看見她臉上閃過稍縱即逝的陰鬱神情。

她們將我推到黑檀木屏風後面，屏風上頭模擬夜空，鑲嵌了珍珠母做成的星星。不要多久我就被穿上一套乾淨的短袖束腰外衣加長褲，柔軟的皮革靴，還有一件灰色外套。當我意識到那只是我軍裝制服的乾淨版本，忍不住有點失望——那衣服上甚至還有代表製圖師的標記，右邊袖子上有一只羅盤。我的想法一定全寫在臉上了。

「和妳想像的不太一樣嗎？」娟雅饒有興味地問。

「我只是以為……」但我又以為什麼呢？我還真覺得自己能穿上格里沙的袍子嗎？

「國王預期見到的是一個出身他麾下軍團的謙卑女孩，一個從沒被人發現的寶藏。如果妳穿著柯夫塔出現，他會覺得妳一直被闇之手藏起來。」

「闇之手爲什麼要把我藏起來。」

娟雅聳肩。「當籌碼吧，爲了利益，誰曉得？但國王他……總之妳以後就會知道國王是怎樣的人了。」

我的肚子一陣翻攪。我就要被引見給國王了。我拚命想叫自己鎮定點，但在娟雅趕著我出去、朝門廳走去時，雙腿卻沉重得像是灌了鉛，而且顫抖不已。

在靠近樓梯底部的地方，她對我低聲說。「如果有人問，就說我只有幫妳打扮，畢竟我不該對格里沙動手動腳。」

「爲什麼？」

「因爲可笑的王后和她那些更可笑的朝臣認爲這樣並不公平。」

我目瞪口呆地望著她。侮辱王后可能會被當成叛國賊，可是娟雅好像一點也不擔心。

我們進入巨大的圓頂大廳，裡頭已經擠滿穿著猩紅、亮紫與深藍袍子的格里沙。大部分年齡和我差不多，但少數幾名大一點的則聚集在角落。儘管這些人髮中摻有幾絲銀色，臉上也有皺紋，看起來仍魅力出眾——事實上這空間中所有人都很好看，甚至到了令人不安的程度。

「王后的話可能也有幾分道理。」我咕噥著說。

「噢，這不是我做的。」娟雅說。

我皺起了眉。如果娟雅說的是實話，這只是更進一步證明我眞心不屬於這地方。

有人看見我們進入大廳。當每隻眼睛死死盯住我的瞬間，一片死寂罩下。

一名穿著紅袍、胸膛寬闊的高個子格里沙上前。他曬得一身深色皮膚，還有推測健康到不行的體魄。他深深一鞠躬，說：「我是瑟杰．貝尼諾夫。」

「我是——」

「我當然知道妳是誰。」瑟杰打斷我，亮出一口白牙。「來，讓我來爲妳介紹。妳就和我們一起吧。」他握住我的手肘，打算帶我朝一群軀使系格里沙那兒走去。

「瑟杰，她是召喚者，」一名穿著藍色柯夫塔、一頭如雲棕色鬈髮的女孩說：「她得和我們一起。」她身後傳來其他元素系格里沙贊同的低喃。

「瑪麗，」瑟杰露出虛僞的微笑。「妳該不會認爲她要以低階格里沙的身分進入這座廳堂吧。」

瑪麗石膏般的雪白皮膚突然冒出斑點，還有好幾名召喚者站了起來。「難道要我提醒你，闇之手本人也是召喚者嗎？」

「妳現在是將自己和闇之手放在同一等級嗎？」

瑪麗啐了一口，我爲了扮演和事佬，於是開口插話。「不如就讓我和娟雅一起，怎麼樣？」

結果引來的是疏疏落落的低聲竊笑。

「和塑形者？」瑟杰一臉驚恐地問道。

我望向娟雅，她只是微笑搖搖頭。

「她屬於我們。」瑪麗表示反對，周圍霎時爆發爭執。

「她和我一起。」一個低沉的聲音說，整個空間頓時靜了下來。

第七章

我轉過身，看見闇之手站在一條拱道那兒，兩旁分別站著艾凡和其他幾名我認得的格里沙；他們是先前和我一同旅行的伙伴。瑪麗和瑟杰急忙退開，而闇之手環顧群眾，說：「大家都在等我們。」

說時遲那時快，整個房間熱鬧起來，格里沙紛紛站起身，排隊走向通往外頭的巨大雙開門。他們兩兩成對，自行排成一條長列。首先是質化系，再來是元素系，最後是驅使系。如此一來，最高階的格里沙將會最後進入謁見室。

我不確定自己該怎麼辦，所以待在原地不動，注視著群眾。我到處尋找娟雅，但她好像消失了一樣。沒過多久闇之手就來到我身邊。我抬頭望著他蒼白的側臉、線條銳利的下頷，還有花崗石似的冷酷眼睛。

「妳看起來好好休息過了。」他說。

我氣得頭髮都要豎起來了。娟雅做的那些事讓我不是很舒服。可是站在這樣一個充滿漂亮格里沙的房裡，我得承認對此心懷感激。我仍然格格不入，可是要是沒有娟雅出手相助，我會比現在更顯眼。

「有其他塑形者嗎？」我問。

「娟雅是獨一無二的。」他答道，然後看著我，「就和我們一樣。」

他說我們的時候，一陣微微的毛骨聳然感竄遍我全身。我故意不理會。「她爲什麼沒和其他格里沙在一起？」

「娟雅得照料王后。」

「爲什麼？」

「當娟雅開始展露出能力，我其實可以讓她選擇要成爲造物法師或軀使系。然而，我特別培植她異常討人喜愛的性格，將她打造成送給王后的禮物。」

「禮物？所以格里沙和奴隸沒兩樣？」

「我們都侍奉著某個人。」他說。而我聽見他語調裡有一絲嚴厲，不禁訝異起來。然後他補充，「國王會想看妳表演。」

我覺得自己好像被泡進一缸冰水。「但是我不知道怎麼——」

「我也覺得。」他冷靜地說，在最後一批紅袍軀使系走進門內之後走上前。

我們踏上鵝卵石小徑，進入午後最後的陽光中。我發現自己呼吸困難，有如走在趕赴刑場的路上。也許還眞的是，我邊想邊湧上一陣恐懼。

「這太不公平了，」我憤怒地壓低音量，「我不知道國王以爲我能幹麼，但是就這樣把我推到那裡，期待我做出……做出一些事情，太不公平了。」

「我希望妳別向我要求什麼公平，阿利娜，這不是我的專長。」

我狠瞪著他。不然我是要怎麼辦？

闇之手低頭看著我。「妳眞的認爲我一路把妳帶到這地方，是爲了讓妳——讓我們兩個出洋相？」

「不是。」我承認。

「這完全超出了妳的掌控，對吧？」當我們走過那條由樹木枝枒交織成的深色林木隧道，他說。就算沒有很安慰人，這依舊是如假包換的眞話。我別無選擇，只能相信他知道自己在做什麼。我突然冒出不太愉快的念頭。

「你又要割傷我了嗎？」我問。

「我不覺得有必要，不過一切要看妳了。」

我沒有被安慰到。

我努力讓自己鎭定一點，慢下心跳速度。然而在我意識到之前，我們已越過這個地方，開始爬上通往大宮殿的白色大理石階梯。我們走過寬敞的入口門廳，進入一條兩旁列擺鏡子、華麗地裝飾著黃金的長走廊。我忍不住思考這地方和小行宮有多麼不一樣。目光所及，都能見到大理石和黃金，高聳的牆壁漆上白色和最淺的藍，外加璀璨的水晶吊燈、身穿制服的男僕、拋光打蠟的精緻幾何設計拼花地板。倒不是說這裡不漂亮，可是這一切鋪張奢華卻不知怎麼教人好疲憊。我總認為拉夫卡諸多挨餓的農民和裝備破爛的士兵是影淵造成的結果，但當我們行經一棵玉石製成、裝飾鑽石樹葉的樹木，我好像有點不確定了。

謁見室有三層樓高，每扇窗戶都有著閃閃發亮的金色雙鷹。一條長長的淺藍色地毯在室內一路鋪展，直通到在高起王座圍成一圈、喧嚷吵鬧的朝臣那兒。有許多人身穿正式軍裝，黑色褲子和配戴碩果累累的勳章與綬帶的白色外套。女人則著袍子，衣服設計成公主袖和低領口，如絲般滑順，光采動人。格里沙夾在鋪地毯的走道兩旁，按照各自所屬法師團列站。

每張面孔轉向我和闇之手時，一陣靜默降下，我們慢慢朝金色王座走去。越是靠近，國王就坐得越挺，興奮又緊張。他看起來約四十歲，瘦高駝背，有一雙水汪汪的大眼和淺色鬍鬚，穿了整套的正式軍裝，身側有把細細的劍，窄窄的胸膛上別滿勳章。他身邊一座高起的台上站了個蓄深色長鬍的人，穿著祭司袍，胸口卻裝飾了一枚金色雙鷹紋章。

闇之手輕捏我手臂，示意該停步了。

「陛下，*moi tsar*【註】，」他一字一句清晰地說，「阿利娜．史塔科夫，太陽召喚者。」一陣竊竊私語從人群中傳來。我不確定自己該鞠躬，還是行屈膝禮。阿娜．庫亞堅持所有孤兒都要學會怎麼向公爵那幾位身分高貴的賓客打招呼，可是不知怎麼，穿著軍隊配發的長褲行屈膝禮好像有點怪。所幸國王不耐地揮手要我們上前，免除我犯下愚蠢錯誤的機會。「過來！過來！把她帶過來。」

闇之手和我走到高台底部。

國王細細地檢視我，然後皺起眉，下嘴唇稍稍噘出來。「她很不怎麼樣。」

我漲紅了臉，但是咬住舌頭。國王自己看起來也不怎麼樣。他的下巴嚴格來說很短，而且靠近之後，我馬上看到他鼻子上破裂的微血管。

「讓我瞧瞧。」國王命令。

我的肚子一緊，看向闇之手。就是現在。他對我點點頭，大大張開雙臂。當他的雙手盛滿黑暗，緞帶似的漆黑旋繞著滲入空中，整個空間降下一陣令人緊張的死寂。他將雙手一合，啪的一聲響徹室內。當黑暗籠罩此處，人群中傳出緊張的喊叫。

這一回，對於將我吞噬的黑暗，我比較有心理準備了——但是還是很可怕。我本能地將手往前伸，想找個東西抓。闇之手抓住我的手臂，赤裸的手溜進我手中。我感到同樣一股強而有力的自信傳遍全身，接著是闇之手的召喚，極爲純粹又難以抗拒，讓我非回應不可。在混雜了驚慌和放鬆的情緒中，我感到某樣事物在體內醒覺。這一次，我沒有試圖對抗，而是讓它自由遨翔。光流襲捲謁見室，讓我們浸潤在溫暖之中，猶如擊碎玻璃那樣擊碎黑暗大軍。宮廷所有人爆

譯註：拉夫卡語，我的王。

開一陣鼓掌聲；有人哭了，有人相互擁抱；有個女人昏倒，國王則拍手拍得最大聲，並從王座站起來瘋狂鼓掌，滿臉歡欣鼓舞。

闇之手放開我，光便消逝。

「太了不起了！」國王喊道，「奇蹟啊！」他從台子的樓梯走下，大鬍子祭司如影隨形，無聲地跟在他身後。國王握住我的手，舉到濕潤的唇邊。「我親愛的女孩，」他說，「我最最親愛的女孩。」我想起娟雅說的那些吸引國王注意的話，覺得自己起了雞皮疙瘩。可是我不敢把手抽回，雖然他很快就放開我，拍了拍闇之手的背。

「眞的是奇蹟，完全就是奇蹟。」他開懷地說，「來，我們一定要立刻來計畫。」

國王和闇之手爲了談話走開時，祭司悠哉走上前。「確實是奇蹟。」他注視著我，散發令人不安的強烈氛圍。他的雙眼是接近黑色的深棕，聞起來隱隱有股發霉和線香的氣味。很像墓穴。我顫抖著想。當他再次像條蛇那樣轉至國王身邊，我一陣感激。

我迅速被一群打扮得漂漂亮亮的男女包圍，所有人都想和我交朋友，都想來碰我的手或袖子。他們從四面八方簇擁而來，推來擠去，想更靠近一點。當我被再度湧上的驚慌淹沒，娟雅出現在我身邊。可是此時的鬆一口氣也不過是曇花一現。

「王后想見妳。」她悄悄在我耳邊說，引導我走過人群，出了一道狹窄的側門，進入某座大廳，再進入一間恍若寶石的起居廳，王后正斜著身子躺靠在長沙發椅，大腿上抱著一隻臉孔內凹、鼻子嗅來嗅去的小狗。

王后很漂亮，金髮散發光澤，打理成完美的髮型。她的五官精緻，高冷卻美麗，但是臉有些不太自然的地方。她的虹膜似乎太藍、頭髮太黃，而且皮膚太柔順。我不禁思考娟雅在她身上下了多少工夫。

她被數名身穿花瓣粉與淺水藍精美袍子的女人圍繞，她們的低領口上繡了金線，飾以淡水珍珠。然而，這些女子在只穿樸素奶油色羊毛柯夫塔的娟雅身旁仍黯然失色。娟雅明亮的紅髮如火焰般熊熊燃燒。

「*Moya tsaritsa*【註】，」娟雅說，深深屈身，做了個優雅的屈膝禮。「這位是太陽召喚者。」

這回我非選擇不可了。我決定微微一躬身，於是立刻聽到那些女人吃吃竊笑。

「真是迷人。」王后說，「我最厭惡虛假了。」我得使出渾身解數才能壓下嗤之以鼻的衝動。「妳來自格里沙的家庭嗎？」她問。

我緊張地看了娟雅一眼，她鼓勵地點點頭。

「不是，」我說，然後趕快補上一句「*Moya tsaritsa*」。

「那麼是農民了？」

譯註：拉夫卡語，「我的女王（王后）」，專為女性使用。

我點頭。

「我們有這樣的臣民該有多幸運啊。」王后說，那些女人低聲表示贊同。「妳家人一定知道妳的新身分了吧，娟雅會派信使過去的。」

娟雅點點頭，又行了另一個屈膝禮。我想過就這麼跟著她一起點頭，卻不太確定是否該對王室撒謊。

「王后殿下，其實我是在卡拉索夫公爵家中長大的。」

那些女人驚訝得吵鬧起來，就連娟雅都一臉好奇。

「孤兒！」王后喊出聲，似乎開心得不得了。「多麼令人讚嘆吶！」

我不確定自己會用「讚嘆」來形容父母都過世的狀態，可是也茫茫然不知還能怎麼說，只好咕噥著回答：「*Moya tsaritsa*，謝謝您。」

「妳一定覺得這一切都很陌生吧。小心吶，可別像其他人那樣，被王宮中的生活腐蝕了。」她大理石般的藍眼飄向娟雅，其中承載的侮辱可說是無庸置疑，但娟雅的表情沒有洩露一絲情緒，卻也沒讓王后多開心。王后用戴滿戒指的手輕輕一揮、下了逐客令。「去吧。」

娟雅帶我回走道時，我還以爲自己聽見的是「去死吧」，只是我還來不及思考要不要問她王后到底說了什麼，闇之手已然出現，領著我們走在空盪的走廊上。

「妳和王后相處得如何？」他問。

「我完全沒有頭緒。」我誠實表示，「她說的每句話都很友善，但整段過程，她看我的眼神完全一副我是她狗吐出來的嘔吐物的樣子。」

娟雅笑出聲音，闇之手動動嘴唇，做出一個勉強算是笑容的形狀。

「歡迎來到王宮。」他說。

「我不確定自己喜不喜歡。」

「鬼才會喜歡。」他承認，「但我們的演技都很精湛。」

「國王好像滿高興的。」我試探道。

「國王就是個小孩。」

我嚇得下巴都要掉了，立刻緊張地環顧四周，深怕被人聽到。這些人開口閉口就是叛國言論，像呼吸一樣輕而易舉。而娟雅對闇之手說的話似乎沒有一點不安。

闇之手一定注意到我有多緊張，因為他說：「不過今天妳讓這個小孩開心得不得了。」

「和國王在一起的鬍子男是誰？」我恨不得快點改變話題。

「導師嗎？」

「他是祭司之類的人嗎？」

「之類的。有人認為他是狂熱分子；有人認為他只是假貨。」

「那你怎麼認為？」

「我認爲他有其用處。」闇之手轉向娟雅。「我想今天我們已經對阿利娜做太多要求了，」他說，「帶她回房間，幫她量身做一件柯夫塔。她明天就要開始訓練。」

娟雅微微欠身，一手放在我臂上，領著我走開。排山倒海的興奮和放鬆心情隨之湧上。我的力量再次顯現，沒讓我在國王面前出洋相——屬於我的力量，可是這感覺仍不怎麼眞實。我在被引見給國王和謁見王后時成功存活，而且就要獲得一件代表格里沙的柯夫塔。

「娟雅，」闇之手在我們身後喊道。「那件柯夫塔做成黑的。」

娟雅驚訝地倒抽一口氣。我看見她震驚的表情，再看往闇之手。可是他已轉身離開。

「等一下！」我忍不住喊出聲，闇之手倏地停住腳步，那雙灰眼轉朝向我。「我……如果可以的話，我比較想要藍色的袍子。召喚者的藍色。」

「阿利娜！」娟雅驚喊，明顯嚇壞了。

但闇之手舉起一手、要她噤聲。「爲什麼？」他問，臉上表情令人無法解讀。

「我已經覺得自己和這裡格格不入，如果能不要……被獨立出來，應該會讓我輕鬆一點。」

「妳這麼急著想變得和其他人一樣嗎？」

我揚起下巴。很顯然他不贊同這麼做，但我不打算妥協。「我只是不想比之前更引人注意。」

闇之手看了我好久。我不確定他是在思忖我剛說的話，或者只是想嚇退我。可是我咬緊牙闕，迎上他的目光。

他突然點點頭。「如妳所願，」他說，「妳就穿藍色的柯夫塔吧。」他沒再說話，直接轉身背對我們，消失在大廳。

娟雅望著我，嚇壞了。

「怎樣？」我生起防衛心問道。

「阿利娜，」娟雅慢慢緩緩地說，「從來沒有其他格里沙能穿闇之手的顏色。」

「妳覺得他會生氣嗎？」

「這根本不是重點好嗎？這本來可以成爲一種象徵，能代表妳的身分，以及闇之手對妳的敬意──這本來可以讓妳擁有比其他人更高的地位。」

「但我不想擁有比其他人更高的地位。」

娟雅惱火地伸出雙手抓住我的雙肘，一路拉我走過宮殿，來到主要入口。兩名身穿制服的僕人爲我們打開那道金色巨門，我猛然意識到他們都穿了一身白金色，和娟雅的柯夫塔一模一樣；那是僕人的顏色。難怪她會覺得我拒絕闇之手的提議等同腦袋壞掉。說不定……她想得沒錯。

在橫越這塊地方、回小行宮的漫長路上，這個想法黏在我腦中揮之不去。暮色已降臨，僕人正逕自點亮列在鵝卵石小徑旁的路燈。等我們爬上我房間的樓梯，我的胃已開始痙攣。

我在窗邊坐下，凝視外頭的地面，一面擔憂，娟雅則拉鈴叫來僕人，讓她去找裁縫，並命人拿來用托盤裝的晚餐。但在她叫那女孩離開之前，她先轉向我。「妳會想稍等一下嗎？今晚，等會兒可以和格里沙一起用餐？」她問。

我搖搖頭。我實在太累、情緒也太滿，光是想到要和一大群人攪和在一塊兒，我真的做不到。「但妳會留下來吧？」我問她。

她遲疑了。

「妳當然可以拒絕，」我立刻說，「妳一定想和其他人一起吃吧。」

「我一點也不想。那就我們兩人一起吃吧。」她傲慢地說，僕人立刻跑開。娟雅關上門，走到小梳妝台，開始整理起桌面的物品——梳子、刷具、筆，還有一罐墨水。那些東西我都不認得，一定是有人幫我把這些拿到房間來的。

娟雅仍背對著我。「阿利娜，妳要知道，當妳開始明天的訓練……嗯，軀使系不和召喚者一起用餐，召喚者也不和造物法師一起吃飯，還有——」

我的防禦心立刻生起，「如果妳不想留下來晚餐，我保證絕對不會邊吃邊哭。」

「不是那樣！」她喊著，「完全不是那樣！我只是想向妳解釋這裡的不成文規則。」

「算了算了。」

娟雅挫敗地大吐一口氣。「妳不懂，能受妳邀請共進晚餐是無上的光榮，但其他格里沙可能會看不順眼。」

「為什麼？」

娟雅嘆口氣，在一張雕花椅子上坐下。「因為我是王后身邊的寵物，因為他們不認為我的能力是有價值的——原因很多啦。」

我思考著所謂「原因很多」到底都是哪些原因，還有這是不是和國王有關。我想到大宮殿每扇門旁站著的那些身穿制服的僕人，他們都穿著白色和金色。而娟雅獨立於她的同類之外，卻又不算真正的朝臣，這會是什麼感覺呢？

「有意思，」過了一會兒，我說，「我一直以為長得漂亮，人生就能輕鬆很多。」

「是沒有錯啊。」娟雅笑了出來。我忍不住也笑了。

我們被門上傳來的敲門聲打斷。裁縫立刻動工，又是試穿、又是量身，讓我們忙得不可開交。等她結束，收拾起棉紗布和別針，娟雅悄悄地說，「是說，現在也還不遲，妳還是可以——」

但我打斷她。「藍色。」我很堅定，但肚子又揪了一下。

裁縫離開了，我們將注意力轉向晚餐。食物沒有我想像得那麼陌生，就是我們在卡拉錫的節慶日會吃的食物：甜豆粥、蜂蜜烤鵪鶉，還有新鮮無花果。我發現自己前所未有地飢餓，只能壓下把盤子抓起來舔的衝動。

晚餐時娟雅維持著頻率穩定的閒聊，大多是格里沙八卦。她說的每一個人我都不認識，但我很感激不用加入任何對話，只在必要時刻點頭微笑。當最後一個僕人離開，順便帶走剩菜盤子，我忍不住打起呵欠。娟雅起身。

「早上我會來帶妳去吃早餐，要摸清楚這兒的東南西北可能得花點時間，小行宮有時還滿像迷宮的。」她揚起兩片完美嘴唇，露出調皮的笑容。「妳最好盡量多休息，明天妳就會見到巴格拉了。」

「巴格拉？」

娟雅咧開嘴，邪邪一笑。「沒錯，她可是個狠角色。」

我還來不及問她什麼意思，她就對我輕輕一揮手，溜出門外。我咬住嘴唇。明天到底會有什麼在等著我？

門在娟雅身後關上後，我感到疲倦一瞬湧上。發現我的力量可能爲眞帶來的驚駭、謁見國王和王后的興奮、大宮殿小行宮那陌生又令人讚嘆的感覺，這些情緒一時掩過疲倦，可是現在倦意都回來了——還伴隨著迴響不停的巨大寂寥感。

我換下衣服，把制服整齊地掛在綴滿星星的屛風後方一根木釘上，並將閃亮的新靴子擺在下方。我用手指搓揉著那件刷羊毛外套的面料，希望找到一點熟悉感，但是那布料感覺不對——太硬挺又太新了。突然好想念我那件髒兮兮的舊外套。

我換上柔軟白棉製的睡袍，洗了臉。當我把臉拍乾，在洗臉盆上方的鏡中瞥見自己一眼。也許是油燈光芒的緣故，我覺得自己的狀態比娟雅第一次幫我處理時還要好。過了一會兒我才意識到自己傻愣愣地望著鏡中的倒影，不禁苦笑。對一個極度討厭注視自己的女孩來說，我恐怕要變得很虛榮了。

我爬上高高的床，溜進厚重的絲綢和毛皮底下，將燈吹熄。我聽見遠處傳來關上門相互道晚安的聲音。小行宮正在入睡。我凝視著這片黑暗。我從來沒有自己的房間。在卡拉錫，我睡在一間改建成宿舍的老舊肖像廳，身邊圍繞數不清的女孩。在軍中，我和其他測量師一起睡在兵營或營帳裡。而這個新房間巨大又空盪。在寂靜之中，白天發生的一切排山倒海向我襲來，淚水刺痛雙眼。

也許明天一覺醒來，我會發現這全是場夢。阿列克謝還活著，瑪爾沒有受傷，也沒人想取我性命；我從沒見到國王或王后，也沒看見導師，或感到闇之手將手放在我頸背上。也許我會醒過來後又嗅到營火燃燒的氣味，安安穩穩穿著自己的衣服、躺在我的小床上，把這個陌生、恐怖卻又非常美麗的夢告訴瑪爾。

我用拇指揉著掌心的疤痕，聽見瑪爾的聲音說：「會沒事的，阿利娜，我們一向如此。」

「我也這麼希望，瑪爾。」我低聲對著枕頭訴說，任憑眼淚帶我進入夢鄉。

第八章

經過一夜不安，我很早就醒來，再也睡不著。上床時，我忘了關窗簾，陽光透過窗戶整片灑入。我想過要起來關上窗簾再試著回去睡，可是怎麼也沒這力氣。我不確定讓我輾轉無眠的是什麼原因，是擔心害怕，還是因爲在搖搖欲墜的帆布行軍床上，或是和堅硬地面往往只隔一張鋪蓋躺了這麼多個月，現在卻睡在眞正的床上，實在太不熟悉而且太奢華。

我一面伸懶腰一面伸手，用一根指頭摸過床柱上雕刻細緻的鳥和花。高據上方的頂篷敞開，露出漆了鮮艷色彩的天花板，以及細緻的樹葉、花朵和成群飛行的鳥兒紋樣。我抬頭望，一邊數著杜松花圈的葉子，一邊又打起瞌睡，此時門上傳來輕敲。我掀起沉重的被單，將腳插進床旁內襯皮毛的小拖鞋中。

打開門時，一名僕人拿了一疊衣服和一雙靴子等在那裡，臂上還掛了件深藍色的柯夫塔。我甚至來不及道謝，她就快速行了個屈膝禮，消失無蹤。

我關上門，把靴子和衣服都放在床上，全新的柯夫塔則小心翼翼掛在換衣服用的屏風上。有那麼一會兒，我只是死死盯著它。我這輩子幾乎都穿年紀大的孤兒穿舊的衣服，再來是第一軍團的標準配給制服。我可以確定沒穿過任何一件特地爲自己訂製的衣裳，更是作夢也沒想過能穿上格里沙的柯夫塔。

我洗了臉、梳了頭髮。我不確定娟雅什麼時候會到，所以也不曉得有沒有時間洗澡。我眞的好想喝杯茶，卻沒勇氣拉鈴叫僕人。最後，我實在沒有別的事情能做了。

我先從床上那疊衣服開始。那件褲子的布料我這輩子從沒見過，剪裁極爲合身，彷彿第二層皮膚那樣貼合又行動自如；薄如蟬翼的棉布長上衣，還有靴子都綁了深藍色飾帶。可是稱它爲靴子似乎不太正確。我也有靴子，可是這玩意兒完全是另一個層次，用最柔軟的黑色皮革製成，與我的小腿貼得天衣無縫。這款布料很怪，與鄉下人和農民穿的衣服類似，卻更精緻、更昂貴，鄉下人作夢都無法負擔。

穿好後，我瞄了瞄柯夫塔。我眞的要穿上它嗎？我眞的要當格里沙嗎？感覺實在很不可能。

那不過是件外套。我責罵自己。

我深呼吸一口氣，把柯夫塔從屏風拿下來、套上身。它比看起來更輕盈，而且就和其他衣服一樣合身。我扣好前襟的小顆暗釦，退後幾步，透過洗臉盆上方的鏡子打量自己。這件柯夫塔是最深沉的午夜藍，長度幾乎落在腳邊。它的袖子很寬，雖然類似外套，卻優雅得有如穿上禮袍。

接著我注意到領口繡花。就像每一個格里沙，元素系會用刺繡的顏色表示他們在軍團中的職銜：淺藍色代表浪術士，紅色代表火術士，銀色則是風術士。我的領口則繡著金色。當我的手指撫過那閃閃發光的繡線，一股尖銳刺人的焦慮湧上。門上傳來敲門聲時，我差點嚇得跳起來。

「非常好，」當我打開門時，娟雅說，「不過要是穿黑色就更好了。」

我行了個優雅的禮（之類的），對她吐了吐舌頭。當她快步在走道上邁開步伐、走下樓梯，我急忙跟了上去。娟雅帶我走向前一天下午爲了舉行儀式而聚集的同一座圓頂廳室。今天那裡沒那麼擁擠，卻仍充滿生氣，對話聲嗡嗡嘈雜。各個角落都能見到格里沙或成群圍著熱茶壺，或慵懶躺臥長沙發，藉著貼上精緻磁磚的圓形暖爐溫暖自己。其他人則在房中央排成正方的長桌旁吃早餐。我們一進入，這空間彷彿再次罩下死寂。但這一回，至少眾人在我們經過時還知道假裝繼續原來的對話。

兩名身穿召喚者袍子的女孩簡直是朝我們撲過來。我認出當時在格里沙列隊前和瑟杰爭執的瑪麗。

「阿利娜！」她說，「我們昨天還沒有正式相互介紹；我是瑪麗，這是娜迪亞，」她比了比身旁臉頰有如紅蘋果的女孩，她對我笑出一口白牙。瑪麗來勾我的手臂，刻意轉身背對娟雅。「來和我們坐！」

我皺起眉，想開口拒絕，但是娟雅只是搖搖頭，「去吧，妳屬於元素系，我會在早餐後過來找妳，帶妳認識一下周圍。」

「我們可以帶她四處晃晃——」瑪麗說。

但娟雅打斷她。「按照闇之手的命令帶妳認識周圍。」

瑪麗臉漲紅。「妳什麼人啊?她的女僕嗎?」

「之類的。」娟雅說完,轉身離開,走去倒茶。

「那還太抬舉她了呢。」娜迪亞輕嗤一聲。

「態度眞是越來越差了。」瑪麗同意道,然後轉過來對我粲然一笑。「妳一定餓壞了!」

她帶著我走向一張長桌。我們一靠近,旋即冒出兩名僕人上前爲我們拉開椅子。

「我們坐這裡,闇之手的右手邊。」瑪麗說,聽得出她有多驕傲。她又作勢指了指坐了更多穿藍色柯夫塔的格里沙的桌子。「軀使系的坐那兒。」她說,對我們正對面的桌子投以輕蔑眼神,眼神超恐怖的瑟杰和幾名紅袍身影正在那兒吃早餐。

我突然想到,如果我們坐在闇之手的右手邊,軀使系不也是在他左邊差不多距離的地方嗎?不過我沒說出口。

闇之手的桌子空無一人,唯一顯示他存在的只有一張巨大的黑檀木椅。當我問起他會不會和我們一起吃早餐,娜迪亞一個勁兒狂搖頭。

「不會!他幾乎不和我們一起用餐。」她說。

我揚起眉毛。那這些「誰坐得離闇之手最近」的比較是怎樣?搞半天他根本懶得現身。

盤裝的黑麥麵包和醃漬鯡魚被放到面前,我不得不壓下作嘔的感覺。我恨鯡魚。所幸麵包分量充足,而且讓我大爲震驚的是,還有絕對是從溫室摘來的切片李子。僕人拿來大茶壺爲我們奉上熱茶。

「是糖！」他將一個小碗放到我面前，我不禁出聲驚呼。

瑪麗和娜迪亞交換了個眼神，我忍不住臉紅。百年來，糖在拉夫卡都是定量配給，不過很顯然在小行宮這玩意兒並不新奇。

另一群召喚者加入，經過簡短介紹後，各式各樣的問題便四面八方朝我湧來。

我是哪裡來的？北方。（瑪爾和我從沒對自己的出身撒謊，只是沒把眞相講全。）

我眞的是製圖師嗎？眞的是。

我眞的被斐優達人攻擊了嗎？眞的。

我殺了幾隻有翼鷹人？零隻。

他們似乎都對最後一個答案十分失望，尤其是那些男孩子。

「可是我聽說妳在沙艇被攻擊時殺了上百隻啊！」一個叫愛佛的男孩滿滿的不認同，他生了一副貂一般的細緻五官。

「嗯，我眞的沒有。」我說，然後又想了一下。「至少我不認爲我有。我……呃……有點算是昏倒了。」

「妳昏倒了？」愛佛似乎驚駭不已。

當我感到有人拍我肩膀，發現是娟雅來伸出援手，眞的是感激涕零。

「走吧？」她無視其他人。

我咕咕噥噥地道別，急忙逃跑，並且清楚意識到他們的目光一路隨我們橫越室內。

「早餐如何？」娟雅問。

「超可怕。」

娟雅發出作嘔的聲音。「鯡魚加黑麥麵包？」

我還以爲她是指我被大家拷問──不過還是點點頭。

她皺起鼻子。「噁。」

我起疑地盯著她。「那妳吃了什麼？」

娟雅回頭東張西望，確定聽力範圍沒有人才小聲地說，「有個廚子的女兒長了嚴重的皮膚斑，我幫她清乾淨了。現在她每天早上都會給我爲大宮殿準備的那種糕點，吃起來像天堂喔。」

我笑著搖頭。其他格里沙也許看不起娟雅，不過她有屬於自己的力量和影響力。

「但是可別說出去，」娟雅補充，「闇之手嚴格要求我們吃如假包換的農民食物。諸聖不允許我們忘記自己是眞正的拉夫卡人。」

我壓下嗤之以鼻的衝動。小行宮不過是農奴生活的童話故事版本，宮廷華麗鍍金的一切其實也和眞正的拉夫卡沒多像。格里沙似乎對模仿農奴生活有些走火入魔，甚至貫徹到穿在柯夫塔底下的衣著。可是竟然拿瓷盤吃什麼「眞正的農民食物」？而且坐在鑲嵌眞金的穹頂底下吃？實在可笑。還有，到底有哪個農民會願意選醃漬魚不選糕點？

「我一個字都不會說。」我承諾。

「很好！如果妳對我夠好，說不定我會分妳一點。」娟雅眨了下眼。「現在呢，這些門通往圖書館和工坊，」她比了比面前那扇巨大雙開門。「往那裡可以回妳房間，」她說，然後指指右邊。「那裡會到大宮殿。」她指向左邊的雙開門。娟雅開始帶我朝圖書館走去。

「那邊呢？」我問，對著闇之手桌後緊閉的雙開門點頭示意。

「要是那扇門是打開的，妳最好小心點。那門通向闇之手的會議室和住處。」

當我更加細看那扇密布雕刻的門，可以從糾纏藤蔓與奔跑動物中辨認出藏在其中的闇之手符號。我逼自己快點離開並跟上娟雅。她已經要離開這座圓頂廳了。

我跟著她越過一條走廊，來到另一對巨大的雙開門。這扇門雕刻成舊書封面的模樣，而當娟雅將門拉開，我倒抽了一口氣。

圖書館挑高兩層樓，四壁從地板到天花板都排滿書籍。一道樓座沿二樓繞了一圈，圓頂完全由玻璃製成，因此整個空間都被晨光照得閃閃發亮。幾張閱讀椅和小桌擺在牆邊。房間正中央，也就是耀眼的玻璃圓頂正下方，有著被環形椅圈起的一張圓桌。

「妳得來這裡上歷史課和理論課，」娟雅帶我繞過桌子來到房間另一側。「我好多年前就上完了，無聊到不行。」然後她笑著說：「嘴巴閉起來啦，妳看起來活像隻鱒魚。」

我連忙閉嘴，可是即便如此，我也忍不住心懷敬畏地看著這個環境。公爵的圖書館對我來說已很壯觀，可是和這地方一比，簡直與雜物間沒兩樣。一旦和絕美的小行宮並列比較，卡拉錫的一切彷彿都寒酸且褪色。可是冒出這種想法不知怎麼令我一陣悲哀，忍不住思忖，如果用瑪爾的雙眼來看這地方，不曉得會是什麼模樣。

我慢下腳步。格里沙能見客嗎？瑪爾可以來歐斯奧塔探望我嗎？他在軍團確實有該執行的任務，可是如果他能休假……這個想法讓我興奮起來。當我想到能和最好的朋友一起走在這裡的走廊上，小行宮似乎就沒那麼嚇人了。

我們走另一道雙開門離開圖書館，進入黑暗的走道。娟雅拐向左，但我的視線卻朝右邊的廳堂望，見到兩個軀使系格里沙從一扇塗上紅漆的巨門中冒出。在消失於陰影之前，他們用不善的眼神看了我們一下。

「走吧。」娟雅低聲說道，抓住我的手臂拉著我往反方向。

「這些門通到哪裡？」我問。

「解剖室。」

我體內擴散開一股寒意。軀使系、療癒者……還有破心者。他們總得找地方練習，但我百般不願去想他們可能得進行的練習是怎樣。我加快腳步跟上娟雅，實在不想在靠近那扇紅門的任何地方被發現落單。

走道盡頭，我們停在一扇輕木門前，門上刻的精緻圖樣是鳥和怒放的花朵。花中心有黃色鑽石，鳥的眼睛應該是紫水晶。門把鑄造成兩隻完美的手。娟雅握住其中一手，將門推開。

造物法師的工坊特別配置在能照到最多東方光芒的位置，四壁則幾乎都由窗戶組成。這個光線燦亮而充足的房室有點讓我想到文書帳篷。然而這裡沒有地圖集或一疊疊的紙，甚至一瓶瓶墨水，大大的工作桌上放滿一匹匹布、大塊大塊的玻璃、一束束細金線和鐵線，以及扭曲成詭異形狀的大塊石頭。某個角落有裝了異國花朵和昆蟲的玻璃器皿，還有——我抖了一下——蛇。

質化系格里沙身穿深紫色的柯夫塔坐在那兒，專注地俯身工作。不過在我們經過時依舊不免俗地抬頭細細打量我。有張桌子坐了兩名女性造物法師，她們正在處理一團熔解的東西，我覺得之後可能會變成格里沙鋼鐵，她們桌上散著碎鑽和裝滿蠶的瓶子。另一張桌子有個造物法師，他用布纏起口鼻，正在測量某種散發瀝青臭氣的濃稠黑色液體。娟雅帶我經過這些人，來到一個正俯身於一組小玻璃圓盤上方的造物法師旁邊。他的皮膚蒼白、乾瘦如柴，而且非常有必要修剪頭髮。

「嗨，大衛。」娟雅說。

大衛抬起頭，眨了眨眼，簡單點了個頭，又俯身回去工作。

娟雅嘆了口氣。「大衛，這位是阿利娜。」

大衛悶哼一聲。

「就是太陽召喚者。」娟雅補充。

「這是給妳的。」他頭也沒抬。

我注視著那些碟盤。「噢、呃……謝謝？」

我不太確定還能說什麼，但是當我望著娟雅，她只是聳聳肩，翻了個白眼。

「再見，大衛。」她刻意強調了語氣，大衛又哼了聲。娟雅抓住我的手臂、帶我出去走到一條能夠眺望碧綠起伏草坪的木頭長拱道。「別放在心上，」她說，「大衛是很厲害的金屬專家，能打造出削鐵如泥的銳利刀刃，但要是妳本人不是金屬也不是玻璃，他就不會有多少興趣。」

娟雅的語調很輕，卻稍微有點耐人尋味。當我轉過頭，竟然見到她完美的顴骨上冒出幾抹明亮色彩。我從窗戶往那兒回望，還能看見大衛線條瘦削的肩膀和亂七八糟的棕髮。我忍不住笑意。如果像娟雅這樣光芒四射的人也會愛上瘦巴巴的書呆子造物法師，我說不定也有點希望。

「怎樣？」她注意到我在笑。

「沒事、沒事。」

娟雅一臉懷疑地瞇眼看我，但我把嘴巴閉得緊緊。我們沿著圍繞小行宮東牆的拱道走，經過更多扇能看見造物法師工坊的窗戶，然後繞過轉角——沒有窗戶了。娟雅加快了步伐。

「這裡怎麼一扇窗戶都沒了？」我問。

娟雅緊張地注視那些堅固的牆壁。這是我在小行宮中唯一沒看見雕刻的部分。「我們在軀使系解剖室的另一邊。」

「他們工作時難道一點光都……用不著嗎？」

「天窗，」她說，「在屋頂，類似圖書館的圓頂，他們比較喜歡那樣。這能保護他們——還有他們的祕密。」

「可是他們到底都在裡面做些什麼？」我雖問出口，卻不太確定是否想聽到答案。

「這就只有那些驅使系自己知道了。不過有謠言說，他們在和造物法師合作些新……實驗。」

我忍不住顫慄。不過，當繞過另一個轉角、再度看到窗戶時，我放下心來。我透過窗戶見到和我臥房一樣的房間，然後領悟那正是樓下的宿舍。我很感激自己能住在三樓。雖然住這裡可以省掉爬樓梯的麻煩，可是我第一次有了自己的房間，這樣的話，大家不會直接走過我的窗邊，我再感激不過。

娟雅指著我從房間看過的湖。「我們要去的地方就是那裡。」她示意著點綴在湖岸的那些白色小雕像。「到召喚者所在的亭閣。」

「那麼遠？」

「那是對你們這類人最安全的練習處。畢竟要是有些火術士過度興奮，搞不好會把整座宮殿都燒掉。」

「啊，」我說，「我倒是沒想到這個。」

「那其實沒什麼，在城外有另一個地方讓造物法師練習爆炸粉。我也可以幫妳安排去那裡一日遊。」她露出壞壞一笑。

「這就免了。」

我們走下一道樓梯，來到一條鋪石子路，朝湖前進。靠近的時候，遠岸那兒有另一棟建物映入眼簾。令我訝異的是，有一群穿著紅色、藍色和紫色的孩子在那兒哇哇叫嚷、跑來跑去。鈴聲響起，他們便停下玩耍，魚貫進屋。

「學校嗎？」我問。

娟雅點頭。「只要一發現擁有格里沙天賦的小孩，就會被帶到這兒受訓。這裡可以算是所有人學習微物魔法的地方。」

我又想起在卡拉錫待客廳低頭望著我的那三道身影。這麼多年來，為什麼都沒有格里沙檢驗官發現我的能力呢？如果他們發現了，我的人生會變得如何？實在太難想像了。我會有僕人在身旁悉心照料，而不是和他們一起幹那些雜務。我永遠不會成為製圖師，甚至不會知道怎麼畫地圖。而那對拉夫卡又代表著什麼？如果我學會使用能力，影淵可能早已成為過去。瑪爾和我永遠不必和有翼鷹人戰鬥。事實上，瑪爾和我搞不好早就忘了彼此。

我回頭望向位於湖水另一邊的學校。「他們學完之後會怎樣？」

「會變成第二軍團的成員。很多人會被送去豪宅侍奉貴族家庭，或被派去北方或南方前線，甚至影淵附近的第一軍團服務。最優秀的會被選中留在小行宮完成學業，並加入闇之手麾下。」

「他們的家人呢？」我問。

「會獲得可觀的報酬，格里沙的家庭從來不缺花用。」

「我不是這個意思。妳有回家去看過嗎？」

娟雅聳肩。「我打從五歲就沒見過父母；這裡就是我的家。」

看著身穿白金色柯夫塔的娟雅，我實在沒被說服。我這輩子幾乎都住在卡拉錫，卻從沒覺得自己屬於那裡。即便在國王的軍團中度過一年，我仍抱持這個想法。唯一讓我覺得有歸屬感的就是瑪爾，可是就連這也無法長久。儘管娟雅這麼美麗，但是她和我也許沒有多大不同。

來到湖岸，我們漫步走過石頭亭閣，但是娟雅並未停下腳步，直到來到一條小徑，這條路從岸邊蜿蜒鑽入林中。

「我們到了。」她說。

我瞧了小徑一眼。我看見一間藏在陰影裡的石頭小屋，被樹木遮蔽身影。「那裡嗎？」

「我不能陪妳過去，雖然我也不想啦。」

我又看回小徑，一小股顫意沿脊椎爬上。

娟雅憐憫地看我一眼。「一旦妳習慣了巴格拉，就會知道她其實沒那麼可怕。不過妳絕對不會想遲到。」

「好喔。」我匆匆回答，急忙跑上小徑。

「祝妳好運啊！」娟雅在我身後喊著。

石頭屋呈圓形，而我突然領悟它似乎一扇窗都沒有。我走上幾級階梯來到門前，敲了敲。沒人回應。於是我又敲一次，靜靜等待，不確定該怎麼辦。我回頭看看小徑，娟雅早就不見了。我又敲一次，然後擠出全身上下的勇氣，將門打開。

熱風有如衝擊波，擊中了我，包在新衣裡的身軀立刻開始噴汗。當我視線適應昏暗，只勉強看見一張窄小的床、一只洗手盆，以及上頭放了水壺的爐子。房間正中央有兩張椅子，和正在巨大圓形暖爐中怒嚎的火焰。

「妳遲到了。」一個沙啞的聲音說。

我環顧四周，可是在這小小的房間卻誰也沒看見。接著，其中一道影子動了起來，我險些嚇到魂飛魄散。

「丫頭，把門關上，妳讓熱氣漏出去了。」

我關上門。

「很好，現在來瞧瞧妳。」

我想轉身朝另一個方向逃跑，但是勸說自己別蠢了。我逼自己走到火旁，那道影子從暖爐後方現身，在火光中打量著我。

我的第一印象是一個老邁到超乎想像的女子，可是等我再看詳細一點，就不太確定爲什麼自己會冒出那個想法。巴格拉的皮膚極度柔滑緊實，掩去臉上所有銳利線條。她的背挺得很直，身體瘦削，猶如蘇利雜耍人；炭黑色的髮中一絲灰色都沒有，火光卻讓她的輪廓顯得恐怖駭人，恍若骷髏，身上淨是凸出的骨頭和深深的凹陷。她穿著顏色難辨的老舊柯夫塔，一隻骨瘦如柴的手抓了根平頭枴杖；看起來像用銀和木化石粗略打造而成。

「妳，」她用低沉的喉音說，「妳就是太陽召喚者，來拯救我們所有人——那妳其餘同胞在哪裡？」

我不安地動了動。

「丫頭，妳是啞巴嗎？」

「我不是。」我努力發聲。

「還眞厲害呢。妳小的時候爲什麼沒接受測試？」

「我有。」

「嗯哼。」她說，然後表情一變，用莫名蒼涼的眼神凝視著我，儘管房中是這麼熱，我不禁渾身竄過一陣寒意。「丫頭，我希望妳比外表看來更強壯。」她冷冷地說。

那隻皮包骨的手從長袍袖中爬出，彷彿毒蛇出洞，緊扣住我的手腕。「好了，」她說，「就讓我們來瞧瞧妳的能耐。」

第九章

這眞是徹頭徹尾一場災難。當巴格拉用骨瘦如柴的手扣住我手腕，我立刻意識到她和闇之手一樣也是增幅者。我感到同樣一股強大的確定感流竄全身，陽光迸出，照耀整個房間，在巴格拉小屋的石牆上閃爍。但是她一放開我，要我靠自己召喚出力量，我就束手無策。她又是斥責，又是哄勸，甚至還拿棍子打了我一下。

「給我個連自己的力量都召喚不出來的女孩，是想要我怎麼辦？」她對我咆哮。「就連小孩子都做得到。」

她再次扣住我的手腕，我感到體內某種事物甦醒，拚了命想突破表面。我盡可能去探尋、試圖抓牢，而我也確實感覺到了——可是她一放開手，力量便從身旁溜走，像顆石頭直直往下沉。終於，她嫌惡地揮手打發我滾。

這天實在毫無進展。我早上剩下的時間都花在圖書館裡，他們給我一疊像小山的書本，全是講述格里沙理論與歷史，並告訴我那不過是閱讀清單的冰山一角。午餐時，我尋找娟雅的身影卻遍尋不著，只好在召喚者的桌子坐下，快速被元素系格里沙簇擁圍繞。

瑪麗和娜迪亞拿一堆問題轟炸我時，我在盤中挑挑揀揀。她們問我第一堂課怎麼樣、我的房間在哪裡、晚上想不想和他們一起去「班雅」。當她們發現從我這裡挖不出什麼八卦，就轉而和其他召喚者聊他們上的課。當我不間斷地遭受巴格拉的折磨，其他格里沙則在學習進階理論、外語及軍事戰略。很顯然，這一切都是爲了明年夏天離開小行宮做準備。大多數人會踏上前往影淵的旅程，或者出發前往北方或南方前線，在第二軍團擔任發號施令的職位。但是最高榮耀將會是像艾凡那樣，獲邀與闇之手同行。

我盡力集中注意，心思卻不斷飄回我和巴格拉的災難課程。在某個瞬間，我忽然意識到瑪麗似乎問了我一個問題，因爲她和娜迪亞同時注視著我。

「不好意思，妳說什麼？」我說。

她們交換了個眼神。

「妳想和我們一起去馬廄嗎？」瑪麗問，「去上對打訓練？」

對打訓練？我低頭看著娟雅留給我的一小張行程表。列在午餐後的幾個字正是「西邊馬廄，波特金，對打訓練」。看來我今天還沒眞的跌到谷底呢。

「當然了。」我麻木地說，和她們一起站起來。僕人趕緊上前幫我們把椅子拉開，清掉剩菜盤子。我眞心懷疑自己有沒有辦法習慣這些伺候。

「*Ne brinite.*」瑪麗輕笑一聲說。

「什麼？」我困惑地問。

「*To će biti zabavno.*」

娜迪亞咯咯笑著。「她說『別擔心，會很有趣的。』那是蘇利方言。瑪麗和我正在學，以免之後被派到西方去。」

「啊。」我說。

「*Shi si yuyan Suli.*」瑟杰大步走過我們身旁、離開圓頂廳時說。「蜀邯語的『蘇利語已經沒人用』的意思。」

瑪麗臉一沉，娜迪亞咬住嘴唇。

「瑟杰在學蜀邯語。」娜迪亞悄悄地說。

「看得出來。」我回答。

前往馬廄時，瑪麗一整路都在抱怨瑟杰和其他軀使系格里沙，並強調蘇利語比蜀邯語更有優勢。若說到西北，蘇利是使節團最好的選擇，假使選蜀邯，就表示會被困在翻譯外交文件的工作中，瑟杰這種白痴最好還是滾去學用克爾斥語談生意吧。然後她稍停片刻，指出班雅——小行宮旁白樺樹林裡，那經過精心設計的蒸氣浴和冷水池系統——的位置，講完後又一秒不浪費地繼續大罵那些軀使系多麼自私，夜夜侵占浴室。

也許對打訓練也不算太糟。瑪麗和娜迪亞絕對能讓我想狠狠出拳。

橫過西邊草坪時，我突然湧上一股被誰看著的感覺。我抬起頭，見到一道身影站在遠離小徑的地方，幾乎被一叢低矮的樹木陰影遮掩住。不管是那件棕色長袍或髒兮兮的黑鬍子，我都不會認錯，而且就算從遠處也能感到導師的高度壓迫眼神有多恐怖。我急忙跟上瑪麗和娜迪亞，卻覺得那目光緊追不放。當我再次回頭，他還在那兒。

訓練室就在馬廄旁，是個巨大、空盪，梁木很高的房間，裡面有一塊塊泥土地，四壁列滿五花八門的武器。負責訓練我們的人——波特金．育．爾丹不是格里沙，而是前蜀邯傭兵，願意在任何大陸上為任何一支軍隊效力，並且打過無數的仗——只要他們能負擔他在暴力上的特殊天分。他生了一頭蓬亂的灰髮，脖子上還有一道恐怖疤痕，看來有人曾試圖割他喉取命。在接下來的兩小時，我都在狂詛咒那傢伙怎麼沒把這活兒做徹底一點。

波特金以耐力訓練作為熱身開頭，逼我們跑遍整座宮殿。我拚了命跟上，卻一如以往虛弱又笨拙，很快就落得吊車尾。

「他們在第一軍團是這樣教的嗎？」當我歪歪倒倒爬上小丘，他用濃厚的蜀邯口音嘲笑。我實在喘不過氣，無法回嘴。

回到訓練室時，其他召喚者都兩兩配對，準備進行打鬥訓練，波特金堅持和我搭檔。於是，我的下一個小時在痛苦不堪的重拳痛擊中只剩一片模糊。

「格檔啊！」他一面喊一面打得我往後摔倒。「快一點！還是說妳小丫頭就愛挨打？」

唯一的慰藉是在訓練室中不得使用格里沙力量。所以至少我呼喚不出力量的真相可以不被揭穿、遭到羞辱。

當我又累又痛，覺得自己可能會直接躺下、隨便他踢，波特金宣布下課。但我們還沒走出去，他已喊道，「明天小丫頭得早點來，和波特金一起訓練。」

我唯一能做的就是不哭出聲。

等到我踉蹌著回到房間洗澡，實在一心只想鑽到被子底下藏起來，可是仍逼自己回到圓頂廳吃晚餐。

「娟雅在哪裡？」在召喚者的桌子坐下後，我問瑪麗。

「她在大宮殿用餐。」

「也睡在那兒唷，」娜迪亞說，「王后喜歡她隨傳隨到。」

「國王也是唷。」

「瑪麗！」娜迪亞斥責道，可是她自己也在竊笑。

我目瞪口呆地望著她們。「妳的意思是——」

「那只是謠傳。」瑪麗說。可是她和娜迪亞交換了會意的眼神。

我想起國王濕潤的嘴唇，鼻子上破裂的微血管，還有穿了僕人的顏色、美麗動人的娟雅……

我把盤子推開。此時此刻，我所剩無幾的食欲似乎全煙消雲散。

晚餐彷彿不見盡頭，我小口小口啜著茶，忍耐那些召喚者新一輪無止境的閒聊。當我準備好說再見、打道回房，闇之手桌後方的門卻敞開來，整個圓頂廳被安靜籠罩。

艾凡現身，從容漫步走向召喚者的桌子，好似對其他格里沙的目光渾然無覺。

我突然腹中一沉，意識到他是直接朝我的方向走來。

「史塔科夫，跟我來。」他到我身旁時說，然後用諷刺語氣加了句，「麻煩您了。」

我將椅子往後一推，用突然有點軟的腿站起來。巴格拉是不是告訴了闇之手我一點用都沒有？波特金告訴他我在課堂上多麼失敗了嗎？格里沙全睜大了眼睛看著我，娜迪亞的嘴眞心沒合起來。

我跟著艾凡走過寂靜大廳，穿過那扇巨大的黑檀木門。他領我走上一條走道，穿過另一扇上頭飾以闇之手符號的門扉。我立刻認出自己進了戰情室。那兒沒有窗戶，四壁都覆蓋巨幅拉夫卡地圖。那些地圖都是古老樣式，在動物皮上以熱壓法印上墨水。如果是在其他狀況，我一定會花上好幾個小時仔細研究，用手去摸那些高高聳起的山岳及蜿蜒河流。然而此時我卻站在那裡，將因汗而濕黏的雙手緊握成拳頭，心臟在胸中狂跳不已。

闇之手坐在一張長桌盡頭，閱讀整疊的文件。我們進來時，他抬起了頭，石英般的雙眼在燈下閃爍發光。

「阿利娜，」他說，「請坐。」他作勢示意身旁的椅子。

我遲疑了一下。他似乎沒在生氣。

艾凡又回頭消失在門外，把門關上。我艱難地吞了口口水，強迫自己走過房間，在闇之手要我坐的地方坐下。

「第一天過得如何？」

我又吞了口口水。「很好呀。」不過嗓子很沙啞。

「真的嗎？」他問，但是他正輕輕地微笑。「巴格拉那裡也是？她本人也算得上某種試煉。」

「一點點啦。」我勉強說道。

「妳很累嗎？」

我點點頭。

「想家嗎？」

我聳聳肩。說自己想念第一軍團的兵營感覺滿怪的。「我想有一點吧。」

「會越來越好的。」

我咬了嘴唇。我也希望。不確定這種日子我還能承受多久。

「這對妳可能會更難吧，」他說，「元素系很少獨自工作，火術士多半兩兩配對，風術士則和浪術士搭檔。但是，妳是妳這類唯一的成員。」

「懂。」我疲憊地說。我現在真的沒心情再聽人說我有多特別了。

他站起身。「跟我來。」他說。

我的心臟又開始狂跳。他帶我走出戰情室，到另一條走道上。

闇之手指著一扇嵌在牆壁上的低調窄門。「一直靠右走，這樣就能回到宿舍。妳應該會想避開主要大廳。」

我注視著他。「就這樣？」我不禁衝口而出。「你只是想問我今天過得如何？」

他將頭歪往一側。「不然妳以爲呢？」

我眞的大鬆了一口氣，甚至有點不小心笑出來。「我也不曉得。酷刑吧？審問？狠狠對我說教？」

可是他微微皺眉。「我不是什麼禽獸，阿利娜。儘管妳可能聽到不少傳聞。」

「我不是那個意思，」我急忙說。「我只是……我其實也不知道該怎麼以爲啦。」

「妳以爲狀況很糟嗎？」

「只是陳年舊習，」我知道自己該就此打住，卻停不下來。也許我這麼做並不公平，但他還不是一樣？「我爲什麼不該怕你呢？」我問，「你可是闇之手。我不是認爲你會把我丟到陰溝裡或遣送到茲貝亞——雖然你當然有能力這麼做。你可以把人劈成兩半，所以稍微有點怕你應該是很合理的吧。」

他注視了我好長一段時間，而我眞心希望自己剛剛有把嘴巴閉好。可是接下來，他臉上隱約閃過一抹微笑。「妳說得也有道理。」

我的恐懼消退了千分之一。

「妳爲什麼要那樣做？」他突然問。

「哪樣？」

他抓住我的手，那股宜人的確定感再度流竄全身。「用拇指去揉掌心。」

「噢，」我緊張地笑了笑，完全沒意識到自己這麼做。「只是另一個陳年舊習。」

他將我的手翻過來，在走道的昏暗光下檢視著，拇指一路拖拉著橫過我掌心那道蒼白疤痕，一陣震顫嗡鳴著貫穿我全身。

「妳在哪裡受這傷的？」他問。

「我……卡拉錫。」

「妳長大的地方？」

「對。」

「那個追蹤師也是孤兒？」

我猛地吸進一口氣。讀心術也是他的力量之一嗎？但接著我就想起瑪爾曾在格里沙帳篷中作證過。

「對。」我說。

「他很厲害嗎？」

「什麼？」我發現自己難以專注。闇之手的拇指仍持續沿我掌心那道疤來回撫摸。

「追蹤。他這方面很厲害嗎？」

「他是最厲害的。」我誠實地說，「卡拉錫的農奴都說他能從石堆中找出兔子。」

「有時我會忍不住想，我們對自己的天賦到底瞭解到什麼程度。」他若有所思道。

然後他放下我的手，將門打開，往旁邊一站，對我微微鞠了個躬。

「晚安，阿利娜。」

「晚安。」我勉強回答。

我閃進門，走上一條狹窄走道。沒多久便聽見門在身後關上的聲音。

第十章

第二天早上，我的身體痛得要命，差點沒辦法下床——但我還是起來了。然後這一切整個再重來一次——接著又一次、再一次。每天都比前一天更糟、更令人挫折。但我沒有停下。我不能停。我再也不是製圖師了，而如果無法變成格里沙，我到底還能做什麼？

我想到那晚闇之手在穀倉斷裂的屋梁底下說的話。**這麼久以來，妳是我看到的第一絲希望。**他相信我就是太陽召喚者，相信我能幫他摧毀影淵。而要是我真能做到，就再沒有士兵、商人、追蹤師會在橫越異海的時候喪生。

可是當日子艱難且緩慢地前進，這個想法變得越來越突兀。

我花了漫長時間在巴格拉的小屋進行呼吸訓練，還要維持一個據說可以幫助我專注的痛苦姿勢。她拿書要我讀、拿茶要我喝，還不斷拿棍子狠狠揍我，可是什麼幫助也沒有。「丫頭，難道我非割傷妳不可嗎？」她會挫折地喊道。「我該找火術士來燒妳嗎？要叫他們把妳丟回影淵給那些噁心怪物當飼料嗎？」

我每天在巴格拉那兒的各種失敗，和波特金加諸的折磨可說不相上下。他逼我跑遍宮殿、跑過樹林，跑上山丘再跑下，直到我覺得自己快暈過去。他讓我進行對打和摔倒訓練，直到我身上布滿瘀青。他不斷發出轟隆怒吼：太慢了，太弱了，太瘦了。讓我耳朵痛得要命。

「波特金沒辦法化腐朽爲神奇！」他對我吼道，往我上臂狠掐一下。「吃點東西吧妳！」

但我一點也不餓。我在影淵和死神擦身而過後曇花一現的食欲早就煙消雲散，食物全失去了滋味。我的睡眠狀況很差，儘管是睡在那張豪華大床上。我覺得自己只是勉強硬撐過這些日子，娟雅幫我做的小調整全消磨殆盡，我的臉頰再次灰黃，冒出黑眼圈，頭髮失去光澤、垮得亂七八糟。

巴格拉認爲沒有食欲又無法入睡和我喚不出力量有密切關連。「腳被捆住不是很難走路嗎？嘴被摀住不是很難說話嗎？」她訓斥。「妳爲什麼把精力都浪費在壓抑眞正的自我上？」

我沒有，又或者我不認爲自己有……我現在什麼也不確定了。我這輩子都是這樣體弱多病，每天都覺得自己在垂死掙扎。如果巴格拉說的沒錯，等我終於學會運用我的格里沙天賦，一切就會改變——假使我眞能做到。在那之前，我只能困在原地。

我知道其他格里沙都私下講我閒話。元素系的最愛在湖邊一起練習，實驗各種使用風、水和火的新方法。我不能冒險讓他們發現我甚至連自己的力量都召喚不出來，所以找了一堆藉口不加入，最終他們就不再邀請我了。

晚上，他們會在圓頂廳圍成一圈，啜飲茶或科瓦斯酒，計畫週末去巴拉基列夫或歐斯奧塔附近小村落遠足。不過闇之手仍擔心會有人前來刺殺，所以我得留在這裡。能有這種藉口我滿高興的。和那些召喚者待在一起越久，我就越可能露餡。

我不太能見到闇之手。就算見到，也是從遠處。可能在他剛回來或要離開的時候。他總專注地和艾凡或國王的軍事顧問談話。我從其他格里沙那裡得知他並不常待在小行宮，時間大多花在往來影淵和北方邊界或南方，也就是蜀邯想搶在冬季降臨前派突擊小隊攻打殖民地之處。拉夫卡各地派駐了上百格里沙，而他肩上扛的責任就包含所有人。

他從沒對我說過一個字，甚至往我這邊看一眼都沒有。我很確定那是因為他知道我沒有任何進步，他的太陽召喚者也許最後會被證明是個徹底的失敗品。

當我沒被巴格拉或波特金捏圓捏扁地隨意折磨，我會坐在圖書館，費力閱讀著那些艱深的格里沙理論書。我以爲自己至少算瞭解格里沙能力的基本條件（訂正，應該說是「我們的能力」）。世上一切事物都能解構成同樣的小零件；看起來像是魔法的東西，其實是格里沙在事物的基本層面操縱那些物質。

火不是瑪麗變出來的，她是召喚周遭空氣裡的可燃元素，而且也還是需要打火石，才能製造出點燃物質的火花。格里沙鋼鐵並非天生就有魔力，是經過造物法師巧手打造；他們不用熱能或原始工具，就能操縱金屬。

可是，我越瞭解我們的行事方式，就越不確定我們是怎麼做到。微物魔法的基礎原則是「同類相喚」，可是接下來就有點複雜了。*Odinakovost*的意思是「此同」，這個「此同」讓某個東西變得和其他事物一樣。*Etovost*是「彼異」，「彼異」則讓某個東西和其他事物都不一樣。*Odinakovost*讓格里沙和這世界有所連結，但是*Etovost*給予它們屬性，諸如空氣、血液。或者就我的例子：光。最終，我開始暈頭轉向。

但有一件事我很清楚，術士用以描述生來沒有格里沙力量者的名詞是*otkazat'sya*，意爲「被棄者」。那是孤兒的另一個稱呼。

□

某個傍晚，我正埋頭苦讀一段描述格里沙協助商隊路線的篇章，卻感到身旁有人。我抬頭看後，不禁縮回自己的椅子。導師的身影陰森地籠罩住我，那雙不帶情緒的黑色瞳仁中亮著異樣的熱切。

我環顧圖書館四方，除了我們空無一人。儘管陽光從玻璃天花板傾洩而下，我卻覺得全身竄過寒意。

他在我旁邊的椅子坐下，掀起一陣霉味長袍製造出的大風，恍若墓穴的陰濕氣味將我包住。我努力想用嘴巴呼吸。

「阿利娜・史塔科夫，妳享受閱讀嗎？」

「非常享受。」我撒謊。

「我很高興，」他說，「但我希望妳別忘了，就和餵飽腦子一樣，也要餵飽靈魂。我是這座宮牆中每一個人的精神導師，要是妳發現自己有所憂煩，或有苦惱悲傷，希望妳不要遲疑，直接來找我。」

「我會的，」我說，「一定會。」

「很好、很好。」他微笑，露出一嘴擠在一起的黃牙。導師的牙齦墨黑如狼。「我希望我們能成爲朋友，我們的友誼非常重要。」

「當然。」

「如果妳願意接受我的禮物，我一定會很高興。」他將手伸進棕袍的衣褶，拿出一小本以紅色皮革裝幀的書。

怎會有人能把送禮物搞得那麼毛骨聳然？

我心不甘、情不願地靠上前，從他布滿藍色靜脈的細長手中接過書。封面有金色的打凸書名：*Istorii Sankt'ya*。

「《聖人生平》？」

他點點頭。「曾有段時間，所有格里沙孩童都會在來小行宮上學時得到這本書。」

「謝謝你。」我有些茫然。

「農民都愛他們的諸聖，他們渴望奇蹟，卻不喜歡格里沙。妳覺得為什麼會這樣呢？」

「我從來沒想過。」我打開書。已有人將我的名字寫在封面裡頭。我翻了幾頁，貝弗諾的聖佩塔、遭鍊的聖伊利亞、聖利札貝塔。每章都用占滿全頁的插圖當開頭，並以鮮艷墨色繪製得美輪美奐。

「我想是因為格里沙並未和諸聖、和人民受一樣的折磨。」

「也許吧。」我心不在焉地說。

「但是妳受到了折磨，不是嗎，阿利娜．史塔科夫？而我認為……我認為妳將會受到更多折磨。」

我猛地抬頭。我還以為導師在威脅我，但他眼中滿是詭異的憐憫神情，甚至更令人恐懼了。

我又望回大腿上的書，一根手指停在某張描繪聖利札貝塔升天的插圖，她被馬拖至玫瑰田裡分屍，鮮血在花瓣間匯流成河。我啪地一聲將書闔起，彈起身。「我該走了。」

導師站起來，有一瞬間，我還以為他會阻止我。「妳不喜歡自己的天賦。」

「沒有，沒有，天賦很好，謝謝你，可是我不想遲到。」我含糊其詞。

我從他身邊衝過去，穿過圖書館的門，在回到自己房間前都不敢掉以輕心。我把那本聖人之書扔進梳妝台最底下的抽屜，再狠狠一甩關上。

導師到底想對我怎樣？他說的那些話真的是在威脅我嗎？或其實是某種警告？

我深呼吸一口氣，渾身沖刷過一股疲倦和困惑。我想念文書帳篷中輕鬆的節奏，還有身爲製圖師千篇一律但是令人安慰的人生。那個時候我肩上被賦予的責任不過是畫幾張圖，外加保持桌面乾淨。我想念墨水和紙張熟悉的氣味，最重要的是，我想念瑪爾。

我每個禮拜都寫信給他，關心我們的軍團云云，可是什麼回音都沒收到。我知道恐怕不能倚靠郵件，他的單位也可能已從影淵繼續邁進，搞不好已經抵達西拉夫卡。但是我仍希望能快快聽到他的消息。我已經放棄他可能前來小行宮探望我的念頭。然而，儘管我是那麼思念他，要是讓他知道我對新生活就像舊生活一樣如魚得水，我也無法忍受。

每天晚上，我都在無意義且萬般痛苦的另一天結束後爬上回房間的樓梯，想像著信件說不定已經擺在梳妝台上等著我。這麼一來，我的腳步就會加快。但是一天過去一天，沒有信來。

今天也並無不同。我只能撫過空盪的桌子表面。

「瑪爾，你在哪裡？」我低喃著，這裡卻沒有一個能回答的人。

第十一章

當我覺得自己已跌到谷底，才發現谷底還遠得很。

我坐在圓頂廳吃早餐，主要大門猛地打開，進來一群沒見過的格里沙。我沒太注意他們。服侍闇之手的格里沙總在小行宮來來去去，有時是因在北方或南方前線受傷而來此休養，有時是因其他任務暫離崗位。

然而娜迪亞倒抽一口氣。

「噢不。」瑪麗說。

我抬起頭。當我認出當時在奎比爾斯克覺得瑪爾很迷人的墨黑髮女孩，腹部一陣翻攪。

「她是誰？」我小聲地說，看著那個女孩輕盈溜進其他格里沙的行列打招呼，高亢的笑聲在金色圓頂下到處迴盪。

「柔雅，」瑪麗悄悄地說，「在學校時她高我們一個年級，她這人可怕死了。」

「自以爲高人一等。」娜迪亞補充。

我揚起眉頭。如果柔雅的罪名是自以爲是，那麼嚴格說來，瑪麗和娜迪亞其實沒資格批評。

瑪麗嘆氣。「最糟的是，她其實也沒有錯。她是個超厲害的風術士，也是很強的戰士。妳看看她。」

我將柔雅袖口的銀色刺繡、柔亮光滑完美的黑髮、藍色大眼睛配上黑得不可思議的睫毛，全看了個清楚。她幾乎就和娟雅一樣漂亮。我不禁想起瑪爾，並感到全身竄過一陣純然且痛苦的嫉妒心。可是我接著又意識到柔雅派駐在影淵。如果她曾和瑪爾……好吧，如果他人在那裡……如果他安然無恙，那她應該會知道。我推開盤子，一想到要問柔雅瑪爾的事就有點反胃想吐。

柔雅好像感覺到了我的視線，本來在和某個對她敬畏不已的軀使系閒聊，而今她轉過來，一陣風似地降臨召喚者的桌子。

「瑪麗！娜迪亞！過得怎樣啊？」

她們站起來擁抱她，臉上掛了巨大假笑。

「柔雅，妳看起來狀態超好！過得怎麼樣？」瑪麗滔滔不絕。

「我們超級想妳！」娜迪亞尖著聲音說。

「我也很想妳，」柔雅說，「能回到小行宮眞是太棒了，妳們絕對無法想像闇之手害我變得多忙——不過我好像有點沒禮貌，都還沒向妳們的朋友自我介紹呢。」

「噢！」瑪麗不禁喊出聲，「我很抱歉。這是阿利娜·史塔科夫，太陽召喚者。」她說，語調中帶了些許驕傲。

我尷尬地站起身。

柔雅一把將我抱到懷中。「終於見到太陽召喚者了，實在是我的光榮。」她大聲表示，可是擁抱我時卻細著聲音說，「妳這卡拉錫來的髒東西。」

我頓時渾身僵硬。她放開我，完美的唇上出現一抹戲謔微笑。

「我們待會兒見啊。」她輕輕一揮手。「我現在想洗澡想瘋了。」說完這句話，她便踏著輕快腳步離開圓頂廳，穿越雙開門前去宿舍。

我站在那兒震撼不已、臉頰熱燙。所有人一定都目瞪口呆地望著我，卻似乎沒有一個人聽見柔雅說了什麼。

那一整天，她的話都在我腦中揮之不去，陪著我又經歷一堂表現拙劣的巴格拉的課，還有彷彿不見盡頭的午餐時間。柔雅在吃飯時滔滔不絕描述從奎比爾斯克出發的旅程、毗鄰影淵的城鎮是何種狀態，還有她在一個鄉村見識到多麼精美的木刻版畫。可能是我的妄想，但是每次她說到「鄉下」二字，眼神好像總是朝我看來。她說話時，光線總會映著她手腕一條閃閃發光而且沉甸甸的銀手鍊，上面嵌著像是骨頭碎片的東西。**增幅物**，我突然領悟。

當柔雅出現在我們的打鬥訓練，情況從有點慘變成超級慘。波特金擁抱了她，親她兩邊臉頰，接著便斷斷續續用蜀邯語和她閒聊。這女孩還有什麼事做不到？

她還帶了個栗棕頭髮的朋友，我記得曾在格里沙帳篷裡看過。當我笨拙且勉強地撐過波特金每次拿來當開場的訓練，她們的交頭接耳加竊笑從沒停過。我們散開進行對練時，波特金將我和柔雅配在一塊兒，我已經懶得驚訝了。

「瞧瞧我們的明星學生，」他驕傲地咧嘴笑道。「她會助這小丫頭一臂之力嗎？」

「太陽召喚者怎麼會需要我的幫助呢。」柔雅得意一笑。

我看著她，警戒升到最高。我不確定這女孩爲什麼這麼恨我，但我一天之中承受的額度已到極限。

我們就戰鬥姿勢，在波特金一聲令下便開始。

說老實話，我還眞擋下了柔雅的第一擊，但第二拳就沒有了。那一拳狠狠打中我的下巴，我的腦袋往後一仰，只能努力甩頭恢復清醒。

她跳舞似地朝我上前，對準肋骨就是一個招呼。但一定是過去幾週來波特金的訓練深深植入我腦中。我往右一閃，那拳擦身而過。

她伸展一下肩膀，開始繞圈。我能從眼角餘光看見其他召喚者都拋下了對打訓練來觀看。但我不該放任自己分心。我被柔雅的下一擊狠狠打中下腹。當我喘不過氣，她便接著使出肘擊，我勉爲其難閃過，與其說是技巧，不如說走運。

她乘勝追擊往前撲，太過躁進。我雖然既弱又慢，波特金卻教會我如何利用對手的力量。我往旁一閃。當她欺近，我用腿鉤住她的腳踝。柔雅重重摔倒。

其他召喚者爆開一陣掌聲。但我還來不及意識到自己的勝利，柔雅就坐了起來，表情極其憤怒。她以手刀劈過空氣，我感到自己被攫到空中，同時往後拋飛，撞上訓練室的木牆。我聽見什麼東西啪地斷掉，當我滑落地面，體內所有空氣彷彿全被擠出。

「柔雅！」波特金怒吼。「妳不能使用力量。在這地方不可以，絕對不可以。」

我隱約意識到其他召喚者聚集到我身旁，也聽到波特金喊療癒者過來的聲音。

「我沒事。」我努力想這麼說，卻怎麼也吸不到足夠空氣。我躺在土上淺淺地喘息。每次嘗試呼吸，身體左側就感到一股撕裂般的痛。一群僕役抵達，當他們將我抬上擔架，我昏了過去。

瑪麗和娜迪亞來醫務室探望我，告訴我之後發生了什麼事：有個療癒者先替我慢下心跳，直到我陷入深眠，再修復我斷掉的肋骨及柔雅打出的那些瘀青。

「波特金氣炸了！」瑪麗喊道，「我從來沒看過他那麼生氣。他把柔雅轟出了訓練室——我覺得他好像還揍了她。」

「愛佛說他看到艾凡帶她從圓頂廳進了闇之手的會議室，她出來的時候在哭。」

很好。我心滿意足地想。但是當我一想到自己東倒西歪地癱在泥巴裡，就湧上一股熱辣辣的羞恥感。

「她爲什麼要這樣？」我一邊努力想坐起來，一邊問。對我視若無睹或看低我的人不在少數，可是柔雅似乎眞心恨我入骨。

瑪麗和娜迪亞目瞪口呆地望著我，一副我不是肋骨斷掉而是頭殼壞掉的樣子。

「因爲她嫉妒啊！」娜迪亞說。

「嫉妒我嗎？」我不敢置信地說。

瑪麗翻了個白眼。「她無法忍受竟然有別人能成爲闇之手的最愛。」

我不禁大笑，然後因爲身側猛的一痛縮了一下。「我才不是他的最愛。」

「妳當然是。柔雅很強，但她也不過是另一個風術士。妳可是太陽召喚者。」

娜迪亞說出這句話時臉頰刷地變紅，而我很清楚她語氣中那抹羡慕絕非我憑空想像。但這羡慕有多深？瑪麗和娜迪亞一副討厭柔雅討厭得要命，還是對她滿臉微笑。**那麼我不在的時候，她們又是怎麼說我的？**我忍不住想。

「搞不好他會降她的職！」瑪麗尖著聲音。

「搞不好他會派她去茲貝亞！」娜迪亞歡欣鼓舞。

一名療癒者從陰影中冒出來叫她們小聲點，然後趕人離開。她們答應明天會再來看我。

我一定又昏睡過去了。因爲幾小時後，當我醒來，醫務室已是一片黑暗，整個房間靜得令人毛骨聳然。其他病床上都沒有人，唯一的聲音是時鐘柔和的滴滴答答。

我撐起身體，仍覺得有點痠痛，不過已經無法想像幾小時前還有一根斷掉的肋骨了。

我的嘴巴很乾，而且隱約產生頭痛的前兆。我拖著身體下床，從床邊的大水壺倒了一杯水，推開窗戶，深深吸進一口夜晚空氣。

「阿利娜‧史塔科夫。」

我驚跳起來，轉過身。

「是誰？」我倒抽一口氣。

導師從門旁長長的陰影中現身。

「我嚇到妳了嗎？」他問。

「有一點。」我承認道。他在那裡站了多久？他一直在看我睡覺嗎？

他橫越房間，無聲無息地朝我飄來，那件破爛長袍滑過醫務室的地面。我不禁往後退一步。

「聽到妳受傷，我感到非常惋惜，」他說：「闇之手應該更加注意他羽翼之下的人。」

「我沒事。」

「真的嗎？」他在月光下檢視著我。「妳看起來可不像是沒事，阿利娜‧史塔科夫。妳是否安好至關重要。」

「我只是有點累。」

他靠得更近，那股特殊的氣味飄了而來——也就是莫名混合了焚香、霉味、新翻土壤的複雜氣味。我想起卡拉錫的墓園，那些歪七扭八的墓石，在新墳前痛哭的鄉下女人，接著便強烈意識到整個醫務室有多空盪。軀使系的療癒者還在附近嗎？還是不知道跑去哪兒找科瓦斯酒喝，外加一張溫暖床鋪？

「妳知道嗎？在某些位於邊界的村落，有人幫妳設置了祭壇。」導師低聲說。

「什麼？」

「沒錯。人民極度渴望一絲希望。繪製聖像的畫家可說生意興隆吶，這都要感謝妳。」

「但是我不是聖人！」

「這是某種庇佑，阿利娜．史塔科夫；是賜福的儀式。」他上前，靠我更近。顏色深暗且盤繞纏結的鬍子、一口參差骯髒的牙，我都看得一清二楚。「妳變得越來越危險了，而且這個態勢還在繼續。」

「我？」我小聲地說，「對誰來說危險？」

「有些事物比任何軍團的威力更強大，甚至能顛覆諸王或闇之手。妳知道那是什麼嗎？」

我搖頭，一點一點遠離他。

「信仰，」他呼吸了一口氣，黑眼中顯露狂意。「是信仰。」

他朝我伸出手，我悄悄往床邊桌子摸去，將一杯水打翻到地上。杯子摔碎的聲音震天價響，走道上有匆匆腳步聲朝我們奔來。導師後退，融入陰影中。

門啪地打開，療癒者進房，他的紅色柯夫塔在身後翻飛。「妳沒事吧？」

我張開嘴，不確定該說什麼。但是導師已無聲無息地從門口溜出去了。

「對……對不起，我摔破杯子了。」

療癒者喊來僕人清理這團亂，再次讓我躺回床上，建議我稍作休息。但是他一離開，我就坐起身，點亮床旁的油燈。

我的雙手顫抖。我很想將導師那些胡言亂語當作耳邊風，卻做不到。不是因爲人民眞的崇拜起了太陽召喚者，也不是因爲他們冀望我帶來拯救。我想起闇之手在穀倉毀損的破屋頂下說的話。**格里沙力量的時代已經走到盡頭。**我想起有翼鷹人，以及在影淵中喪失的生命。**分裂的拉夫卡是撐不過新世紀的。**我不只讓闇之手、巴格拉或我自己失望，我是讓整個拉夫卡失望了。

□

娟雅翌日早上過來，我告訴她導師來過，可是她好像一點也不在意他說的話或詭異行爲。

「他確實很恐怖，」她承認，「但不會傷害人。」

「他會，妳眞該親眼看看。他簡直像發瘋一樣。」

「他只是個祭司。」

「可是說到底他爲什麼會跑來這裡？」

娟雅聳聳肩。「也許是國王叫他來替妳祈禱吧。」

「我今晚不要待在這裡了，我想睡在自己的房間——我想有一扇可以鎖起來的門。」

娟雅嗤了一聲，放眼打量這間空蕩蕩的醫務室。「至少這件事我非常同意，就連我也不想待在這兒。」然後她望著我。「妳看起來糟透了。」她說起話眞是一如往常的婉轉呢。「不如讓我幫妳整理一下？」

「不要。」

「幫妳弄掉黑眼圈就好。」

「不要！」我固執地說，「不過我確實需要妳幫個忙。」

「要我去拿工具箱嗎？」她一派飢渴地問。

我沉下臉瞪她。「不是那種忙。我有個朋友在影淵裡面受傷了。我……我一直寫信給他，可是不確定信到底有沒有送到他手上。」我感到臉頰飛紅，急忙往下講。「妳可以幫忙查查他是否平安，還有派駐在哪裡嗎？我不知道還能問誰了。既然妳總是在大宮殿，也許有辦法幫忙。」

「當然可以。但是……這樣說吧，妳最近確認過傷亡名單嗎？」

我點點頭，喉嚨像是卡了什麼。娟雅暫離去找紙筆，好讓我將瑪爾的名字寫給她。

我嘆了口氣，揉揉眼睛。我不知道該怎麼看待瑪爾這樣無消無息。每一週，我都會心臟狂跳、腹部糾結成團地去檢查傷亡名單，膽戰心驚怕會看到他的名字。每一週，我都會對諸聖致上謝意，因爲瑪爾平安、小命尚在，即使他懶得寫信。

可眞是這樣嗎？我的心臟痛苦地扭絞一下。也許瑪爾見我不在會很高興，可以不再受到過往友誼和義務束縛。又或許，他正躺在某處醫院病床上，*妳現在根本是在無理取鬧*。我責罵自己。

娟雅回來，我寫下瑪爾的名字、軍團，還有小隊編號。她把紙摺起來，塞進柯夫塔的袖子裡。

「謝謝。」我啞著聲音說。

「他一定沒事的。」她輕輕捏了我的手一下。「現在快點躺回去讓我處理妳那黑眼圈。」

「娟雅！」

「躺回去，不然妳這個小忙就不要想了。」

我簡直要掉了下巴。「妳卑鄙。」

「我超棒。」

我怒瞪著她，噗咚倒回枕頭上。

娟雅離開後，我打算回自己的住處。療癒者對此不太高興，但我堅持。我根本沒有哪裡在痛了，所以沒道理在空蕩蕩的醫務室裡多待一晚。

回到自己房間後，我洗了澡，並試圖閱讀其中一本理論書，可是無法集中精神。我太怕明天又要重回課堂，又得經歷一次巴格拉那些徒勞無功的課。

那些對我投來的注目禮和拿我當話題的八卦，在我來到小行宮後雖然稍有平息，但是我和柔雅的這一戰一定會讓耳語再起，這我毫不懷疑。

我站起來伸展身體時，從梳妝台上方鏡子瞥到自己身影，於是橫越房間仔細檢視鏡中面孔。眼下的黑眼圈不見了，可是我很清楚沒幾天又會重現，那沒有改變什麼。我看起來一如往常，疲倦、骨瘦如柴、病懨懨。我一點也不像眞正的格里沙。我的力量確實存在，就在體內某處，可是我碰觸不到，也不曉得原因。我爲什麼會和大家不一樣？爲什麼我的力量花了那麼久才顯現？還有，我爲什麼沒辦法靠自己使用力量？

我看見鏡中映出窗戶的厚重金色窗簾、繪製得美輪美奐的牆壁，火爐中的火光閃爍，映照在貼磚上。柔雅雖然是個爛人，可是她沒說錯。我不屬於這個美好的世界。如果我再找不到方法使用自己的力量，便永遠都不會對這兒有歸屬感。

第十二章

第二天早上沒有預期的那麼糟。我進入圓頂廳時，柔雅已經在裡面了。她獨自坐在召喚者那桌的末端，安安靜靜吃著早餐。瑪麗和娜迪亞對我打招呼時她連頭也沒抬，而我也盡全力無視她。

我全心感受著走向湖邊的每一步。陽光明燦，冷空氣撲上臉頰，而我對巴格拉小屋那通風不良又沒窗戶的幽閉空間實在不期不待。可是當我爬上通往小屋門口的階梯，卻聽見拔高的聲音。我遲疑了一下才輕輕敲門，聲音戛然而止。過了一會兒，我把門推開，往裡頭探。闇之手站在巴格拉的貼磚暖爐旁，一臉憤怒。

「抱歉。」我說，並打算從門口退出去。

但是巴格拉直接厲聲說：「丫頭，進來，別讓熱氣跑掉了。」

於是我進去、關上門，闇之手對我微微躬身。「阿利娜，妳過得如何？」

「我很好。」我努力擠出回答。

「她很好！」巴格拉輕蔑地喊道。「她很好！她連走道都照不亮——但是她很好。」我縮了一下，真心希望可以就地消失。

令我訝異的是，闇之手竟開口說：「別罵她了。」

巴格拉眼睛一瞇。「你就喜歡這樣是不是？」

闇之手嘆了口氣，惱火地用雙手抹過深色的頭髮。當他的眼神落到我身上，唇上露出一抹悲憫的微笑，他的頭髮毛燥得亂七八糟。「巴格拉有自己的做事方法。」他說。

「少對我擺出高人一等的樣子，小鬼！」她的聲音就像揮鞭那樣，啪地一下抽來。然而，我訝異地看見闇之手站得更挺，臉一沉，彷彿正極力自制。

「老女人，少斥責我。」他說，壓低了音調，而且隱約飄出危險意味。

憤怒的能量啪啪劈過整個空間。我到底闖進什麼狀況裡了？我眞心思考是否要從門口溜走，放他們自己去處理這場不小心被我打擾的莫名爭執。就在這瞬間，巴格拉再次爆發，並提高了音量。

「這小鬼覺得可以給妳搞個增幅物呢，」她說，「妳覺得怎麼樣，丫頭？」

聽到闇之手被人喊作「小鬼」實在太詭異了，我花了點時間才理解她是什麼意思。但是當我聽懂，一股希望和鬆一口氣的感覺竄遍全身。增幅物！我之前怎麼沒想過？他們之前怎麼沒想過？巴格拉和闇之手之所以能幫我召喚力量，是因爲他們正是活生生的增幅物，既然如此，爲什麼我不給自己弄個增幅物呢？就和艾凡的熊爪，或者瑪麗脖子上掛的海豹牙齒一樣？

「我覺得太棒了！」我喊道，音量比預期大很多。

巴格拉發出作嘔的聲音。

闇之手狠狠看她一眼，隨即轉向我，說：「阿利娜，妳聽過莫洛佐瓦的獸群嗎？」

「她當然聽過，她還聽過獨角獸和蜀邯的龍呢。」巴格拉語帶嘲弄。

闇之手臉上一瞬閃過怒意，不過立刻控制自己。「能和妳說句話嗎，阿利娜？」他禮貌地問。

「當……當然可以。」我則結結巴巴。

巴格拉又嗤了一口氣，但是闇之手予以無視，他抓住我的手肘，帶我走出小屋，嚴嚴實實將門在身後關上。我們稍微在小徑上走了一小段，他才大大嘆了一口氣，再次用雙手抹過頭髮。

「那女人眞是的。」他低聲說。

要忍住不笑眞的好難。

「怎樣？」他立刻升起防禦心。

「我只是沒看過你這麼……火大。」

「巴格拉總能讓人火大。」

「她也是你的老師嗎？」

他的臉上閃過一道陰影。「對，」他說：「所以妳對莫洛佐瓦的獸群有什麼瞭解？」

我咬住嘴唇。「只有那個，你知道……」

他嘆氣。「小孩聽的故事？」

我抱歉地聳了聳肩。

「沒關係，」他說：「妳還記得故事哪些細節？」

我陷入回憶，想起深深夜裡阿娜．庫亞在宿舍的聲音。「牠們是白鹿，是只會在暮光時刻出現的魔幻生物。」

「牠們並不比我們魔幻到哪裡去，不過十分古老，力量也很強大。」

「所以那些鹿是眞的？」我不敢置信——然後沒提我本人最近實在不覺得自己多魔幻或多強大。

「我想是的。」

「但巴格拉不這麼想。」

「她永遠認爲我的想法愚不可及。妳還記得些什麼？」

「呃，」我笑了一聲，「在阿娜．庫亞的故事裡，牠們會說話。如果獵人抓到鹿、饒牠們一命，牠們還會完成人的願望。」

他笑了。這是我第一次聽到他的笑聲，好聽卻陰鬱，迴盪在空氣中。「那部分絕對不是眞的。」

「但其他部分是？」

「諸王和闇之手幾世紀來不斷在尋找莫洛佐瓦的獸群。我手下的獵人說曾看見鹿群的蹤跡，雖然從沒親眼見過。」

「你相信他們嗎？」

那雙石板般的雙眼冷酷卻淡定。「我的手下不會對我說謊。」

我感到一陣寒意飛上背脊。但凡明白闇之手的能耐，就連我也不想對他撒謊。「好吧。」我不自在地說。

「如果能捉到莫洛佐瓦的雄鹿，鹿角可以做成增幅物。」他伸出手，點了點我的鎖骨——即便只是這麼短暫的接觸，也足以一瞬間令我全身竄過那股確定感。

「項鍊？」我邊問邊試著想像，仍能從喉嚨底部感覺到他剛才的碰觸。

他點點頭。「有史以來最強大的增幅物。」

我瞠目結舌。「你打算給我嗎？」

他再次點頭。

「讓我用個爪子或獠牙或——我不知道——其他什麼都好，難道不是比較容易嗎？」

他搖搖頭。「如果我們眞想有機會摧毀影淵，就要借助雄鹿的力量。」

「但是說不定只要隨便給我用一個——」

「妳很清楚不是那樣的。」

「我很清楚嗎？」

他皺眉。「妳沒讀理論嗎？」

我瞪了他一眼。「理論很多好不好。」

他對我微笑一下——竟然！「我都忘了妳還是新手。」

「早就不是了。」我咕噥著。

「有這麼糟？」

我有點不好意思，感到喉中好像堵了東西，只能拚命吞下去。「巴格拉一定有告訴你吧，要是靠我自己，我什麼鬼陽光都召喚不出來。」

「可以的，阿利娜。我不擔心。」

「你不擔心嗎？」

「不擔心。就算我擔心，只要一抓到雄鹿，就都無所謂了。」

我感到挫折。如果增幅物可能讓我成爲眞正的格里沙，那麼我不想等待什麼神話傳說裡的鹿角，我想要一個眞正的增幅物，現在就要。

「如果這麼久以來大家都找不到莫洛佐瓦的獸群，你爲什麼覺得自己現在能找到？」我問。

「因爲命運註定如此，雄鹿註定要與妳相遇。阿利娜，我能感覺到。」他看著我，頭髮仍是一團亂，在明亮的清晨陽光中，他的模樣前所未有地俊美、更像個人。「我猜我是希望妳能多信任我一點。」他說。

我還能說什麼呢？其實我也別無選擇。如果闇之手要我有耐心，我就得有耐心。「好吧。」最後我說。「但是請快一點。」

他又笑開，而我感到一陣快樂的紅暈悄悄爬上臉頰。接著他突然表情一凜。「阿利娜，我已經等了妳很久，」他說：「妳和我將會改變這個世界。」

我緊張地笑笑。「我不是改變世界的那塊料。」

「妳等著看。」他輕輕說，而當他用那雙石英般的灰色眼睛看著我，我的心臟猛跳了一下。我猜他還有更多話想說，可是卻突然往後退，露出不知所措的神情。「祝妳上課順利。」他對我微微一鞠躬，接著踩著腳跟轉過身，走上小徑、往湖岸去。但是只走了幾步就又轉身。「阿利娜，」他說：「關於雄鹿——」

「怎麼樣？」

「請不要告訴任何人。大多數人認爲那只是童話故事，我無論如何不希望被人當成笨蛋。」

「我什麼也不會說的。」我承諾。

他點了一下頭，沒再說一個字，直接大步離去。我在他身後直勾勾地看著，覺得有點暈眩，原因不明。

當我抬起頭，巴格拉就站在小屋的門廊盯著我。我莫名其妙臉紅起來。

「嗯哼。」她嗤了一口氣，也當著我的面轉過身。

□

和闇之手談話過後，我好不容易找到機會去圖書館瞧瞧。我的理論書中沒有任何一本提到雄鹿，但是我確實找到了伊利亞·莫洛佐瓦的資料。他是最初，而且最強的格里沙之一。

關於增幅物，書中也有很充足的訊息。裡面講得非常清楚，格里沙一輩子只能擁有一個增幅物，而且一旦擁有了增幅物，它就不能再被其他人持有。「格里沙擁有增幅物，但是增幅物同樣也擁有格里沙。一旦相互締結關係，就再也不認別人。就如同類相喚，兩者間的羈絆已定。」

爲什麼會這樣，我還沒搞清楚，但這似乎和格里沙力量的限制有關。

「馬有速度，熊有力量，鳥有翅膀。沒有任何生物能擁有所有天賦，世界因此才得以保持平衡。增幅物屬於該平衡的一環，而非用以顚覆平衡的手段。每一名格里沙都得牢記此事，否則將承擔危險後果。」

另一個術士寫道，「爲什麼一名格里沙只能持有一個增幅物？我會用以下問題來回答：何謂無限？宇宙，與人心之貪婪。」

我坐在圖書館的玻璃圓頂下，想起了黑異教徒。闇之手曾說，影淵是他祖先的貪婪造成的產物。這就是術士所謂的後果嗎？而我第一次意識到，影淵是唯一令闇之手束手無策的地方。他的力量在那裡毫無意義。黑異教徒的後代因他的野心受到百般磨難，但我仍忍不住要想，不得不血債血償的其實是拉夫卡。

□

時節由秋入冬，冷風將宮殿花園裡的枝椏剝個精光，我們的桌上仍滿是由格里沙溫室供應的新鮮水果和花朵，溫室中可以隨心所欲調整天氣。但是這些多汁的李子和紫色的葡萄也沒增添我多少食欲。

不知為何，我覺得和闇之手的那次對話可能改變了我心中的一些什麼。我想去相信他說的話，而當時站在湖岸邊，我幾乎真的要信了。可是情況沒有改變。沒有巴格拉的幫助，我仍無法召喚出力量，仍無法真正成為格里沙。

不過沒差，我覺得自己比較沒那麼悽慘了。闇之手要我相信他，而如果他相信雄鹿就是解答，那麼我就只能希望他沒有錯。我還是沒和其他召喚者一起練習，但是任著瑪麗和娜迪亞拖我去了幾次班雅，還有在大宮殿觀賞一場芭蕾表演時——我甚至讓娟雅在臉頰抹上了點顏色。

我的全新態度觸怒了巴格拉。

「妳甚至不肯努力嘗試了！」她大吼。「妳在等什麼魔法白鹿來拯救妳是嗎？等妳那條漂亮的項鍊？妳搞不好還想等獨角獸把腦袋擱在妳大腿上咧，妳這可悲的東西。」

當她開始瘋狂飆罵，我只是聳聳肩。她說得沒錯，我確實厭倦了不斷努力又不停失敗的過程。我就是和其他格里沙不一樣，而且也該接受現實了。此外，我體內的一些叛逆因子其實滿享受把她逼到崩潰的。

我不知道柔雅被處了怎樣的責罰，但是她持續對我視而不見。訓練室禁止柔雅進入，我也聽說她會在冬季盛宴後回到奎比爾斯克。不時，我會發現她惡狠狠瞪著我，或和她那一小群召喚者友人一同掩嘴竊笑，但我努力不讓自己受到影響。

我仍無法擺脫充滿內心的失敗感。當初雪降臨，我醒過來，在門外發現一件新的柯夫塔正等著我。那是以沉甸甸的午夜藍羊毛製成，還有一只內襯金色厚毛皮的帽兜。我穿上，卻拋不開自覺像個騙子的感受。

早餐沒吃幾口，我便走上那條熟悉路徑，前往巴格拉的小屋。那條火術士除過雪的鋪石子路在微弱冬日陽光下閃爍。我快要一路走到湖邊時，有個僕人追上我。

她遞給我一張摺起來的紙，快速行了屈膝禮才匆忙跑回小徑。我認出娟雅的字跡。

瑪爾延・奧列捷夫的單位派駐在北茲貝亞的切納斯特前哨基地，現已六週。他身體無恙。妳可以透過他的軍團將信轉交給他。

克爾斥大使拿來堆積如山的禮物送給王后，乾冰包裝的牡蠣、鷸鳥（討厭！）還有杏仁糖！今晚我會帶些過去。——娟

瑪爾在茲貝亞，他很平安，他還活著，不必搏鬥，搞不好還能在冬天去狩獵。我應該感激，應該欣喜。

妳可以透過他的軍團將信轉交給他。我好幾個月來都透過他的軍團轉交信件。

我想起自己寄的最後一封信。

親愛的瑪爾——我這麼寫道——一直沒有你的消息，所以我暫且假設你碰到了一隻有翼鷹人，並且和牠結了婚，舒舒服服住在影淵裡頭。在裡面你沒有光源，也沒有可以拿來寫信的紙。又或者，說不定你的新娘子把你的雙手給吃了。

我在信中寫滿對波特金的描述，還有王后那條嗅來嗅去的狗，再加上格里沙對農奴習俗難以理解的迷戀。我對他說到美麗的娟雅、湖旁的亭閣，還有圖書館壯觀的玻璃圓頂；我告訴他神祕的巴格拉、溫室裡的蘭花，還有漆在我床鋪上方的鳥兒。然而我沒告訴他莫洛佐瓦的雄鹿，或者我當格里沙當得如此失敗，或者我仍每一天都想念著他。

寫完後，我遲疑著，然後又匆匆在最底下潦草寫道，我不知道你有沒有收到其他信，這裡的

美超乎我能形容。但是我情願把一切拿來交換和你盡情在特里夫卡塘打水漂一下午。請回信。

可是他收到我的信了。他都是怎麼處理的呢？有稍微花點時間打開嗎？在第五、第六甚至第七封信送達時，他是否有些尷尬地嘆了口氣？

我不禁畏縮一下。瑪爾，請回信；瑪爾，請別忘了我。

可憐吶。我邊想邊把憤怒的淚水抹去。

我放遠目光，眺望著湖。它開始結凍了。我想到流過卡拉索夫公爵莊園的小溪。每年冬天，瑪爾和我都會等小溪變得更凍，這樣就能在上面溜冰。

我捏皺手中娟雅給的紙條。我不要再去想瑪爾了，我希望抹去關於卡拉錫的一切記憶，我恨不得跑回房間好好哭一場——可是我不能。我得去和巴格拉度過又一個毫無進展的可悲早晨。

我好整以暇地走在湖邊小徑上，再沉重地踏上通往巴格拉小屋的階梯，砰砰將門敲開。

她一如往常坐在火旁，以火焰溫暖那副皮包骨的身軀。我一屁股在她對面的椅子坐下，靜靜等待。

巴格拉發出簡短而響亮的笑聲。「今天很火大是嗎，丫頭？妳有什麼事情好生氣的？等魔法白鹿等到厭煩了嗎？」

我交叉雙臂，什麼也沒說。

「講話，丫頭。」

如果是其他時候，我可能會撒謊，對她說我很好，說我只是累了。但我猜自己是到了臨界點吧，因爲我忍不住爆發。「我厭煩了這一切。」我憤怒地說，「我厭煩了吃黑麥和鯡魚當早餐，我厭煩穿這件愚蠢的柯夫塔，我厭煩被波特金當沙包打，我也厭煩妳了。」

我以爲她會生氣，她卻只是注視著我，頭歪往一側，雙眼在火光照映下閃動黑影。她看起來活像隻刻薄的麻雀。

「不對，」她慢慢地說，「不對，不是那樣，還有些別的。是什麼？可憐的小丫頭，妳在想念什麼嗎？」

我嗤了一聲。「有什麼好想念的？」

「妳來告訴我啊丫頭。妳在這裡的生活哪裡不好？新衣服、軟床鋪，每餐都有熱食，還有機會成爲闇之手的小寵物。」

「我不是他的寵物。」

「但妳想當他的寵物。」她嘲弄道。「不用想撒謊騙我，妳就和其他人沒兩樣。我看到妳看他的眼神了。」

我的臉頰一陣燒燙，並認眞考慮要拿巴格拉的棍子打她腦袋。

「有成千上百的女孩情願賣了自己的老媽交換妳現在的位置，妳卻在這裡可悲至極地像個小孩般發脾氣。所以丫頭，妳來告訴我，告訴我妳那顆可悲的小心臟到底想要什麼？」

當然，她說得沒錯，我非常清楚自己想念我最好的朋友，可是我才不要告訴她。

我站起來，啪地一聲把椅子掀翻。「這根本是在浪費時間。」

「是嗎？不然妳還想拿這些時間做什麼，畫地圖嗎？幫那些老製圖師拿墨水？」

「畫地圖又有什麼錯？」

「當然沒有。妳要是想當隻蜥蜴也沒有錯，除非妳生來是頭老鷹。」

「我受夠這一切了。」我咆哮著，在她面前轉過身，已經快要哭出來，可是我死也不想在這蛇蠍心腸的老女人面前哭。

「妳是想去哪兒？」她在我身後喊，語帶嘲弄。「外頭有什麼在等著妳嗎？」

「什麼也沒有！」我對她大吼。「什麼人也沒有！」

我一說出口，這句話背後的眞相便賞了我一拳重擊，甚至讓我無法呼吸。我抓住門把，突然一陣暈眩。

那個瞬間，關於格里沙檢驗師的記憶排山倒海再現。

我在卡拉錫的房間，壁爐中有火焰在燒。體格魁梧、身穿藍衣的男人將我扣住，並把我從瑪爾身邊拉開。

當瑪爾的手被扯開，我感到他的手指從我手中一點一點滑開。

穿紫色的年輕男人一把將瑪爾抓起，拖進圖書館，門在他身後關上。我掙扎踢打；我聽見瑪爾在喊我的名字。

另一個人抓住我，紅衣女人順勢扣住我的手腕，我突然感到一股純然的確定感流竄全身。

我不再掙扎，某種召喚在我全身迴盪，體內有些什麼起而呼應。

我無法呼吸，猶如身處湖底、正踢水向上，就快衝破表面。我的肺痛苦地渴望著空氣。

紅衣女人仔細打量我，瞇起了眼睛。

我透過圖書館門聽見瑪爾的叫喊，阿利娜、阿利娜。

然後我就明白了。我知道我們兩個並不一樣，而且那個不一樣非常巨大，無法改變。

阿利娜，阿利娜！

我作出了選擇。我壓制體內的東西，將它推回去。

「瑪爾！」我喊道，再次開始掙扎。

紅衣女人試圖繼續扣住我手腕，但我瘋狂扭動、不斷痛哭，直到她終於將我鬆開。

我靠在巴格拉的小屋門上發抖。那名紅衣女子是增幅者，也是因爲這樣，闇之手的呼喚才會那麼熟悉。可是我不知怎麼竟成功抵擋了她。

而我終於明白。

瑪爾來之前，卡拉錫到處充滿恐怖事物，長夜漫漫，我總在黑暗中哭泣，年紀大的孩子都無視我，整個空間冰冷空盪。可是接著瑪爾出現了，一切都變得不一樣。黑暗的走道變成躲藏玩耍的地方，孤寂的樹林可以去探索冒險。卡拉錫成了我們的宮殿、我們的王國，我再也不害怕。

可是格里沙檢驗師會把我從卡拉錫、從瑪爾身旁帶走，而他是我的世界裡唯一的美好。所以我作出抉擇，我每天每天都將這股力量往下按，限制住。我用上所有的力量與意志，卻從來沒意識到這件事。我拿全身上下所有力量來守住那個祕密。

我還記得和瑪爾一起站在窗邊看格里沙乘坐三頭馬車揚長而去，那時我有多麼疲累。第二天早上，我醒過來便發現眼下出現黑眼圈，那玩意兒打從那時就跟我到現在。

那麼現在呢？我自問，前額貼著門板冷冷的木頭，全身都在狂抖。

現在瑪爾將我丟下了。

世上唯一眞正熟悉我的人，覺得光是寫幾個字給我都是浪費時間。我卻還在這裡死撐。儘管我在小行宮享受這般奢華，儘管新獲得這些力量，儘管瑪爾默無回應，我卻還在撐著。

巴格拉說得沒錯，我以爲自己很努力，但在心底深處，部分的我只想回家找瑪爾。部分的我希望這一切只是誤會，闇之手終會明白他搞錯了，會把我送回軍團，而瑪爾會明白他其實非常想我，我和他會在我們的草地上一起老去。如今，瑪爾繼續前進了，我卻仍淒涼又害怕地站在那三道神祕身影面前，緊抓住他的手。

該放開了。在影淵的那天，瑪爾救了我的命，我也救了他的命。也許那就代表我們之間畫上了句號。

那個念頭讓我整個人被悲傷充滿，爲了我們共有的夢、我感受到的愛，還有我永遠無法成爲的那個對一切充滿希望的女孩。這悲傷如潮水流遍全身，解開了我從不曉得存在的一個結。我閉上眼，感覺淚水滑下面頰，去探尋體內那個被我藏起來良久的事物。*對不起*。我輕輕對它說。

對不起，我把你丟在黑暗中那麼久。

對不起，但現在我準備好了。

我出聲呼喚，光亦回應。我感到它由四面八方朝我衝來，劃過湖面、掠過小行宮的金色圓頂，從門下方竄入，穿透巴格拉小屋的四壁。我可以從四面八方感覺到它。我張開手，光透過我，一瞬綻放、充滿房間，照亮石牆和古舊的貼磚火爐，甚至巴格拉那張奇異臉孔的每一個角度。光團團圍繞著我，灼灼燃燒，極爲強大，而且純粹得前所未有——因爲那完全出自於我。我想笑、想歌唱、想大喊。終於啊，終於有個東西完完全全屬於我了。

「很好，」巴格拉說，在陽光中瞇起雙眼。「現在我們可以開始了。」

第十三章

就在那個下午，我加入湖邊其他元素系格里沙，並初次爲了他們喚出我的力量。我發出一道光，閃爍著橫過湖面，讓它隨愛佛召喚的波浪翻滾。我還沒辦法進行其他控制，但我盡量去做。事實上那還滿容易的。

突然之間很多事情似乎都變容易了。我不再時時刻刻感到疲倦，或者在爬上樓梯時氣喘吁吁；我每天晚上都睡得深沉無夢，神清氣爽地醒來。食物更是出乎我意料，一碗碗堆滿糖和奶油的粥、一盤盤奶油炸的鰩魚、肥美的李子和溫室桃子、科瓦斯酒清澈又帶苦的滋味。在巴格拉小屋的那瞬間，彷彿我第一口眞正吸進的空氣，我就此覺醒，如獲新生。

由於沒有任何格里沙知道我先前在召喚力量時碰到那麼多困難，因此個個都因我這樣煥然一新有點困惑。我沒提供任何答案，娟雅也告訴我那些極其滑稽的謠言。

「瑪麗和愛佛猜測斐優達人傳染了一些疾病給妳。」

「我還以爲格里沙不會生病。」

「是不是！」她說，「就是因爲這樣，這種話才可惡。但很顯然呢，闇之手餵妳他自己的血和鑽石粹取物才把妳治好。」

「好噁喔。」我笑出來。

「噢，那還不算什麼。柔雅還眞的到處造謠妳中邪了呢。」

我笑得更大聲了。

我和巴格拉的課依舊不容易，我也無法眞心喜歡上課。然而我確實津津有味地感受著每次使用力量的機會，也眞心覺得自己有所成長。起先，我每次要喚出日光時都很恐懼，怕這回它會消失，我又要回到原點。

「這個東西不會和妳分開的，」巴格拉嚴厲地說，「它不像動物，不會避開妳，或在妳呼喊它時選擇要不要回應。妳難道得拜託心臟跳動或肺記得呼吸嗎？妳的力量侍奉妳，因爲那就是它存在的目的，它一心一意只想侍奉妳。」

有時我會覺得巴格拉話中有話，暗藏她想要我聽懂的另一層含意。但是我拚命想達成的一切實在太難太辛苦，已無力猜測一個尖酸刻薄的老女人有何祕密。

她逼我逼得很緊，鞭策我擴大自己的極限和控制力。她教導我如何將力量專注於短暫卻燦亮的小爆發，或熱燙不已的銳利光束，或可長時間維持的光瀑。她逼我召喚出光——一次、又一次、再一次，直到我幾乎不必刻意尋找。在我很顯然幾乎再也召喚不出任何光時，她逼我三更半夜辛苦前往她的小屋練習。當我終於驕傲地製造出一小道微弱的日光，她卻狠狠將棍子往地上一杵，吶喊道，「不夠！」

「我盡全力了。」我惱火地咕噥。

「呸！」她啐了口口水。「妳覺得這世界會在乎妳有沒有盡全力嗎？再做一次，而且要做對。」

我和波特金的課程才是眞正的驚喜。還小的時候，我和瑪爾曾在樹林和原野奔跑玩耍，可是我從來就追不上他。我總是太病太虛弱，太容易疲倦。可是當我有生以來第一次規律地吃飽睡飽，這一切都變了。波特金逼我接受嚴苛的格鬥訓練，以及彷彿永無止境的宮殿練跑，我卻發現自己竟對一些挑戰頗爲享受。我很樂意探索這副更新、更強壯的身軀能發揮到什麼程度。

我不曉得自己能不能在打鬥時贏過這位老練的傭兵，但造物法師讓我們的競爭變得比較公平。他們替我製造一副露指的半截皮革手套，內襯小小的鏡子——也就是大衛第一天在工坊展示的神祕玻璃圓盤。只要手腕輕輕一振，就能把鏡子滑到指間，並在波特金的允許下練習讓光束來回映射、照進對手的眼睛。我一直練習到猶如手指延伸的下意識動作。

波特金的臭臉和吹毛求疵依舊，只要抓到機會就罵我沒用。不過時不時，我彷彿在他飽經風霜的五官瞥到隱約可見的一絲認可。

接近冬末，他在漫長的一堂課結束後將我帶到一旁。這堂課，我終於成功一擊打中他的肋骨（然後獲得下巴狠狠一掌當感謝禮）。

「給妳，」他遞給我一把沉沉的刀，裝在金屬與皮革製成的刀鞘裡。「永不離身。」

我受寵若驚，並發現那不是普通的刀，而是格里沙鋼鐵製成。「謝謝。」我勉強發出聲音。

「沒有必要說『謝謝』。」他示意喉嚨上那道猙獰的疤。「鋼鐵是爭取來的。」

這個冬天感覺與過往不再相同。陽光燦爛的下午，我大多會和其他召喚者一起在湖上溜冰，或在宮殿裡滑雪橇。下雪的夜晚則在圓頂廳中，圍在貼磚暖爐旁喝科瓦斯酒，狼吞虎嚥狂塞甜食。我們盛大慶祝聖尼可萊的慶典，吃超大碗的餃子湯，以及用蜂蜜和罌粟種子做的庫恰。有些格里沙出宮，乘雪橇或由狗拉的橇，前去歐斯奧塔周遭被大雪覆蓋的鄉間小旅行。不過出於安全因素，我仍不能離開宮殿。

這我不在意。雖說現在和召喚者待在一起比較自在，我卻仍不確定有沒有辦法眞心享受和瑪麗與娜迪亞作伴。和娟雅一起在我房間坐在爐火旁喝茶聊八卦，我還比較開心。我喜歡聽那些宮廷八卦，要是有些大宮殿奢華宴會的逸聞故事，那更好。我最喜歡的是某個伯爵曾獻給國王的巨大派餅，派中突然一躍而出一個矮人，並爲*tsaritsa*獻上一束勿忘我。

當季節走到盡頭，國王和王后會舉辦最後一場冬季盛宴，所有格里沙都會參加。娟雅說，這會是所有宴會中最鋪張的一個。所有貴族世家和高階朝臣都會出席，還有戰爭英雄、外國顯貴及*tsarevitch*——也就是國王的長子、王位繼承人。我曾看過這位儲君一次，他騎著一匹簡直和房屋一樣的閹馬在宮殿裡到處走。他應該算英俊，卻遺傳了國王的短下巴和眼皮超垂的眼睛，很難看出究竟是累了，還是無聊至極。

「可能是醉了吧。」娟雅邊攪著茶邊說。「他把所有時間都拿去打獵、玩馬和酗酒。簡直要把王后給逼瘋。」

「怎麼說呢，畢竟拉夫卡仍在戰時，他也許確實該關心一下國家大事。」

「噢，她才不在乎那些呢。她只想要他找個新娘，而非跑遍全世界尋歡作樂，花成堆金子買小馬。」

「另一個王子呢？」我問。我知道國王和王后還有個小兒子，但是從沒眞正看過他。

「*Sobachka*？」

「不可以用『小狗』來稱呼王室的王子吧？」我笑出來。

「大家都這麼叫他的。」她壓低音量。「而且有謠言說他的血統恐怕沒那麼純。」

我差點被茶嗆到。「不會吧！」

「只有王后能確定囉。不管怎麼樣，他就是有點特立獨行。他堅持在步兵團服兵役，然後又拜了一名槍匠爲師。」

「他從來不在朝中嗎？」

「很多年了。我想他是跑去學造船或某件一樣無趣的事。他搞不好能和大衛合得來呢。」她酸溜溜地補充。

「是說你們兩人到底都在聊些什麼啊？」我好奇地問。我仍不太瞭解爲什麼娟雅會迷戀那個造物法師。

她嘆了口氣。「日常閒聊。人生啊，愛情，鐵礦熔點之類的。」她用一根手指纏繞一綹亮紅色頭髮，頰上浮現一抹漂亮的粉紅。「如果他放開一點，其實還滿有趣的。」

「眞的嗎？」

娟雅聳聳肩。「至少我覺得啦。」

我安慰似地拍拍她手。「他會改變的，他只是害羞。」

「也許我應該躺到工坊桌上，看他會不會拿個什麼焊到我身上。」

「我想那可能會成爲一個偉大愛情故事的開始。」

她笑了出來。我卻突然冒出個芝麻綠豆大的罪惡感。娟雅談大衛時那麼輕鬆自在，我卻沒對她吐露過瑪爾的隻字片語。

因爲沒有什麼好吐露的。我嚴厲地提醒自己，往茶中加入更多的糖。

□

在一個安靜的下午，其他格里沙都跑去歐斯奧塔探險，娟雅說服我溜進大宮殿，我們兩人花了好幾小時看遍王后更衣間的衣服鞋子。娟雅堅持我試穿一件淺粉紅色的絲質長袍，那衣服還綴上了淡水珍珠。當她幫我將帶子繫緊，把我推到其中一面巨大金鏡前方，我忍不住確認再三。

我一直有意識地避開鏡子，因爲多半不會顯露出什麼我想看的模樣。可是，鏡中站在娟雅旁邊的女孩簡直像陌生人。她有玫瑰紅的臉頰、光澤閃耀的頭髮，還有……凹凸有致的身材。我可以看上好幾個小時。我突然好希望親愛的米凱能看到我。還「瘦竹竿」咧。我得意地想。

娟雅從鏡中和我對上眼神，咧嘴一笑。

「妳是因爲這樣才把我拖到這兒的嗎？」我懷疑地問。

「什麼意思？」

「妳知道我是什麼意思。」

「我只是覺得妳可能會想好好看看自己，只是這樣。」

我吞下喉中那個尷尬的大石，不禁衝動地抱了她一下。「謝謝。」我小聲說，輕推她一下。「好了走開啦，有妳站在旁邊很難覺得自己漂亮欸。」

下午剩下的時間，我們都在鏡前試穿衣服、瞠目結舌地欣賞自己——正好是我最難想像自己會享受的兩件事。我們忘了時間，最後娟雅還得幫著我手忙腳亂脫掉一件海藍色禮服，穿回柯夫塔，才能快快趕往湖邊去上巴格拉的晚課。我一路狂奔，卻還是遲到，她眞心火冒三丈。

晚上和巴格拉的課程總是最痛苦，可是那晚她對我特別嚴厲。

「努力控制！」她對著我在湖岸上召喚出的一道閃爍的孱弱陽光痛罵。「妳的專注力到底在哪裡？」

在晚餐裡，我想著，卻沒說出口。娟雅和我被王后的衣櫃迷得神魂顛倒，甚至忘了吃飯，現在我的肚子正大聲哀號。

我找回身體重心，光便閃得更亮了些，延展著越過冰凍的湖面。

「好一點了，」她說，「讓光爲妳所用，就像同類相喚。」

我努力放鬆，讓光自行作用。令人驚訝的是，它竟以洶湧態勢衝過冰上，照亮了湖中央的一小座島。

「再來！」巴格拉要求。「到底是什麼在阻擋妳？」

我往更深處挖掘，那圈光芒變大、超越小島，讓整座湖和對岸的學校全沐浴在明亮陽光中。雖然地上還有雪，周遭的空氣皆被照得燦亮，盛滿陽光的熱度。我的身體因這股力量陣陣輕顫，雖令人振奮，但我也感到自己漸漸疲倦，無法突破能力的極限。

「再來！」巴格拉喊。

「我沒辦法！」我抗議道。

「再來！」她又說，語調裡有某種急迫，像一道警報在我體內迴響，令我注意力渙散。光閃閃爍爍地從我掌握中溜走。我慌張地想抓緊，它卻迅速從我身邊奔離，一頭跳進學校，接著小島，然後湖岸，最終回歸黑暗。

「還不夠。」他的聲音讓我驚跳起來。闇之手從陰影中現身，走上被路燈照亮的小徑。

「未來依舊可期，」巴格拉說，「你也看見她多麼強壯了，我甚至沒出手幫她。給她個增幅物吧，看看她能發揮到什麼程度。」

闇之手搖頭。「她得用雄鹿。」

巴格拉臉色一沉。「你這蠢蛋。」

「我還聽過更糟的稱呼，大多來自於妳。」

「這眞是愚不可及。我建議你最好重新考慮一下。」

闇之手臉色一冷。「妳建議我？妳不能再命令我了，老女人。我知道該做什麼事。」

「話可別說太早。」我尖著聲音。闇之手和巴格拉轉過來望著我，好像根本忘了我還在這裡。「巴格拉說得對，我知道我能做好，我可以更努力。」

「妳進過影淵，阿利娜，妳知道我們要對付什麼。」

我突然湧上一股執拗。「我也很清楚，隨著每天過去，我越來越強壯，如果你給我機會——」

闇之手再次搖頭。「我不能冒那種風險，尤其拉夫卡的未來岌岌可危。」

「我懂。」我麻木地說。

「妳眞的懂嗎？」

「真的懂。」我說，「沒有莫洛佐瓦的雄鹿，我可以說一點用也沒有。」

「啊，所以她沒有外表看起來那麼笨呢。」巴格拉啞著聲音說。

「沒妳的事。」闇之手用意外粗暴的語氣說。

「小鬼，我們全會被你的驕傲害慘的。」

「我不會說第二次。」

巴格拉嫌惡地怒瞪他一眼，踩著腳跟轉過身，大步回到小徑、回她的小屋。

當她將門啪一聲甩上，闇之手在路燈光芒下打量我。「妳狀態很好。」他說。

「謝謝。」我咕噥著，眼神飄開。也許娟雅可以教教我如何接受稱讚。

「如果妳要回小行宮，我可以陪妳走。」他說。

有一瞬間，我們沿著湖岸安靜無聲地散步，經過無人的石頭亭閣。我看見位於冰湖另一邊學校的燈光。

最後，我實在不得不問出口。「有任何消息嗎——就是雄鹿的？」

他緊緊抿著嘴唇。「沒有，」他說，「我的手下認爲鹿群可能已經進入斐優達國境。」

「噢。」我說，努力想藏起失望。

他突然停下腳步。「我不覺得妳一點用都沒有，阿利娜。」

「我知道，」我則對著自己的靴尖說話。「不是沒用，只是不太能用。」

「沒有任何格里沙是強大到能面對影淵的，我也一樣。」

「我明白。」

「但妳不喜歡。」

「我應該喜歡嗎？如果我無法幫你摧毀影淵，我到底還能做什麼？大半夜去野餐嗎？冬天幫你暖腳嗎？」

他扯動嘴唇，露出要笑不笑的表情。「大半夜野餐？」

我沒辦法笑著回他。「波特金對我說格里沙鋼鐵是爭取來的。對這一切，我並非沒有心懷感激──我很感激──眞的，但是我不覺得是我自己爭取到這一切的。」

他嘆氣。「我很抱歉，阿利娜。我要求妳相信我，卻辜負了妳。」

他看起來是如此疲憊，我立刻感到後悔。「不是那──」

「眞的。」他又深呼吸一口氣，一手拂過頸子。「儘管我死也不想承認，但也許巴格拉是對的。」

我頭歪往一側。「你從沒有因爲什麼事那麼挫折過，爲什麼她會讓你這麼困擾？」

「我不知道。」

「但我覺得她對你有好的影響。」

他嚇了好大一跳。「爲什麼？」

「因爲在這個地方就只有她不怕妳，或是三不五時就想讓你留下深刻印象。」

「妳想讓我留下深刻印象嗎？」

「當然啊。」我笑著說。

「妳向來想到什麼就說什麼嗎？」

「向來沒有。」

然後他也笑了，我記得自己有多喜歡那聲音。「那麼，我應該要覺得自己走運才是。」他說。

「是說，巴格拉的力量到底是什麼呀？」我問。這個念頭第一次從我腦中冒出。她像闇之手一樣是增幅者，但即便是他，也有屬於自己的力量。

「我不確定，」他說，「我認爲她是浪術士。這裡的人年紀都沒有大到記得這件事。」他低頭望著我，臉頰因冷風變得紅潤，路燈的光映著他的灰色雙眼。「阿利娜，如果我告訴妳我仍相信能找到雄鹿，妳會覺得我瘋了嗎？」

「你爲什麼要在意我的想法？」

他一臉困惑，不像演的。「我不知道，」他說，「但我是眞的在意。」

然後他吻了我。

這件事發生得如此突然，我幾乎沒有時間反應。上一刻，我還望著他石頭色的雙眼；下一刻，他的嘴唇就與我相貼。那熟悉的確定感融入全身，在體內隨著突如其來的一股熱流歌唱，我的心臟亦跳起輕快舞步。然後——就和一開始一樣突然——他退後，看起來就和我一樣驚訝。

「我不是……」他說。

那瞬間，我們聽見腳步聲。艾凡繞過轉角，對闇之手一鞠躬，接著對我。但我抓到他唇邊露出一絲竊笑。

「導師有點沒耐心了。」他說。

「這確實是他比較不討喜的特質。」闇之手對答如流。那一抹驚訝的神情就此從他臉上消失。他對我躬身行禮，無比鎮靜，然後頭也沒回地和艾凡一同離開，留我站在雪中。

我在那裡站了好久好久，才在恍惚之中走回小行宮。*剛剛發生什麼事？*我用手指碰觸嘴唇。*闇之手剛剛真的吻了我嗎？*我避開圓頂廳，直接回房。但一進房我就不知道該如何自處了。我拉鈴請他們送來晚餐托盤，然後坐在那裡意興闌珊地吃著。我非常想和娟雅談談，可是她每晚都睡在大宮殿，而我沒有勇氣跑去那裡找她。最終我決定放棄，還是下去圓頂廳。

瑪麗和娜迪亞已經從雪橇小旅行歸來，坐在火旁邊喝茶。我震驚地看到瑟杰坐在瑪麗旁邊，和她手勾著手。*也許確實是有點戀愛氛圍呢*。我吃驚地想。

我坐下來，一同啜飲著茶，問他們這一天過得如何，還有鄉間的小旅行，卻難以將心思放在對話上。我不斷胡思亂想，重溫闇之手的嘴唇貼在我嘴上的感覺，還有他站在路燈下的姿態。在冷冷夜晚空氣中，他的呼吸變成白煙，還有臉上微微震驚的神色。

我知道自己恐怕是睡不著了。所以，當瑪麗提議去班雅，我決定加入。阿娜．庫亞總對我們說班雅非常野蠻，那是農民飲用科瓦斯酒的藉口，好肆無忌憚幹些壞事。但我慢慢理解親愛的阿娜向來都有點自恃甚高。

我在熱呼呼的蒸氣中坐到忍耐的極限，才和其他人一起尖聲怪叫著一股腦兒衝進雪中，再奔回裡頭——然後從頭再來一次。我混到午夜早就過去，又笑又喘，試圖藉此清空腦子。

當我踉蹌著走回自己房間、一頭往床上倒，皮膚濕潤又粉紅，頭髮水淋淋地纏成一團，整個人既亢奮又全身棉軟，腦子卻仍在呼呼亂轉。我努力專心，喚來一股溫暖陽光，讓它在漆了顏色的天花板擴散開、跳起舞，讓那股確定的力量安撫神經。接著，闇之手吻我的記憶衝擊再起，撼動我的專注力、打散腦中思緒，讓我的心臟像隻鳥似地，先是向下俯衝，再被變幻莫測的氣流往上帶。

光芒潰散，留我獨自處在黑暗之中。

第十四章

冬日漸至盡頭，聊天話題開始變成國王和王后將在大宮殿舉辦的盛宴。大家都期待格里沙召喚者在王公貴族前展示自己的力量，當成某種娛樂表演。我們大多時間都在討論誰要表演，以及怎樣能做出最令人印象深刻的演示。

「但是不要說是『表演』喔，」娟雅語帶警告，「闇之手對此難以忍受。他認為冬季盛宴大大浪費了格里沙的時間。」

我也認為他說的很有道理。為了處理宮殿來的衣服啊、寶石啊煙火之類的訂單，質化系格里沙的工坊從早到晚忙得團團轉；召喚者在石亭閣花上個把小時，反覆琢磨「演示」。基於拉夫卡處於戰時——而且此狀態已超過百年，這一切的一切似乎都有些缺乏尊重又輕浮。不過話說回來，我也沒參加過多少宴會，其實很難將那些聊絲綢、跳舞和花朵的話題置身事外。

巴格拉對我沒有一絲耐心。只要我不專注——只要那麼一下，她就會拿棍子打我。「妳是在夢想和妳的暗黑王子跳舞嗎？」

我不理她，可是她大多時候都說對了。儘管我盡了全力，仍會不時想起闇之手。他又一次消失無蹤。娟雅說他去了北方，其他格里沙猜測他至少會在冬季盛宴露個臉，可是沒人能確定。一次又一次，我發現自己差那麼一點就要告訴娟雅那個吻，但總在話到嘴邊那一刻打住。

妳這根本是在發蠢，我嚴厲地對自己說，那不代表什麼。他可能吻過非常多格里沙女孩。而且，為什麼闇之手會對妳感興趣？他身邊還有娟雅和柔雅這樣的女孩在呢。但是，如果這些都是眞的，那麼我不想知道。只要我把嘴巴閉緊一天，那個吻就會永遠成為闇之手和我之間的祕密，我希望維持這個狀態。然而，有些時候我依舊得花上全身力氣，才不至於在早餐吃到一半時站起來大喊：「闇之手吻了我！」

如果說巴格拉對我很失望，說老實話，和我對自己的失望相比簡直小巫見大巫。儘管我拚了命鞭策自己，能力極限卻那麼明顯。每堂課到最後，我都不斷聽見闇之手那句「還不夠」。我知道他說的沒錯。他想打從結構上毀掉影淵、要逆轉異海的暗黑浪潮，而我的能力就是不夠，做不到這件事。現在我讀的書夠多，能理解萬物的法則就是如此。所有格里沙的力量都有其限制，闇之手也不例外。但他說我會改變世界。只要想到我可能不足以擔此重任，要接受事實眞心困難。

闇之手消失影蹤，但導師似乎無所不在。他潛伏在走道上，或通往湖邊的小徑旁。我覺得他又想趁機等我落單，可是我實在不想聽他再次長篇大論講那些信仰啊折磨之類的。我小心翼翼，不想在獨自一人的時候被他抓到。

冬季盛宴當天，我獲准不用上課，不過還是去見波特金。我對於在演示之中扮演的角色，以及將再次見到闇之手太過焦慮，沒辦法就這麼坐在自己房中。和其他格里沙待在一起也毫無助益。瑪麗和娜迪亞不斷談論自己的全新絲質柯夫塔，以及打算戴什麼首飾；大衛和其他造物法師不斷想拐我去商討演示的各種細節。所以我避開了圓頂廳，前往馬廄旁的訓練室。

波特金幫我將步調節奏整頓了一遍，容許我用上鏡子練習。沒有了它們，我和他對打基本上可說束手無策。可是當我戴上手套，至少還能不落下風——又或者我是這麼想的。當課程結束時，波特金承認他手下留情。

「如果丫頭要去參加宴會，可不能打她臉。」他聳聳肩說，「明天波特金會公平一點的。」

對這個未來我不禁哀號一聲。

我在圓頂廳快速吃了晚餐，趁著還沒被任何人逼到角落前急忙跑回房間，早已滿腦子想著我美麗的嵌入式浴缸。班雅是很好玩，但我和眾人共浴的額度已在軍中用盡。私人時間對我來說依舊新鮮。

當我泡完這又久又奢華無比的澡，便坐在窗戶旁晾乾頭髮，看著夜色降臨湖面。不要多久，通往宮殿的長車道上列站的路燈，將在貴族乘奢華馬車到達時亮起，那些馬車會一輛比一輛鋪張。我感到些許不自在的興奮。若是幾個月前，我一定會因爲這種夜晚緊張個半死，不但要表演，還要和上百個身穿漂亮衣裳又長得那麼好看的人一起扮裝。雖然現在我也緊張，卻覺得這一切也許會非常……有意思。

我看著壁爐架上那只小時鐘皺起眉頭。僕人應該把我的新絲質柯夫塔拿來了，不過要是她沒快點來，我打算就穿那件羊毛的舊柯夫塔，或者向瑪麗借點什麼。

在我冒出那個想法的當兒，門上傳來敲門聲——但那是娟雅。她高䠷的身材包在奶油色絲布中，衣服用金線繡上繁複花紋；紅髮高高束在頭上，高調展示著懸在耳垂的巨大鑽石，以及頸脖優雅的弧線。

「如何？」她在我面前轉過來轉過去。

「討厭死妳了。」我微笑著說。

「我確實是驚爲天人。」她得意地從洗手盆上方的鏡子欣賞自己。

「要是能謙虛一點就更美了呢。」

「是這樣嗎？是說妳怎麼還沒打扮？」她問，稍微從讚嘆鏡中倒影的舉止中挪出時間，注意到我還穿著原來的長袍。

「我的柯夫塔還沒來。」

「噢，那個啊，那些造物法師因爲王后的要求有點忙翻天了，衣服會來的。現在呢，先在鏡子前坐下，讓我處理一下妳的頭髮。」

我簡直要興奮得發出尖叫，但是努力克制。我一直期待娟雅會主動說要幫我弄頭髮，可是不敢問。「我以爲妳會去幫王后。」當娟雅伸出靈巧的雙手開始動工，我說。

她翻了翻琥珀色的眼睛。「我也只能做那麼多了。王后殿下說她心情不佳，今晚不想參加宴會——她頭痛。哈！花了一小時幫她抹掉魚尾紋的可是我啊。」

「所以她不參加嗎？」

「她當然要參加啊！她只是想叫女侍給她無微不至的照料，才會讓她覺得自己更重要。這可是當季最盛大的活動啊，她死也不會錯過。」

當季最盛大的活動。我不禁吐出一口顫抖的氣息。

「緊張嗎？」娟雅問。

「一點點。我也不知道爲什麼。」

「也許是因爲有幾百個貴族痴痴等待與妳的第一次接觸。」

「謝謝妳喔，還眞有幫助。」

「不客氣。」她用力扯了一下我的頭髮。「妳也該習慣被人傻盯著看了吧。」

「妳看就知道我還沒習慣。」

「好吧，如果情況太嚴重，就給我個信號，我會從宴會桌站起來，剝掉裙子跳個舞，那樣就不會有人盯著妳看了。」

我大笑出聲，並覺得自己稍微放鬆了些。過了一會兒，我先逼自己聲音更平常一些，才開口問。「闇之手到了嗎？」

「噢，當然，他昨天就到了。我看到了他的馬車。」

我的心臟往下沉了些。他在宮殿待了一整天，卻完全沒有來見我，或召我過去。

「我想他應該非常忙吧。」娟雅說。

「當然。」

過了一會兒，她輕輕地說，「妳知道的，我們都能感覺到。」

「感覺到什麼？」

「吸引力，被闇之手吸引。但他和我們並不一樣，阿利娜。」

我緊繃起來。娟雅刻意將眼神專注在我一捲捲的髮束上。

「那是什麼意思？」我問。可是就連我自己都覺得嗓音聽起來高亢得極不自然。

「他的那種力量、他展現出的樣貌。除非妳瘋了或瞎了才會沒注意到。」

我不想問，可是忍不住。「他有沒有……？我是說妳和他有沒有……？」

「沒有！從來沒有！」她嘴角勾起，露出一個促狹的笑容。「但我願意。」

「眞的嗎？」

「有何不可？」她在鏡中和我對上眼神。「但我從來不會放眞心。」

我冷淡地聳聳肩，希望演得像眞的。「當然。」

娟雅揚起那雙完美無瑕的眉毛，用力拉了我的頭髮。

「噢！」我喊出聲。「大衛今晚也會在嗎？」

娟雅嘆了口氣。「不會，他不喜歡宴會。但我確實『正好』路過工坊，所以他至少會瞥到一眼，曉得他究竟錯過了什麼——那人連看都沒看我一下。」

「不會啦。」我安慰地說。

娟雅將最後一束頭髮扭到正確位置，再用金色髮夾固定。

「大功告成！」她得意洋洋地說，把我的小鏡子遞來，將我轉過身，好看看她的成品。娟雅將我一半的頭髮堆成精心編製的髮髻，剩下的髮絲則如瀑布般閃耀著光澤，垂落在我雙肩。我微微一笑，快速抱了她一下。

「謝謝妳，」我說：「妳眞是太厲害了。」

「這還眞是給我帶來很多好處呢。」她咕噥著說。

娟雅怎麼會如此喜歡那樣嚴肅、安靜、又好像眞的對她絕世美貌視若無睹的人？還是說，她就是因爲這樣才這麼喜歡大衛？

門上傳來敲門聲，將我從思緒裡喚回。我簡直是跑著去開門的。當我看到兩名僕人站在門口，各自拿了幾個盒子，立刻覺得放鬆的感覺流遍全身。在這一刻前，我甚至不曉得自己這麼擔憂這件還沒送到的柯夫塔。我將最大的盒子放在床上，掀開蓋子。

娟雅尖叫一聲，而我只是站在那兒，傻愣愣地看著內容物。由於我毫無動靜，娟雅便逕自將手伸向盒子，拿出好幾碼長、輕飄飄蕩漾著的黑色絲綢。袖子和領線都以金線精工刺繡，更有小小顆的深黑色珠子在閃閃發光。

「黑的。」娟雅低聲說道。

他的顏色。這代表什麼意思？

「妳看！」她驚呼。

袍子領口裝飾了黑色天鵝絨緞帶，帶子上還掛了一小塊金色符飾：是闇之手的象徵蝕日。

我咬住嘴唇。這一次，闇之手決定將我與他人區隔開，而我不能有別的意見。我感到憤怒帶來的一絲刺痛，卻很快就被興奮掩蓋。他是在湖邊那晚之前還是之後爲我選定這個顏色的？今晚，他見到我穿上這身衣服，會後悔嗎？

我現在沒辦法思考這件事，除非我想不穿衣服去晚宴，否則沒有多少選擇。我走到屏風後，套上新的柯夫塔。當我笨拙地摸索著那些小小的釦子，絲綢在皮膚帶來某種冰涼感。等我再次現身，娟雅露出一個超大的笑容。

「噢——我就知道妳穿黑色很適合。」她抓住我的一臂。「快來！」

「我鞋子都還沒穿好！」

「快點來就是了！」

她把我拖到某個廳堂，沒先敲就直接開了某扇門。

柔雅發出尖叫。她正穿著一身午夜藍的絲綢柯夫塔站在房間正中央，手拿一根刷具。

「不好意思，」娟雅高喊，「我們得使用這間房——闇之手有令！」

柔雅漂亮的藍眼危險地瞇成一條線。「如果妳以為——」可是她才開口，便注意到我，下巴簡直要掉到地上，臉上血色盡失。

「出去！」娟雅用命令的口氣說。

柔雅岔岔閉上嘴。但讓我驚訝的是，她沒多說一個字就離開了房間。娟雅隨即一把將門關上。

「妳在做什麼？」我懷疑地問。

「我認為，一定得讓妳用合適的鏡子看看妳自己，而不是用梳妝台上那塊沒啥用的小鏡子——這非常重要。」她說，「但是呢，我最大的原因是想親眼看看那個賤人見到妳穿了闇之手的顏色，臉上會是什麼表情。」

我這下眞的忍不住笑了。「這眞是超讚。」

「是不是？」娟雅用夢幻的語氣說。

我轉向鏡子，娟雅卻抓住我，讓我坐在柔雅的梳妝台前，接著開始在抽屜到處翻。

「娟雅！」

「等著喔……啊哈！我就知道她把睫毛顏色弄深了！」娟雅從柔雅的抽屜裡拿出一小盅黑銻。「可以召喚一點光讓我好做事嗎？」

我喚出一束宜人暖光，讓娟雅看得更清楚，並在她叫我往上、往下、往左、往右看時盡量耐著性子。

「完美！」完工時，她說。「噢，阿利娜，妳看起來真的很像什麼妖姬耶。」

「好喔。」我把鏡子從她那兒搶過來——並且忍不住堆了滿臉笑容。那個病懨懨、可憐兮兮、臉頰凹陷、雙肩就那麼一層皮的女孩不見了。取而代之的是一名眼中有光、波浪古銅髮絲光澤閃亮的格里沙。黑色絲綢與我全新的體態貼得天衣無縫，有如縫在身上的影子順暢無礙地跟著我的每個動作。而娟雅對我雙眼施了神乎其技的魔法，它們看起來不但色澤深沉，還有點像貓。

「首飾！」娟雅喊道，然後我們經過正在走道上火冒三丈的柔雅，跑回我房間。

「妳是弄好了沒？」她罵道。

「暫時好了啦。」我輕率回應，娟雅超級不淑女地哼了一聲。

我們在我床上其他的盒中找到金色絲綢便鞋，閃閃發亮的黑玉加金子製成的耳環，以及厚厚的皮毛暖手筒。等我準備完畢，用洗手盆上方的小鏡檢視自己，覺得整個人散發異國且神祕的氣息，好似穿上另一個比我更有魅力的女孩的衣服。

我抬起頭，只見娟雅用困擾的表情看著我。

「有什麼問題嗎？」我突然又不自在了起來。

「什麼問題都沒有。」她微笑道，「妳看起來很美，真心很美。但是……」那笑容有些失色，她伸出手，提起位於領口的那一小塊金色符飾。

「阿利娜，闇之手不會注意我們大多數人，我們只是他漫長人生終將遺忘的一些片段，而我不確定那算不算壞事。總之……妳要小心。」

我望著她，滿心困惑。「小心什麼？」

「小心力量強大的人。」

「娟雅，」趁著還沒失去勇氣，我趕快發問，「妳和國王之間發生了什麼事？」

她檢視著那雙緞布便鞋的鞋尖。「國王對很多僕人向來予取予求，」她說，然後聳聳肩。

「至少我還獲得了一些首飾。」

「妳不是認真的。」

「確實不是。」她撥弄著其中一只耳環。「最糟的是，大家都知道這件事。」

我一手攬住她。「管他們去死，妳比他們全部加起來好太多了。」

娟雅勉強再次露出她專屬的自信笑容。「這還用說。」

「闇之手應該做點什麼的，」我說，「他應該保護妳。」

「他有，阿利娜，而且超乎妳的想像。不過他就和我們其他人差不多，也等同國王那些異想天開念頭的奴隸，至少現在是這樣。」

「至少現在是這樣？」

她快速捏我一下。「今晚就先別糾結這些讓人沮喪的事情了，走，」她說，那張絕美容顏綻開令人迷醉的燦笑。「我現在超需要喝香檳！」

她說完便悠悠離開房間，可是我還有其他話想對她說。我想問她說的關於闇之手的話到底什麼意思，也想狠揍國王的腦袋。但她說的沒錯，明天有很充足的時間處理這些問題。我又瞥了那面小鏡子最後一眼，才急忙跑進廳堂，將一切擔憂和娟雅的警告拋諸腦後。

□

當瑪麗、娜迪亞與一群穿藍色天鵝絨加絲綢的元素系格里沙簇擁在我和娟雅身旁，我這身黑色柯夫塔在圓頂廳中造成不小騷動。娟雅一如往常想無聲溜走，但是我緊緊抓住她的手臂。如果我都穿了闇之手的顏色，就要利用這套衣服帶來的所有優勢，把朋友留在身邊。

「妳明知道我不能和妳一起進舞廳，王后會大發雷霆的。」她在我耳邊小聲地說。

「好，但妳還是可以和我一起走過去。」

娟雅粲然一笑。

我們走在鋪石子小徑上，進入林木繁茂的隧道，我發現瑟杰和幾個破心者跟上來，並且突然意識到他們是在護送我們——或說我。畢竟盛宴期間，宮殿裡陌生人眾，這麼做相當合理，可是仍令人有些難堪，就像提醒著我世上還有很多人想要我的命。

大宮殿四面八方範圍皆燈火通明，照亮各種生動畫面，演員和一班班雜技演員為隨意走動的賓客表演；戴著面具的音樂家在小徑上漫步；某個肩上有隻猴子的男人緩緩經過；兩名從頭到腳覆蓋金箔的人騎在斑馬上行經，對經過的每個人拋出飾以珠寶的花朵。林中有做特別打扮的歌隊正引吭歌唱；三人一組的紅髮舞者在雙鷹噴泉中到處激起水花，身上僅著貝殼和珊瑚等遮蔽物，並遞給賓客一只只裝滿牡蠣的盤子。

我才剛爬上大理石階梯，一名僕人就現身，帶來給娟雅的訊息。她讀了紙條，嘆了口氣。

「王后的頭痛奇蹟消失，現在呢，她決定排除萬難前來參加舞會。」她抱了我一下，承諾會在演示後來找我，接著便迅速離開。

春天的腳步尚未到臨，可是在大宮殿根本看不出來。樂聲在大理石走道上飄揚，溫度暖得令人尋思，還有上千叢格里沙溫室培育的白花增添香氣。那些花覆蓋每張桌子，並且一簇簇密集地沿著欄杆扶手排列下去。

瑪麗、娜迪亞和我穿越一群群貴族，他們都假裝沒注意，卻在我們和軀使系守衛經過時竊竊私語。我一直高抬著頭，甚至對著一名站在舞會廳入口的年輕男性貴族微笑。見到他臉漲紅、立刻低頭看著鞋子，我有點驚訝。我瞥了瑪麗和娜迪亞，看她們有沒有注意到，但她們只是口齒不清地在狂聊貴族的晚餐都端上什麼菜餚——烤山貓、鹽漬桃、燒鵝佐番紅花……好險我們先吃過東西了。

舞會廳和謁見室相較更大、更壯觀，被一排又一排閃閃發光的水晶吊燈照亮，裡頭更塞滿一群群人，有的在喝酒，有的隨樂聲跳舞，音樂來自遠遠另一邊牆壁列席而坐、戴著面具的管絃樂隊。那些長袍、首飾，從吊燈垂下的水晶，就連腳下的地板都好似發光。我不禁思忖有多少出自造物法師之手。

格里沙都混在一塊兒跳著舞，不過仍可以輕易從身上鮮明的顏色辨認出來。紫色、紅色和午夜藍，他們在吊燈下方熠熠發光，猶如突兀地出現在蒼白庭園的異國花朵。

接下來的一小時在一片模糊中度過。我被介紹給數不清的貴族和他們的妻子，還有高階軍官、朝臣，甚至一些來自貴族家庭、以賓客身分參與的格里沙。我當機立斷放棄記名字，決定簡單微笑點頭行禮即可，然後努力壓抑自己，不要在人群中到處找闇之手那一身黑的影子。同時，我也喝到生平第一口香檳，並發現比起科瓦斯酒，我更喜歡這個。

某個瞬間，我發現自己與一名倚著枴杖、看起來十分疲倦的貴族對上了面。

「卡拉索夫公爵！」我喊出聲，他仍穿著過去那件軍人制服，寬闊的胸膛上別著諸多勳章。那名老人露出些許興味看著我，很顯然因為我知道他的名字十分訝異。

「是我，」我說，「阿利娜．史塔科夫。」

「噢……噢，是妳！」他露出幾不可見的笑容，而我注視著他的雙眼，意識到：他根本不記得我。

他又為什麼要記得呢？我只是另一個孤兒，還是個過目即忘的孤兒。然而我卻仍因此相當受傷，不禁有點驚訝。

我盡量尷尬但不失禮貌和他對話，一有機會馬上離開。

我靠著一根柱子，從經過的僕人那兒又拿了一杯香檳。這整個空間暖到令人不適。當我環顧四周，突然感到非常寂寞。我想起瑪爾，而且好幾個禮拜來第一次──又感到心臟熟悉的絞痛。我希望他能在這裡，看看這地方；我希望他能看見我穿著這身絲質柯夫塔、髮上裝飾了金飾。可是說到底，我只希望他能站在我身旁。我將那想法甩開，喝了一口香檳。某個喝醉酒的老人不認識我又如何？他不認得那個曾經乾巴巴又可憐兮兮的小女孩，我才高興呢。

我看見娟雅悄悄穿越人群朝我走來，她走過時，那些伯爵、公爵、有錢商人全轉過頭來注視，可是她全當沒看見。**別浪費時間了，我想對他們說，她的芳心屬於一個不愛宴會、又瘦又高的造物法師。**

「該表演了──我是說──該進行演示了。」她來到我身旁時說，「妳為什麼在這邊要自閉？」

「我只是要休息一下。」

「喝太多香檳了？」

「可能吧。」

「傻女孩，」她勾住我的手臂，「才沒有喝太多香檳這種事，雖然到了明天妳的腦袋可能會告訴妳不是這樣。」

她領我穿越人群，優雅地躲過那些想認識我或對她送秋波的人，直到抵達設在舞會廳另一側牆壁的舞台後方。我們站在管絃樂團旁邊，望著穿了一整套做工精緻的銀色服裝的人，他正要上台介紹格里沙。

管絃樂團奏出十分戲劇化的和弦，火術士放出一道火弧，噴過群眾上方，風術士讓發光的風渦在整個空間旋繞，賓客立時倒抽一口氣，接著鼓掌。然後又來了一大群浪術士加入陣容，並在風術士的幫助下喚出巨浪沖過露台，在觀眾頭上咫尺距離盤旋。我看見一隻隻手紛紛舉起，試圖碰觸那一大片閃亮水波。緊接著，火術士便舉起雙臂，嘶的一聲，水浪炸成一大片旋繞的霧。我躲在舞台側邊，突然靈光乍現，放出一道光瀑穿透那陣霧，在其中短暫製造出一道彩虹。

「阿利娜。」

我驚跳起來。光立刻潰散，彩虹也消失。闇之手站在我旁邊，一如往常穿著黑色的柯夫塔，不過質料是生絲和天鵝絨。燭光照映在他的黑髮上，我吞了一口口水，四處張望。但是娟雅不見蹤影。

「嗨。」我勉強說道。

「準備好了嗎？」

我點點頭，他便帶我走到通往台子的樓梯底部。當人群開始鼓掌、格里沙離開舞台，愛佛打了我手臂一下。「阿利娜，那招好啊！那道彩虹太完美了。」我謝過他，將注意力轉向群眾，突然感到一陣緊張。我見到那些飢渴的臉龐；被女侍簇擁的王后一臉無聊，她身旁的國王在王座上搖來晃去，顯然喝了不少；導師在他旁邊。如果王子大人們有勉為其難來露臉，也不知道是在哪個鬼地方——然後我猛然意識到導師正直勾勾地看著我，便快速別開目光。

我們靜靜等著，直到管絃樂團演奏起一段逐漸增強又有些不祥的磅礡曲調，銀衣男子再次跳上舞台介紹我們。

艾凡突然來到我們旁邊，在闇之手耳旁說了些什麼。我聽到闇之手回答：「把他們帶到戰情室，我很快就過去。」

艾凡飛速離開，完全當我是空氣。當闇之手轉向我，他在微笑，雙眼炯炯燃燒著興奮之情。不管他得到什麼情報，一定都是好消息。

一陣爆開的掌聲表示該輪到我們上場了。他握住我的手臂，說：「就讓那些人得償所願吧。」

我點點頭。他帶我走上樓梯，朝舞台中央走去。同時間，我喉嚨乾到不行。我聽到人群中傳來迫不及待的嗡嗡聲，望見他們期待的臉龐。闇之手對我點頭，做了簡短的開場白，雙手啪地一合，洶湧的黑暗籠罩這場宴會，雷電也轟然響徹整個空間。

他等待著，迫使眾人的期待逐漸堆疊。也許闇之手不喜歡所謂的格里沙「表演」，卻絕對知道怎麼搞一場大秀。他一直等到全室的緊張感沸揚，才靠向我，悄然開口，聲音之輕，只有我能聽見。「就是現在。」

我心臟一面狂跳一面展開雙臂，手掌朝上，深吸一口氣，喚來那股確定的感受，亦即光芒朝我奔來、穿透過我的感覺。接著，我專注在一隻手上，一道燦亮的光柱從掌中往上衝，在全室黑暗中發出光芒。人群驚呼不已，而我聽見有人高喊：「是眞的！」

我微微轉動著手、調整角度，希望能精確落在大衛早先對我描述過位於露台上的位置。

「只要瞄得夠高，我們就能找到。」他說。

當我手掌的光從露台射出，映射在造物法師打造的巨大鏡子，並且一面接著一面呈Z字穿梭過整個空間，直到黑暗的舞會廳充滿縱橫交錯的耀眼光流，我就知道自己瞄準得分毫不差。

群眾開始興奮地竊竊私語。

我合起手掌、光束消失，但又在轉瞬間讓光在我和闇之手身周綻放，將我們包裹在耀眼的球體裡，有如發光的金色光環圍繞我們。

他看著我，舉起一手，讓緞帶似的漆黑暗影爬出球體，扭絞轉動。我則讓光變得更廣更亮，感受著力量在體內流動的喜悅。當他指揮墨黑的暗影捲鬚穿破光亮，我讓它藉著我的指尖嬉戲、舞動。

群眾鼓掌，闇之手輕聲低語。「現在，讓他們看看。」

我咧嘴笑開，按照他教我的做，大展雙臂，恍若將自己整個打開，再用力將雙手一拍合起，一聲巨響撼動舞會廳，燦亮奪目的白光颼一聲炸開，光壓竄過群眾。同時間，賓客皆異口同聲發出「啊！」的聲音，然後閉上眼睛，慌張地舉起手，欲抵擋這道強光。

我維持了數秒才分開雙手，讓光消退。群眾爆出更瘋狂的掌聲，狂拍不停，還跺腳助陣。管絃樂團開始演奏，當掌聲漸漸轉為興奮交談，我們鞠躬謝幕。闇之手將我拉到舞台旁，小聲地說，「妳聽到了嗎？看到他們又是跳舞、又是擁抱嗎？他們現在都曉得謠言是真的，一切都會改變了。」

當那股不確定感趁虛而入，我的興高采烈有些褪去。「但這豈不是給他們虛假的希望嗎？」我問。

「不是的，阿利娜。我告訴過妳，妳就是我的解答，而且這是真的。」

「但是在湖邊那次之後……」然後我就嚴重臉紅，只能急忙澄清。「我是說你說我還不夠強大那次。」

闇之手嘴角揚起，彷彿想咧開嘴笑，不過眼神卻十分嚴肅。「妳真的覺得我不需要妳了嗎？」

我整個人微微打了個哆嗦。他望著我，原本那副要笑不笑的表情消失。他突然抓住我一手，將我從舞台拖到群眾裡。人們紛紛對我致上恭賀，伸手想碰觸我們。但他擲出一波蕩漾起伏的暗影，蛇一般隨著我們的腳步穿入人群又消失，簡直像是隱了形。當我穿梭在一群群人之間，聽到了些許對話碎片。

「我眞不敢相信……」

「……是奇蹟！」

「……從來不相信他，可是……」

「結束了！結束了！」

我聽見人們又笑又哭，那股焦躁不安再次迂迴竄過我全身。這些人深信我能拯救他們。要是等他們發現我一無是處，只會些花拳繡腿，會怎麼想？但是這些念頭都變得模糊，只是一閃而過。當闇之手對我視若無睹好幾個禮拜，此時卻握著我的手，拉著我走進一扇窄門，來到一條空盪的走廊……說眞話，要想別的事情著實有困難。

我們溜進一間房間，裡頭只被窗戶灑入的月光照亮。我按捺不住，發出輕浮的笑，幾乎沒時間注意這正是我被帶來見王后的那間客廳，因爲當門一關上，他立刻吻了我。我根本沒辦法想任何事情。

以前我也被吻過，那是喝醉酒後發生的事，不但笨拙，而且尷尬。可是這和那完全不一樣。

這個吻堅定而強烈，我彷彿渾身上下都甦醒過來。我能感覺到狂跳的心臟，緊貼在皮膚上的絲綢；他環著我雙臂的力道。闇之手一手深埋在我髮中，另一手按在我背後，將我拉近。他一與我雙唇相貼，我們之間的某種連結便隨之打開，我感到他的力量流遍全身，而且清楚感受到他有多想要我——但是在那股欲望背後，我還感覺到一些別的，是某種近似憤怒的情感。

我訝異地一個抽身，「你根本不想要。」

「這是我唯一想要的事。」他低吼著，而我在他嗓音中聽見苦澀與欲望相互糾纏，難分難捨。

「但你痛恨這樣。」我說，刹那間理解了一切。

他嘆了口氣，朝我靠來，將我的頭髮從頸子撥到後面。「也許是眞的吧。」他呢喃著，雙唇摩娑著我的耳朵、喉嚨和鎖骨。

我一面顫抖一面將頭往後仰，卻非問出口不可。「爲什麼？」

「爲什麼？」他重複道，嘴唇仍在我皮膚上來回，手指溜到我領口的緞帶。「阿利娜，妳知道我們上台前艾凡對我說了什麼嗎？今晚，我們收到了消息，我的手下目擊了莫洛佐瓦的獸群，破解影淵的關鍵終於落到我們手中了。此時此刻，我應該在戰情室聽取匯報，我應該開始計畫北方之行。但我沒有，不是嗎？」

我的腦子突然動也不能動，就這麼放任沉溺於流竄過全身的喜悅，並期待著他下一個吻將落在何處。

「不是嗎？」他重複道，輕咬我的頸子，我不禁倒抽一口氣。我搖著頭，完全無法思考。此時，他讓我抵著門，胯部與我緊緊相貼。「『想要』唯一的問題，」他低喃著，嘴唇順著我的下頷一路遊走，直到來到雙唇上方徘徊。「就是會讓我們變得軟弱。」然後，當我覺得自己再也無法忍耐，他終於吻了下來。

這一次，他吻得更重，還摻雜著殘留在他心裡的那些憤怒。可是我不在意。我不在意他對我視若無睹或讓我陷入的迷惘，也不在意娟雅對我做出的任何隱晦警告。他找到了雄鹿，他對我的看法沒錯；他對一切的看法都沒錯。

他的手往下滑到我臀部，當我的裙子被掀得更高，他的手指緊扣住我赤裸的大腿，我不禁顫抖起來，有些驚慌。然而我沒抽身，反而更貼近他。

我不知道接下來會發生什麼事——因爲在那瞬間，我們聽見走道傳來大聲騷動。一大群吵得要命也醉得要命的人歪歪倒倒走在走廊上，某人重重撞上了門，喀喀轉動門把。我們僵在原地，闇之手用肩膀抵住門才不會被打開。接著，那群人繼續走，又是大喊又是大笑。

在隨之而來的死寂中，我們四目相交，然後他嘆了口氣，垂手讓我的絲裙落回原位。

「我該走了，」他低喃著，「艾凡和其他人都在等我。」

我點點頭，不放心自己開口回答。

闇之手從我面前退開，我移到一旁，他將門打開一條縫，掃視走道，確認是否空無一人。

「我不會回宴會，」他說，「但妳應該回去，至少待一會兒。」

我又點頭，突然清晰地意識到自己正和一個與陌生人無異的男子一起待在黑暗房中，不久前，裙子才被他拉到腰上。阿娜．庫亞那張嚴肅的面孔出現在我腦海，碎唸說教，講一些農家小女孩會犯的愚蠢錯誤。我立時因難爲情而滿臉通紅。

闇之手悄悄從門口出去，又立刻對著我轉過頭。「阿利娜，」他說，我彷彿親眼目睹他內心的交戰。「今晚我能去找妳嗎？」

我猶豫不已。我知道如果我說好，那麼就再也沒有回頭路。他碰過我的位置仍陣陣灼燙，但是那瞬間的興奮已消融殆盡，微薄的理智再次返回。我不確定自己想要什麼，現在我什麼都沒辦法確定了。

由於我停頓太久，以至於聽見另一陣聲響從廳堂傳來。闇之手將門關上，大步走上走道，我則再次退回黑暗。我緊張地等待著，努力思考要用什麼理由解釋自己躲在空房間裡頭。

聲音經過，我吐出一口顫抖的大氣。我沒有機會對闇之手說好或不好，那麼，他無論如何還是會來嗎？我希望他來嗎？我的心思不停轉動，現在我得讓自己恢復正常、回去宴會。闇之手可以就這樣搞失蹤，但我沒這種資格。

我悄悄窺看走廊，接著快速回去舞會廳，在其中一面鍍金鏡前停下來檢查外表。我的雙頰緋紅，嘴唇似乎有些青腫，但是我對此束手無策。我將頭髮撫順，整整身上的柯夫塔。當我正要進入舞會廳，聽見走道另一端的門打開來，導師正急匆匆地奔向我，棕色長袍在身後翻飛。**老天，拜託不要現在。**

「阿利娜！」他喊道。

「我得回舞會。」我佯裝愉快地說，直接當著他的面轉過身。

「我一定得和妳談談！情況發展得比我想像更——」

我掛上一副平靜的面具溜回宴會，至少我希望是啦。說時遲那時快，立刻被想認識我、恭賀我剛剛那番演示的貴族包圍。瑟杰急忙和其他破心者守衛一同過來，低聲爲在人群中跟丟了我道歉。我轉頭張望，看到衣衫襤褸的導師被一波來參加宴會的客人吞沒，鬆了一口氣。

我盡全力禮貌地交談，並回答賓客所問的一切問題。有個女人含淚請我給她祝福，可是這到底該怎麼做？我一點頭緒都沒有，只好用應該還算安慰人的方式拍了拍她的頭。此刻我一心只想獨處，好思考、釐清腦中那一團混亂的情緒——而且香檳毫無幫助。

當一群群賓客接二連三來了又走，我認出了那個驅使系格里沙——有著一張陰鬱長臉，和我與艾凡一起坐在闇之手的馬車、幫忙打退斐優達刺客的男子。我搜索枯腸，拚命回想他叫什麼。

結果他解救了我，深深一鞠躬說：「我是費德・卡米斯基。」

「眞的很抱歉，」我說：「今晚十分漫長。」

「可以想像。」

希望不要，我一陣難為情。

「闇之手似乎真的說對了。」他微笑著說。

「你說什麼？」我尖著聲音說。

「畢竟妳那麼堅決地認為自己不可能是格里沙。」

我回以一笑。「我很努力要把推翻既有印象變成一種習慣。」

費德沒時間告訴我他在南方邊界有何新任務，就被等著和太陽召喚者沾親帶故的另一波沒耐心的賓客給沖走。我甚至來不及感謝他在峽谷那天保護了我。

我就這麼勉強聊天賣笑了一小時，一抓到片刻喘息，立刻對守衛說我想離開，並直奔門口。

我一到外面就感覺好一點了。夜晚空氣涼爽愜意，空中星星明亮。我深呼吸一口氣，心裡輕飄飄，卻又疲憊不堪，腦中思緒彷彿不斷在興奮與焦慮間交替。如果闇之手今晚來我房間，這代表什麼意思？「成為他的人」的想法令我有些慌亂。我並不認為他愛上了我，可是我也沒頭緒自己對他是什麼感覺。但是他想要我——也許那就足夠。

我搖搖頭，努力想釐清一切。闇之手的手下找到了雄鹿，我該想這件事才對，我應該去思考我的命運，思考我事實上得殺死一頭古老的生物，思考那能帶給我何種力量，以及將隨之而來何種責任。可是我滿腦子想著他碰觸我臀部的雙手、貼在我頸子的嘴唇，還有黑暗中他精壯且結實的感覺。我又吸了一大口夜晚空氣。最理智的做法是鎖上房門去睡覺，可是我不太確定自己想不想這麼理智。

當抵達小行宮，瑟杰和其他人就此告退，回去舞會。圓頂廳安安靜靜，貼磚壁爐中的火已被掩熄，燈的火光低微而金黃。就在我經過門口去主要樓梯時，闇之手桌後的雕刻雙開門開啓，我急忙竄進陰影中。我不希望闇之手發現我早早離開宴會……反正我也還沒準備好和他見面。不過，那只是一群橫越門廳、正打算離開小行宮的士兵。我不禁猜想他們是否就是那些來報告雄鹿下落的手下。當一盞燈的光芒落在這群人中的最後一名士兵，我的心跳差點停止。

「瑪爾！」

當他轉過身，我覺得自己可能會因爲見到那張熟悉臉龐，開心到就地融化。雖說我心底深處知道那張陰鬱表情是什麼意思，可是這一切都被純然的喜悅淹沒。我飛也似地衝過廳堂，伸出雙臂抱住他，差點把他撞倒。瑪爾穩住腳步，將我的手從脖子上拉開，望著停下來看我們的其他士兵。我知道自己可能害他有些難爲情，可是我才不在乎。我踮著腳跳來跳去，簡直可以說開心地跳起舞來。

「你們先走，」他對他們說，「我稍後跟上。」

幾個士兵揚起眉頭，不過仍從主要出口離開，留我們獨處。

我張口想說點什麼，可是不知道該如何起頭，所以直接將腦中冒出的第一句話說出來。「你在這裡做什麼？」

「我最好是會知道，」瑪爾語帶厭煩，我因此有點驚訝。「我得去對妳的主人匯報。」

「我的……什麼？」接著我瞬間醒悟，綻開一個巨大的微笑。「找到莫洛佐瓦的獸群的人就是你！我早該知道的。」

可是他沒有回應我的笑容——甚至沒看我的眼睛。他只是別開了眼神，「我得走了。」

我不敢置信地看著他，原本的亢奮萎縮消失。所以我沒想錯，瑪爾嫌我煩了。過去這幾個月的怒氣和羞恥感排山倒海朝我壓來。「抱歉，」我冷冷地說，「我沒發現自己浪費你這麼多時間。」

「我沒這麼說。」

「噢，沒有沒有，我理解的，你當然懶得花時間回我的信。而且你眞正的朋友還在等你，所以你怎麼會想站在這裡和我聊天呢？」

他皺起眉頭。「我什麼信都沒收到。」

「最好是。」我一肚子火。

他嘆口氣，抹了抹臉。「爲了追蹤獸群，我們得不斷移動。我的單位幾乎沒辦法和軍團有什麼聯繫。」

他的口氣傳達出極大疲憊，我總算第一次好好正眼看他，眞眞正正去端詳他，終於意識到他變了多少。他的藍眼下有陰影，沒刮鬍子的下巴有一長條凹凸不平的疤痕。他還是瑪爾，但某些部分變得更冷酷；他有些漠然、有些陌生。

「我的信你都沒收到？」

他搖搖頭，仍是那副拒人千里的表情。

我不知道該怎麼看待此事。瑪爾從沒騙過我，而儘管我氣成這樣，卻不認為此時他在騙我。我忍不住遲疑了。

「瑪爾，我……你可不可以再待一會兒？」我聽見自己用懇求的語氣說。我討厭這樣，可是我更討厭他要離開。「你無法想像在這裡是什麼感覺。」

他咆哮般粗聲一笑。「我不必想像。妳在舞會廳那場小演示我都看到了。眞是令人印象深刻。」

「你看到我了？」

「沒錯，」他發出刺耳的笑聲，「你知道我有多擔心妳嗎？沒人知道妳發生了什麼事，或他們對妳做了什麼；沒有任何聯繫妳的方式。甚至還有謠言說妳受到折磨。當隊長表示需要人去向闇之手回報，我就像個白痴一樣，千里迢迢跑到這裡，只爲了賭賭看能不能找到妳。」

「眞的嗎？」這對我來說實在難以置信。我已經太習慣瑪爾對我漠不關心了。

「沒錯，」他啞著聲音說，「結果妳在這裡安然無恙，像受盡寵愛的小公主似地又是跳舞，又是和人調情。」

「不要這麼失望，」我厲聲回答，「闇之手鐵定能給你安排烤架和熱呼呼的炭火——如果這樣可以讓你開心一點。」

瑪爾臉一沉，從我面前走開。

挫折的淚水刺痛眼睛。我們爲什麼要吵架？我不顧一切伸手去抓他手臂，並感到他的肌肉收縮了一下，不過他沒收回手。「瑪爾，我沒辦法改變這裡的行事作風，這全都不是我要求的。」

他看著我，然後別開眼神。他好像沒那麼緊繃了。最後他說，「我知道不是妳。」

我再次從他的聲音裡聽見那分疲憊。

「瑪爾，你發生了什麼事？」我悄然地說。

他什麼也沒講，只是望著廳堂中的一片黑暗。

我伸出一手，捧住他長了鬍碴的臉頰，溫柔地將他的臉朝我轉過來。「告訴我。」

他閉上眼睛。「我沒辦法。」

我的指尖沿著他下巴疤痕隆起的皮膚撫摸。「娟雅可以把這個治好的，她可以——」

可是我馬上知道自己說錯了話。因爲他猛地睜開了眼睛。

「我不用誰來治好。」他立刻回答。

「我不是那個——」

他一把抓過我放在他臉上的手，緊緊扣住，藍色雙眼搜索著我的眼神。「阿利娜，妳在這裡快樂嗎？」

我被這問題嚇了一跳。

「我……我不知道。有時候吧。」

「妳和他在這裡快樂嗎？」

我沒問瑪爾所謂的他是指誰。我張嘴想回應，卻毫無頭緒該說什麼。

「妳佩戴了他的象徵，」他觀察著，眼神落於懸在我領口的小小金色符飾。「他的符號，還有他的顏色。」

「這不過是衣服罷了。」

瑪爾嘴唇揚起挖苦的笑容，和我一直以來熟悉且喜愛的表情天差地別，甚至令我一陣瑟縮。

「妳不是真的這麼想的。」

「我穿什麼又有什麼差別？」

「那些衣服、首飾——甚至妳的模樣。妳對他意亂情迷。」

這些話恍若打了我一巴掌。在廳堂的黑暗之中，我感到一抹醜惡的紅暈爬上臉頰。我用力把手抽回，雙臂交叉在胸前。

「不是那樣。」我低聲說道，卻無法面對他的目光，彷彿瑪爾能直接將我看穿，就這麼從我腦中將我對闇之手產生的所有熾熱念頭摘取而出。可是緊隨著那股羞恥而來的是憤怒。他知道又怎樣？他有什麼資格評斷我？瑪爾在見不到的地方又擁抱過多少女孩？

「我看見他是怎麼看妳的。」他說。

「我喜歡他那樣看我！」我差不多算是大吼出聲。

他搖搖頭，唇上仍帶著那抹苦澀的笑。我恨不得從他臉上把那笑容打掉。

「妳就承認吧，」他冷笑一聲。「妳屬於他。」

「你也屬於他，瑪爾，」我回馬一槍。「我們都是他的手下。」

這話抹去了他的笑。

「不對，」瑪爾激烈地回答。「我不屬於他，永遠都不會。」

「是這樣嗎？你不是有什麼地方得去嗎，瑪爾？你沒有要執行的命令嗎？」

瑪爾挺了挺身子，表情一凜。「確實，」他說，「我確實有。」

他猛地轉過身，從門口走出去。

有一瞬間，我站在那裡因憤怒而瑟瑟發抖，接著我跑向門口，一股腦兒衝下樓梯，然後才阻止自己。從剛剛就岌岌可危快要溢出的眼淚終於棄守，自雙頰淌流而下。我想去追他，收回已說出口的話，懇求他留下，可是我已經花了一輩子追在瑪爾身後。所以，我只是無聲地站在原地，放他離開。

第十五章

直到進了自己房間，門在身後緊緊關上，我才敢放聲啜泣。我滑坐到地板上，背貼著床，雙臂緊緊環抱膝蓋，努力平復心情。

瑪爾一定早就離開宮殿，一路遠行回茲貝亞，加入其他搜捕莫洛佐瓦獸群的追蹤師。我們之間越來越遠的距離變成某種有形物體。與先前孤獨度過的數月相比，現在我覺得離他更遠了。

我用拇指揉掌心的疤。「回來，」我低聲說，因爲想哭的感覺再次湧上而渾身顫抖。「回來。」可是他不會回來。我算是命他離開，而且我知道自己很可能再也不會見到他。我因此痛苦不堪。

我不知道自己在黑暗中坐了多久。某個瞬間，我突然意識到門上傳來輕敲。我坐挺起來，努力壓抑吸鼻涕的聲音。如果是闇之手，那怎麼辦？此刻我實在沒辦法見他，我無法解釋自己的眼淚。可是我還是得做點什麼。我拖著身子站起來，將門打開。

一隻瘦得皮包骨的手悄悄扣住我手腕，以鋼鐵般的力道抓住了我。

「巴格拉？」我問，注視著站在門口的女人。

「走。」她拉著我的手臂，還回頭瞥了一眼。

「放開我，巴格拉。」我試圖從她手裡抽身，可是她出人意料地強壯。

「丫頭，妳得跟我走。」她咬牙切齒地說。「現在就走。」

也許是她的眼神太迫切，又或是我對她眼中竟會出現恐懼感到震驚；也可能是我太習慣巴格拉怎麼說，我就怎麼做。我跟著她出了門。

她將門在身後關上，仍緊扣著我的手腕。

「到底怎麼了？我們要去哪裡？」

「安靜。」

她沒有右轉走向主樓梯，反而拖著我朝相反方向前往廳堂的另一端。她壓下牆壁上一塊鑲板，一扇暗門晃開。她推了我一下，因爲我無意反抗，所以便踉蹌著走下一道細窄的螺旋梯。每次回頭看她，她便再推我一下。等抵達樓梯底部，巴格拉便走到我前面，帶我走上一條狹窄的走道，就只有石頭地面與樸素的木頭牆壁。這裡和小行宮其他地方一比，簡直赤裸得像沒穿衣服。我覺得我們可能正在僕人的住處。

巴格拉再次抓住我的手腕，將我拖進一間黑暗且空盪的房室。她點亮一根蠟燭，將門鎖起上閂，然後橫越房間，踮起腳尖拉起地下室一扇小窗的窗簾。這整間房幾乎沒有任何東西，就放了一張窄小的床，一張簡單的椅子，外加一只臉盆。

「來，」她將一疊衣服塞給我。「換上。」

「我現在累到沒辦法上課了，巴格拉。」

「再也不用上課了——妳得離開這個地方，今晚就走。」

我眨了眨眼。「妳到底在說什麼？」

「我在拯救妳，讓妳不至於落得餘生當個奴隸的命運。現在快點換上。」

「巴格拉，到底怎麼回事？妳爲什麼把我帶到這下頭？」

「我們沒有多少時間了，闇之手就快要找到莫洛佐瓦的獸群，他很快就會抓到雄鹿。」

「我知道，」我想到瑪爾，覺得心臟好痛，可是也忍不住有點得意。「我想妳大概不相信莫洛佐瓦的雄鹿吧。」

她手臂一揮，彷彿要打發我說的話。

「那只是我對他的說詞，我是希望，如果他認爲那不過是農民的傳說故事，就會放棄追尋雄鹿。然而，要是他獲得雄鹿，就再也沒有任何事物可以阻止他了。」

我火大地舉起雙手。「阻止他什麼？」

「拿影淵當武器。」

「我懂了，」我說，「他也計畫要在那裡頭建夏日別莊嗎？」

巴格拉抓住我的手臂。「這不是在開玩笑！」

她的聲音裡有著一絲陌生卻鮮明的絕望情緒，抓我手的力道也令我疼痛不已。她到底是怎麼了？

「巴格拉，也許我們應該去一下醫務室——」

「我沒有生病，也沒有發瘋，」她啐了一口，「妳一定得聽我的話。」

「那妳就講講道理，」我說，「怎麼可能有人拿影淵當武器？」

她靠過來，手指掐進我肉中。「只要把它擴大就可以。」

「最好是這樣。」我緩緩說道，努力想從她手中掙脫。

「被異海覆蓋的陸地一度青翠豐美、肥沃富饒，現在則貧瘠如死，邪惡生物肆虐。闇之手會將它的邊界再北推斐優達、南擴蜀邯。凡是不願臣服於他的人都將親眼見證自己的王國變成荒蕪廢地，人民則被凶猛飢餓的有翼鷹人吞噬。」

我嚇傻了眼，恐懼地注視著她，被她描繪的畫面嚇破了膽。這老女人很顯然腦袋壞掉了。

「巴格拉，」我溫和地說，「我覺得妳可能染上了熱病，」或者完完全全老人痴呆了。「找到雄鹿是好事一樁，那表示我能幫助闇之手毀掉影淵。」

「不對！」她喊道，音量和怒吼無異。「他從來就不想毀掉影淵——影淵就是他製造出來的。」

我嘆了氣。巴格拉為什麼就是要挑今晚腦子失常發神經呢？「影淵是黑異教徒在好幾百年前製造出來的，闇之手——」

「他就是黑異教徒。」她憤怒地說，那張臉和我只有咫尺。

「是是是，」我花了點力氣將她的手指撬開，經過她身邊朝門走去。「我現在要去幫妳找個療癒者，然後上床睡覺。」

「丫頭，看著我。」

我深呼吸一口氣，轉過身，覺得耐心已然用盡。我覺得她很可憐，但這實在是太誇張了。

「巴格拉——」

所有字句都在我口中消失殆盡。

巴格拉的兩手掌心出現翻湧的黑暗，一束束墨黑影煙裊裊飄上空中。

「阿利娜，妳不認識他，」這是她第一次喊我名字。「但我認識。」

我站在那兒，眼見黑暗的螺旋在她身周一一展開，拚了命想理解自己究竟看到了什麼。我仔細檢視巴格拉那奇異的輪廓，看見解答就清清楚楚寫在那裡。我看見一個曾經十分美麗的女人殘留的痕跡——一個生下俊美兒子的美麗女人。

「妳是他的母親。」我麻木地低喃。

她點點頭。「我沒瘋，我是唯一知道他眞正面目、眞正意圖的人。而我在此鄭重告訴妳：妳非逃不可。」

闇之手曾表示他不曉得巴格拉擁有什麼力量。他對我撒謊了嗎？

我搖搖頭，努力釐清思緒，試圖弄清楚巴格拉剛剛告訴我的一切。「這怎麼可能，」我說，「黑異教徒是幾百年前的人。」

「他服侍過無數國王，假死過無數次，等待著時機、等妳到來。一旦他控制了影淵，就沒有人能反抗得了他。」

一陣顫意竄遍全身。「不對，」我說，「他告訴我影淵是失手造成的；他說黑異教徒生性邪惡。」

「影淵不是失手，」巴格拉垂下手，她身周旋繞的暗影立即融解消失。「唯一的失手是有翼鷹人。他沒預料到這件事，他想都沒想過那般巨大的力量會對區區人類造成什麼影響。」

我的腹部絞痛起來。「有翼鷹人本來是人類？」

「一點也沒錯，是世世代代以前的農民和他們的妻子、兒女。我警告過他會有相應的代價，可是他不聽。對力量的渴求讓他變得盲目，就和現在一模一樣。」

「妳錯了，」我搓揉著雙臂，試圖甩開鬼祟竄入骨髓的那股寒意。「妳說謊。」

「只有有翼鷹人阻礙闇之手拿影淵來對付敵人。牠們是給他的懲罰，是他的傲慢行爲活生生的證據。可是妳會改變一切。那些怪物無法忍受日光。一旦闇之手使用妳的力量鎭住有翼鷹人，就能毫髮無傷地進入影淵。最終他就能爲所欲爲；他的力量再也沒有極限。」

我搖頭。「他不會那樣做的；他絕對不會那樣做。」我還記得他在倒塌穀倉的火堆旁對我說的話，以及語氣中那股羞愧與哀傷。**我花了一輩子時間尋找匡亂反正的方法，這麼久以來，妳是我看到的第一絲希望。**「他說他想讓拉夫卡再次完整，他說——」

「不要再告訴我他說的話了！」她咆哮。「他活得太久，要對一個寂寞又無知的女孩撒謊根本易如反掌。」她靠近我，黑色雙眼恍若有火。「阿利娜，妳好好想想。如果拉夫卡變得完整，第二軍團就再也不是國家存亡的關鍵。闇之手只會是國王的另一名僕人。他夢想中的未來難道是這樣的嗎？」

我開始顫抖。「別再說了。」

「可是，如果影淵也被收爲他的力量，他就能展開各種破壞，他會爲世界帶來毀滅，而且再也不必對任何國王卑躬屈膝。」

「不對。」

「而且都是因爲妳。」

「不對！」我對她大吼。「我絕對不會那樣做！就算妳說的一切都是眞的，我也不會幫他去幹這種事。」

「妳不會有選擇的。雄鹿的力量只屬於斬殺牠的那個人。」

「但是他不能使用增幅物。」我虛弱地反駁。

「他可以使用妳，」巴格拉輕聲說，「莫洛佐瓦的雄鹿並非平凡的增幅物，他會去獵捕牠、殺死牠；他會取下牠的鹿角，一旦他將那東西戴在妳頸子上，妳就完完全全屬於他了。妳會成爲有史以來最強大的格里沙，妳新獲得的所有力量都任他所用。妳會永遠和他綁在一塊兒，而且永遠無力抗拒。」

最讓我崩潰的其實是她聲音中的憐憫；這憐憫來自一個從不容許我有一時半刻軟弱和休息的女人。

我軟了腿，滑坐到地上；我用雙手抱住了頭，試圖阻擋巴格拉的聲音，卻無法阻擋闇之手說過的話在腦中迴盪。

我們都侍奉著某個人。

國王就是個小孩。

妳和我將會改變這個世界。

巴格拉的事情，他對我說了謊，黑異教徒的事他也說謊。雄鹿的事情他也說謊了嗎？

我是希望妳能信任我。

巴格拉曾求他給我另一個增幅物，但他堅持非雄鹿角不可，得用那副骨頭做成——項鍊，不對，是項圈。我催促他，他就吻了我，讓我把什麼雄鹿、增幅物，還有其他一切全忘記。我記得他在燈光下完美的臉龐，那副震驚的表情，還有亂糟糟的頭髮。

這都是刻意設計過的嗎？湖邊的吻，穀倉那晚，他臉上一閃而過的傷痛，每個充滿人性的小動作，所有低喃著說出的信賴話語，甚至今晚發生在我們之間的事？

那個念頭令我不禁蜷縮。我還能從脖子上感覺到他溫暖的吐息，聽見他在我耳邊低語。「想要」唯一的問題就是會讓我們變得軟弱。

他的話再正確不過。我是如此想要屬於某個地方，任何地方都好。我如此渴望能取悅他，因爲能守護他的祕密驕傲不已。可是我從沒多費心去質疑他眞正想要什麼，眞正的動機是什麼。我一股腦兒忙著想像自己在他身邊，成爲拉夫卡的救世主，受人重視、受人渴望，某種程度——就像王后那樣。我讓他輕而易舉騙過我。

妳和我將會改變這個世界。妳等著看。

穿上妳最漂亮的衣服，等待下一個吻、下一句溫柔話語；等待雄鹿，等待項圈。等著被變成殺人犯——和奴隸。

他警告過我格里沙力量的時代已走到盡頭。我早該曉得他絕不會讓此事發生。

我顫抖著吸了一口氣，試圖平復顫抖。我想起可憐的阿列克謝，以及那些被留在影淵的黑暗中等死的人；我想起曾是柔軟沃土，而今卻成灰敗沙地之處；我想起有翼鷹人，黑異教徒貪婪下的第一批受害者。

妳眞的覺得我不需要妳了嗎？

闇之手想利用我，想拿走唯一眞正屬於我的東西，我唯一擁有過的力量。

我站起來。我再也不要任他予取予求。

「好，」我伸手去拿巴格拉帶給我的那疊衣服。「我該怎麼做？」

第十六章

巴格拉無庸置疑鬆了一口氣，不過她一秒也不浪費。「妳可以和今晚的表演者一起溜出去，朝西走，抵達歐斯科佛後去找弗洛倫號，那是克爾斥的商船，妳的旅費已經付清了。」

我的手指在柯夫塔的釦子上僵住。「妳要我去西拉夫卡？一個人越過影淵？」

「我要妳銷聲匿跡，孩子，依照妳現在的能力，足以獨自穿越影淵了，這應該輕而易舉才對。不然妳覺得我為什麼要花那麼多時間訓練妳？」

又是個我根本沒必要問的問題。闇之手要巴格拉別逼我，我還以為他是在為我好。可是，說不定他只是想讓我一直這麼弱。

我脫了柯夫塔，套上一件粗陋的短袖羊毛上衣。「妳一直曉得他的意圖，為什麼挑現在告訴我？」我問。「為什麼偏在今晚？」

「我們沒時間了。我從來不認為他找得到莫洛佐瓦的獸群，牠們是難以尋得的生物，屬於最古老的魔法，是組成世界心臟的一部分。但我低估了他的手下。」

不，當我使勁將皮革馬褲和靴子拉上來時，不禁想，**妳是低估了瑪爾**。瑪爾狩獵與追蹤的能力無人能出其右；瑪爾能從石頭中找出兔子；瑪爾將會找到雄鹿，送到我面前，並在毫不知情的狀況下促使我們歸入闇之手的力量裡。

巴格拉遞給我一件厚重、內襯毛皮的棕色旅行外套，一頂好大的毛皮帽，還有一條寬腰帶。當我把腰帶圍在腰上，發現上頭掛了只錢袋，還有我的刀，以及裝了我的皮革手套的小包，鏡子全一片片好好地塞在裡頭。

她帶我從一扇小門出去，遞給我一只皮革旅行包，讓我斜揹在肩上。她越過這整塊地，指向位於遠方燈光閃爍的大宮殿。我聽見音樂演奏聲，並猛然驚覺宴會仍在高潮。打從我離開舞會廳彷彿經過數年之久，不過事實上絕對不可能超過一小時。

「去樹籬迷宮，然後左轉，遠離有燈的小路。有些表演者已在動身離開，隨便找輛要離開的馬車。他們只會在人進宮殿的時候盤查，所以妳應該很安全。」

「應該？」

巴格拉不理我。「等妳出了歐斯奧塔，盡量避開大路。」她遞給我一個封起來的信封。「妳是一個受雇的木工匠，要前往西拉夫卡見新主人。懂了嗎？」

「懂了。」我點點頭，心臟已在胸中狂跳。「妳爲什麼要幫我？」我猛地問出口，「妳爲什麼要背叛自己的兒子？」

有一瞬間，她的背打得挺直，在小行宮的陰影中默然無語。然後她轉向我，我不禁嚇了一大跳，直往後退。因爲我看見了，一清二楚，就像——站在深淵的邊緣。不見止境，黑暗無明，大大敞開。那是活了太久卻無法結束生命才有的空虛。

「好多好多年前，」她輕聲說，「在他甚至不敢夢想打造第二軍團、在他放棄名字成爲闇之手前，他只是個天賦異稟的優秀男孩。是我給了他野心、給了他驕傲。當時機成熟，阻止他的人應該是我。」她露出微笑，而那是一個令人不忍卒睹、如此痛苦悲傷的微笑。「妳認爲我不愛我的兒子，」她說，「但是我愛。就是因爲愛他，我才不能讓他將自己陷於萬劫不復之地。」

她回望了小行宮一眼。「明早我會在妳房門前安排僕人，告訴大家妳不舒服；我會盡量爲妳爭取時間。」

我咬住嘴唇。「今晚。妳今晚就派僕人守在房門，因爲闇之手可能會……可能會來我房間。」

我以爲巴格拉又會嘲笑我，然而她只是搖搖頭，輕輕說道。「傻丫頭。」如果她流露輕視，我可能還比較可以忍受。

我看向這座宮殿，不禁猜測等在面前的會是什麼。我眞的要這麼做嗎？然而我只能硬將驚慌嚥下。「謝謝妳，巴格拉，」我嗓音哽咽，「謝謝妳做的一切。」

「嗯，」她說，「孩子，去吧，動作快，而且要小心。」

我轉過身跑了起來。

拜波特金無止境的訓練，我對這裡熟悉到不行。對於揮汗跑過草坪林間的每一個小時，我都心懷感激。巴格拉在我兩邊身側放出纖細且纏繞的暗影，我一面逼近大宮殿後方，它們一面藏起我的蹤跡。瑪麗和娜迪亞仍在裡頭跳舞嗎？娟雅會不會好奇我去了哪裡？我將這些想法拋諸腦後。關於我現在在做的事，以及拋在身後的一切，我不敢太用力去思考。

有個劇團正將道具和一排排戲服搬上運貨馬車，車夫已經抓住韁繩，吼著要他們動作再快點。其中一人爬上他旁邊，其他人則魚貫上了一輛一面出發、鈴鐺一面叮噹響的小馬車。我拔腿衝到運貨馬車後方，硬是擠進布景之間，拿了塊粗麻罩布蓋住自己。

我們在長長的鋪石子路上轆轆行駛，穿過王宮大門時，我憋住呼吸。我是如此深信隨時都可能有人拉起警報，然後我們就會被攔下。我會屈辱地從運貨馬車後方被拖下來。但是輪子就這麼顛簸往前，隆隆駛上歐斯奧塔的鵝卵石街道。

我努力回想好幾個月前闇之手帶我走過城市的路徑，可是實在太累、情緒太滿，記憶糊成一團，只剩朦朧不清的大宅和街道。從我躲的位置也看不見什麼景象——其實我也不敢偷看。就我這種運氣，偷看的瞬間可能就會有人經過並注意到我。

我唯一的希望是在大家發現我不見前盡可能拉開和宮殿的距離。我不知道巴格拉能拖延多久，只是在心中懇求馬車夫能走快一些。當我們越過橋進入市集鎮，我放任自己吐出鬆一口氣的嘆息。

冷空氣悄悄從馬車木板間竄進來，我不禁對巴格拉給我的厚外套心懷感激。我疲憊不堪、百般不適，可是嚴格說，我只是害怕。我從拉夫卡最有權勢的人身邊逃跑，格里沙、第一軍團，甚至瑪爾和他的追蹤師伙伴，都會傾巢而出來找我。我一個人成功抵達影淵的機率有多少？如果我眞的成功到了西拉夫卡，找到弗洛倫號，然後呢？我會獨自待在陌生的土地上，我不會說那裡的語言，誰也不認識。淚水刺痛雙眼，我用力抹掉。一旦哭出聲，我想恐怕就很難停下來了。

我們在清晨時分一路前進，經過歐斯奧塔的石頭街道，走上汝道既長又廣的泥土路。黎明來了又走。不時，我會打瞌睡，可是因爲恐懼和不適，旅程中我大多時間是清醒的。當太陽高掛在天空，裹在厚外套中的我開始汗流浹背，馬車骨碌碌停了下來。

我冒險從運貨馬車旁邊偷看一眼：這地方看起來像是酒館或旅店的後面。

我伸展了一下腿，兩腳都麻得厲害，當血液一瞬衝回腳趾，我不禁因疼痛而瑟縮。我一直等到馬伕和劇團其他人都進去裡面，才從藏身處溜出來。

我認爲，如果一副鬼鬼祟祟，恐怕會引來更多注意。所以我打直背脊，以輕快步伐繞過建物，加入村子主要街道上那堆鬧烘烘的馬車和人群。

雖得稍微留心偷聽，不過我也很快意識到我人在巴拉基列夫。這座小鎭算是位於歐斯奧塔西對角線。我運氣不錯，走的是正確方向。

路途上，我點數巴格拉給我的錢，努力規畫。我知道最快的旅行方法是騎馬，可是我也知道，身上的錢多到能買馬的獨行女孩，一定會引人注意。我需要的其實是「偷」一匹馬——但是我完全不曉得該怎麼做。所以我決定先這麼繼續前進。

離鎮途中，我停在市場一個小攤買食物——硬乾酪、麵包，還有風乾肉。

「這麼餓啊？」那個沒牙的老販子問道，看著我把食物塞進包裡。他似乎有點靠太近了。

「給我弟弟的，他吃起東西簡直像頭豬。」我說，假裝對人群中的某人揮手。「就來了！」我喊完就快速跑掉。我最多只能期望他留下印象的是個和家人一起旅行的女孩，又或者，如果走運，他根本不會記得我。

那晚我睡在乾淨的乾草棚裡，就在和汝道稍稍有段距離的酪農場中。這和我在小行宮的美麗床鋪可說是天壤之別，但是有個遮風避雨的地方，還被動物的聲響圍繞，我已十分感激。牛發出輕柔哞叫，並沙沙地移動著，讓側身蜷躺、以包包和毛皮帽子權充枕頭的我感到沒那麼孤單。

要是巴格拉弄錯了呢？當我躺在那兒時，不禁擔心。要是她說謊呢？又或者，她就是搞錯了呢？我其實可以回去小行宮，可以睡在自己床上，上波特金的課，和娟雅聊天。這個想法非常誘人。如果我回去，闇之手會原諒我嗎？

原諒我？我是怎麼搞的？想在我脖子套項圈，讓我變成奴隸的人就是他，結果我還在煩惱怎麼得到他的諒解？我翻到另一側，氣自己氣個半死。

我心底深知巴格拉是對的。我記得自己對瑪爾說的話：*我們都是他的手下*。那時我憤怒地那麼說，完全沒經過腦子，只想傷害瑪爾的自尊。可是我就和巴格拉一樣言之鑿鑿地說出了真相。

我早就曉得闇之手冷血且危險，但是我一概忽視，開開心心相信我所謂的偉大命運，受寵若驚地認為我就是他想要的人。

*妳何不承認妳就是想變成他的人？*腦中一個聲音說道。*妳何不承認有部分的妳還是這樣想？*

我狠狠拋開那個念頭，努力去想明天將有何挑戰，想著往西的路怎麼走最安全。我用力地想每一件事，除了他暴風雨雲顏色的雙眼。

□

第二天的白天和晚上我都走汝道，和往來歐斯奧塔的車水馬龍融為一體。但我知道巴格拉的拖延戰術只能為我爭取一點時間，而且主要道路著實風險太高。之後，我就只走林裡或荒地，獵人小徑或田間小路。徒步的進度極慢，我的雙腿疼痛，腳尖長了水泡，但我強迫自己跟隨天空中太陽的軌跡持續往西。晚上，我會拉低毛帽，蓋住耳朵，發著抖縮在外套裡，聽肚子咕嚕狂叫，要自己在腦中勾勒地圖——好久以前我在舒適的文書帳篷中製作的地圖。我描繪著那條從歐斯奧塔前往巴拉基列夫的緩慢路徑，繞過切尼茲欣、克斯基、波沃斯特那些小村莊，並努力不放棄希望。到影淵之前，還有好長的路要走，只能不斷前進，並祈求我的好運能撐到那個時候。

「妳還有一口氣，」我在黑暗中低聲對自己說，「妳還有自由。」

不時，我會遇到農夫和其他旅人。我一直戴著手套，並用另一手按在刀上，以免遇上麻煩。但是這些人沒怎麼注意我。我總是很餓，而我向來是個差勁的獵人，只能勉強靠著在巴拉基列夫添購的貧乏存糧、溪水，以及偶爾從偏僻農場偷來的蛋或蘋果果腹。

我完全不曉得未來會怎樣，或這趟嚴苛旅程的終點會有什麼等著我。然而，不知怎麼我不覺悲慘。這輩子我一直很孤獨，但從沒有真正獨處過。這好像沒我想像得那樣可怖。

不過還是一樣。當我在某個早晨意外撞見一座褪色的蒼白小教堂，忍不住偷溜了進去，聽牧師進行彌撒。當彌撒結束，他便為會眾禱告。他為某個女人在戰場上受傷的兒子祈禱、為發著高燒的嬰兒祈禱——為阿利娜．史塔科夫的健康祈禱。我不禁畏縮。

「願諸聖保護太陽召喚者，」牧師吟誦道，「保護這位被送到我們身邊、救我們脫離影淵之邪惡，並讓國家再次完整的人。」

我勉強地吞了一口口水，速速壓低身子逃出教堂。**他們現在是為妳祈禱**，我淒涼地想，**但要是闇之手得逞，他們就會恨死妳了**。也許他們是該恨我。我難道不是拋棄了拉夫卡和所有信賴我的人嗎？只有我的力量能消滅影淵，我卻逃跑了。

我搖搖頭。此時此刻，我沒有餘裕去想那些事情。我是個叛徒、逃犯。等我先逃離闇之手，之後再擔憂拉夫卡的未來。

我要自己在小路上加快速度、進入林中，被迴響的教堂鐘聲追趕著爬上山坡。

當我在腦中想像地圖，我意識到自己不要多久就會抵達雷沃斯特，那就代表得決定前往影淵的最佳路線。我可以走沿河道路，或者進入佩塔索——那是一座矗立於西北方的岩山。走沿河道路會比較容易，但那表示得通過人口密集的地區。山路更直接，可是會比較難穿越。

我不斷在心中拉扯辯證一路到了舒拉的十字路口——然後選擇了山路。進入山下的丘陵地帶前，我得在雷沃斯特暫停片刻。那是最大的河畔城市之一。我知道這麼做風險很大，可是我也清楚，如果沒有多買些食物或帶著帳篷、鋪蓋等補給，是不可能成功通過佩塔索的。

這麼多天我都獨自一人，因此雷沃斯特擠滿人的街道和運河的喧嚷吵雜，令我十分不自在。我仍低著頭，維持帽子拉低的姿態，一心認爲會在每根燈柱和店家窗戶看到畫著我臉孔的海報。可是越是深入這座城市，我就越放鬆。說不定，我失蹤的消息沒有想像中傳得那麼遠、那麼快。

因爲烤羊排和新鮮麵包的氣味，我不斷分泌唾液。補充糧食、買硬乾酪和風乾肉時，我犒賞了自己一顆蘋果。

當我將新的鋪蓋綁上旅行背包，並努力思忖該怎麼拚老命把這些多出來的重量揹上山坡，差點在繞過轉角時迎頭撞上一隊士兵。

見到他們穿的那身橄欖色長外套及背後步槍那瞬間，我的心臟差點像脫韁野馬一樣衝出來。我好想就這麼轉身朝反方向狂衝，但強迫自己低下頭，維持普通的速度行走。我一經過他們，就冒險回頭偷看。這些士兵沒有多疑地跑來追我——嚴格說他們好像什麼也沒做。那些人只是在聊天開玩笑，其中一人還對著一個晾衣服的女孩吹口哨。

我走進後街小巷，等待心跳恢復正常。現在什麼狀況？我從小行宮逃走已是整整一星期前，此時一定已經發出警報了才對。我堅信闇之手會派出騎士前往每座城鎮的每個軍團，第一和第二軍團的所有成員應該都在找我。

出雷沃斯特時，我看到其他士兵。有些在休假，其他在值勤，但好像沒有一個人在找我。我不知道該作何感想，忍不住思考是不是該感謝巴格拉。說不定她想出辦法，說服闇之手我被斐優達人綁架——甚至被殺了。又或者，他只是覺得我已經走到更西方。但是我不打算賭任何運氣。我加快腳步，想辦法離開城鎮。

我花的時間超乎預期，而且一直到夜色完全降臨時才抵達城市的西邊郊區。街道一片漆黑空盪，只有少數幾間看起來破破爛爛的酒館，以及一個靠在建築物上自顧自地輕聲唱歌的老醉漢。我快步經過一間吵鬧的旅店時，門颼地打開，一名魁梧男子隨著突然爆出的光線和樂聲歪歪倒倒走到街上。

他一把抓住我的外套，把我揪近。「嘿！小美女！妳是來給我溫暖的嗎？」

我努力想抽身。

「個子小小倒還滿有力的啊。」我從他熱呼呼的氣息聞到污濁的啤酒臭。

「放開我。」我小小聲地說。

「別這樣嘛，*lapushka*【註】，」他溫言軟語地說，「妳和我啊，可以玩得很開心喔。」

「我說放開我！」我用力去推他的胸口。

「完全沒有用。」他咯咯笑道，把我推進酒館旁邊小巷的陰影中。「我有東西要給妳看。」

我手腕一振，感到鏡子令人安慰的重量滑到指間。我倏地伸出手，迅速發出一道閃光，射入他的雙眼。

光讓男人盲了雙目，他發出一聲悶哼，立刻舉起雙手將我放開。我按照波特金教的動作狠狠朝他腳背踩下去，再用腿鉤住他的腳踝後方。他一個踉蹌，發出轟然巨響摔倒在地。

說時遲那時快，酒館的邊門打開，冒出一名制服士兵，他一手拿著一瓶科瓦斯酒，另一手攬了一名衣不蔽體的女人。在翻湧而來的恐懼中，我看見他身穿闇之手私人護衛的炭灰色制服，他用迷茫的視線將整個情況收入眼底——一個倒在地上的男人，還有站在他上方的我。

「這是怎麼回事？」他咕噥說道，懷裡那個女孩吃吃竊笑。

「我看不見了！」地上的男人哀號，「她把我弄瞎了！」

那名闇衛看著他，又望向我。他與我對上視線，露出認得我的神色。我的運氣走到盡頭了。就算別人沒有在找我，闇之手的護衛絕對是另一回事。

譯註：拉夫卡語，「親愛的」、「甜心」的意思。

「妳……」他低聲說。

我拔腿就跑。

我在小巷中一路狂奔，竄進那些迷宮般的狹窄街道，心臟在胸中狂跳。我一離開雷沃斯特邊緣那幾座髒兮兮的建物，就猛衝離開大路，躲進矮樹叢。當我踉蹌著深入林中，樹枝刺痛了我的臉頰和額頭。

我身後響起追兵聲：此起彼落呼喊的人們、穿林而來的沉重踏步。我想盲目亂跑，可是強迫自己停下來仔細聽。

他們位於我的東面，正在靠近大路處搜索；暫且辨認不出有幾人。

我讓呼吸平靜下來，意識到自己能聽見水流。附近一定有溪水或大河的分支。如果我能成功抵達水邊，就能藏起足跡。此外，在黑暗中要找到我的蹤跡也會更困難。

我朝溪水聲走去，每過一段時間就停下來修正路線。我使盡吃奶力氣想爬上一座超陡的山丘，幾乎是手腳並用，靠著抓住樹枝和露出來的樹根才把自己拉上去。

「那裡！」有個聲音從下方傳來，我回頭看，見到林中有燈火朝山丘底部而來。我使勁更往上爬，泥土在我手下鬆脫，每口氣息都在我肺裡灼燒。當我爬到頂，拚命拖著身軀翻過邊緣後往下看，只見月光照映在溪水表面，我感到一絲希望。

我滑下陡坡，身體後仰以保持平衡，盡可能大膽快速移動。我聽見喊叫，當我回過頭，只見追捕者的身影在夜空下背著光的形體。他們也到山頂了。

我被驚慌淹沒，開始跑下山坡，弄鬆了一大堆一大堆的卵石，劈里啪啦地滾下山丘，落進底下小溪。由於坡度實在太陡，我失去重心往前摔，狠狠撞到地面時兩手刮傷，卻還無法停下衝勢，翻著跟頭滾下山丘，一頭栽進寒凍的水中。

有一瞬間，我還以爲心臟要停了。那股冰冷猶如手掌，當我在水中翻滾，它執拗且冰冷地抓住我的身軀。接著我的腦袋衝出水面，大口喘息，搶在下一股水流再次將我攫住往下拖前，用力吸進寶貴的空氣。我不知道水流將我沖得多遠，只能思考下一口氣該怎麼辦，還有漸漸失去知覺的四肢。

終於，在我以爲再也沒辦法拚命浮出水面時，水流將我帶入緩慢平靜的窪池。我抓到一塊石頭，拖著身軀爬上一片淺灘，努力想站起來。我的外套吸飽了水，沉重地令人腳步踉蹌，同時，靴子在圓溜溜的河水圓石上不斷打滑。

我不知道自己是怎麼做到的，但我仍勉力進入林中，在倒下前躲進一小叢灌木裡面，才開始因寒冷而顫抖，並不斷咳出河水。

這自然成爲我這輩子最糟的一晚。外套濕得透徹，雙腳在靴子裡面麻木無覺，不管什麼聲音都會讓我嚇得跳起來，覺得自己一定被發現。我的毛皮帽子、裝滿食物的背包，還有新買的鋪蓋，全都掉在小溪上游某處，也就是說，我前往雷沃斯特這趟充滿災難的小小征途可說落得一場空。我裝錢的袋子也沒了，但至少刀仍安然無恙地收在臀部的刀鞘中。

約莫接近黎明，我大膽召喚出一小撮陽光弄乾靴子、溫暖濕冷的雙手。我打了盹，夢到巴格拉拿我的刀抵住我的喉嚨，乾巴巴的笑聲在耳邊轟隆作響。

我被自己心臟的跳動聲和周遭森林的動靜驚醒。我正在一棵樹下低垂著頭昏睡，藏在——我希望藏好了——一叢灌木後方。從我坐的位置什麼人也看不見，可是聽得到遠處有聲音。我遲疑著，在原地無法動彈，不確定該怎麼辦。如果我移動，就會冒著暴露位置的風險；可是如果我不想發出聲音，他們找到我也只是遲早的事。

那些聲音越來越近時，我的心臟開始狂跳。從樹葉間，我瞥到一名蓄了鬍子的矮壯士兵。他拿著步槍，但我知道他們絕對不會要我的命——我太值錢了。至少這給了我一點優勢，如果我願意賭命的話。

我不會被他們抓住的。這個念頭就這麼冒出來，雖然突兀，卻再清楚不過。**我不會回去**。

我手腕一振，鏡子滑入左手。我用另一手抽刀出鞘，感到格里沙鋼鐵在掌中的重量。我無聲無息地屈起身子靜靜等待、聆聽。雖然怕得要命，卻意外發現心中有一部分對此飢渴。

我看著蓄鬍的士兵穿過樹叢，繞圈繞得越來越近，直到和我只離一呎。我能看見滴滴汗水接連從他脖子淌下，晨光映著他的步槍槍管。而有那麼一瞬間，我以為他可能會直接和我對上眼神。一聲呼喊自林中深處傳來，士兵回頭對他們喊道，「*Nichyevo*！」意思是什麼都沒有。

然後，讓我訝異的是，他轉過身，直接從我面前離開。

我一直等到再也聽不到動靜，聲響都越來越遠，腳步聲漸趨微弱。我有可能這麼走運嗎？難道他們莫名把某隻動物或其他旅人的足跡誤認成我的嗎？又或者，這是某種花招？我繼續等待，渾身顫抖，直到耳中只能聽見相對低調的樹林、昆蟲和鳥類的叫聲，以及風吹樹木的沙沙響。

最後，我將鏡子滑回手套中，顫抖著深呼吸一口氣。我將刀子收回刀鞘，並慢慢由蹲姿站起，伸手去拿在地上縐成一堆、仍濕透的外套——接著便因後方雖然幽微，卻絕對不會聽錯的腳步聲身體一僵。

我猛地轉身，心臟簡直衝到喉嚨，然後看見一道半藏在樹後方的身影，和我只有幾呎距離。我太專注在那名蓄鬍士兵身上，卻沒發現背後還有別人。那個身影無聲從樹後現身的瞬間，刀再次回到我手中，鏡子也高高舉起。我定睛一看，認為那一定是幻覺。

瑪爾。

我想開口說話，但他像要警告我似地一指放在嘴唇前方，直勾勾與我對望。他等了一會兒，細細聆聽，以手勢示意我跟他走，並再次隱入林蔭。我抓了外套，急忙追去，盡可能跟上。這並不容易。他的行動悄無聲息，就像一道影子在林間穿梭，好似能看見其他人不能見的路徑。

他帶著我回到小溪，來到可以跋涉而過的河灣淺灘。當冰冷的水再次灌進靴子裡，我不禁畏縮。我們從另一側出來時，他繞回去，掩蓋我們的足跡。

我有千萬個問題，而且心思不斷從一個念頭跳到另一個。瑪爾是怎麼找到我的？他一直和其他士兵一起追蹤我嗎？他現在出手幫我，代表什麼意思？我想伸手去碰碰他，好確定他是眞的；我想感激涕零地一把將他抱緊；我想因爲他在小行宮那晚對我說的話，朝他眼睛揍上一拳。

我們在全然的安靜中走了好幾個小時。不時，他會打手勢要我停下，然後我會在他進矮樹叢掩蓋足跡時靜靜等待。約莫下午時分，我們開始攀爬一條石頭小徑。我不確定自己是在哪裡被小溪扔出來，不過百分之九十確定他正帶我進入佩塔索。

我的每步都痛苦萬分。靴子仍是濕的，腳跟和趾尖也冒出新的水泡。在林中度過的悲慘夜晚令我頭痛欲裂，又因爲缺乏進食而頭暈目眩。但是我死也不肯抱怨。當他帶著我爬上山坡、遠離道路，又攀過岩石，直到我因疲憊而雙腳顫抖，喉嚨渴得有如火燒——就算這樣我也一聲不吭。當瑪爾終於停下，我們已經上到山高之處，一塊露出來的巨大岩石礦脈和幾株恍若狗哨的松樹遮蔽了我們的身影。

「這裡。」他放下背包，以穩健姿態再次竄下山。我知道他是要盡可能遮去我笨手笨腳爬過岩石留下的痕跡。

我感激地整個人倒在地上、閉起雙眼，雙腳陣陣抽痛，但我擔心要是現在把靴子脫了，我大概永遠無法再穿回去。我抬不起頭，可是也不能讓自己睡著，現在還不可以。我有上千個疑問，但只有一個不能等到早上。

瑪爾再回來時，薄暮已然降臨，他默默走過岩層，在我對面坐下，從背包拿出一只水壺，牛飲一口後用手往嘴巴一抹，便將水遞給我。我喝了一大口。

「慢點，」他說，「我們還得靠這撐到明天。」

「抱歉。」我將水壺遞還給他。

「今晚我們不能冒險生火，」他望著逐漸變深的黑暗。「可能明天吧。」

我點點頭。在艱苦的登山途中，雖然袖口仍有點濕，但我的外套乾了。我整個人七零八落、髒得要命也冷得要死。但大多時候我只是被坐在我面前的奇蹟深深衝擊。不過這件事得先等等。

儘管我怕聽到答案，卻一定得問。

「瑪爾，」我等著他看向我。「你找到獸群了嗎？你抓到莫洛佐瓦的雄鹿了嗎？」

他點點一邊膝蓋。「這很重要嗎？」

「說來話長。可是我得知道他抓到雄鹿了嗎？」

「還沒有。」

「不過快了？」

他點點頭。「但是……」

「但是什麼？」

瑪爾遲疑著。在殘餘的下午陽光中，我見到他唇上微微露出一抹我再熟悉不過的促狹笑容。

「我認為，要是沒有我，他們是找不到的。」

我揚起眉毛。「因為你就是那麼厲害？」

「不是，」他說，又嚴肅了起來。「唔，也許吧。不過別誤會，他們是很厲害的追蹤師，是第一軍團裡面最強的，但是……要追蹤獸群得有一種直覺。牠們不是尋常動物。」

你也不是尋常追蹤師。我在心裡想，但沒說出口。我望著他，想起闇之手曾經說，有時我們也不是那麼瞭解自己有什麼天賦。會不會瑪爾的才能不只是好運或勤於練習？當然他從來沒有因為缺乏自信而困擾，但是我不認為他自負。

「希望你是對的。」我低喃。

「現在，換妳回答我的問題了。」他說，語調中有著一絲冷酷。「妳為什麼要逃？」

這是我第一次意識到瑪爾不曉得我為什麼逃離小行宮，還有闇之手為何要搜捕我。我上一次看到他的時候，算是直接命他滾出我視線，可是他仍拋下一切來找我。他值得一個解釋，我卻毫無概念如何起頭。我嘆了口氣，一手抹臉。我到底害他和我一起捲入了什麼情況？

「如果我告訴你我想拯救世界，你會相信我嗎？」

他望著我，眼神極為堅定。「所以這不是什麼情人吵嘴囉？妳不會一個轉身就跑回去找他？」

「才不是！」我驚駭地喊出聲來，「這不是……我們不是……」我一時詞窮，然後只能苦笑一聲。「我還眞希望是那樣就好。」

瑪爾安靜了好久好久。然後，彷彿下定了某種決心——「那好。」他站起來伸展一下，一把將步槍扛上背，接著從背包抽出一條厚羊毛毯子扔給我。

「好好休息，」他說，「我輪第一班。」他轉過身背對我，望著從我們剛逃離的山谷高高升起的月亮。

我在硬梆梆的地面蜷起身，緊緊用毯子裹住身體，尋求一絲暖意。儘管萬般不適，我的眼皮仍逐漸沉重，並感到倦意不斷將我往下拖。

「瑪爾。」我對著夜色低喃。

「怎樣？」

「謝謝你找到我。」

我不確定自己是不是在作夢，但是在一片黑暗中，我彷彿聽見他悄聲回應。「我永遠都能找到妳。」

我任睡意吞沒。

第十七章

瑪爾逕自守了兩班，讓我睡了整個晚上。早上，他遞給我一條風乾肉，簡明扼要地表示：「開始說吧。」

我不確定如何起頭，所以就從最糟的開始講。「闇之手打算利用影淵當武器。」

瑪爾眼睛眨也沒眨。「怎麼利用？」

「他要擴張影淵，從拉夫卡擴到斐優達——以及所有膽敢違抗他的地方。可是，要是沒有我幫他壓制住有翼鷹人，他就做不到。你對莫洛佐瓦的雄鹿有多少概念？」

「不多，只知道牠很有價值。」他舉目望向山谷。「還有那是爲了妳準備的。我們得找到獸群的位置，抓到雄鹿，或將牠逼入困境，但是不能傷害牠。」

我點點頭，並試著稍微解釋我所知的增幅物運作方法，艾凡怎麼宰殺雪爾朋熊，還有瑪麗爲何得殺死北方海豹。「格里沙得靠自己的力量獲取增幅物，」我如此作結，「雄鹿也是一樣，但那打從一開始就不是給我的。」

「我們動身吧，」瑪爾突然說，「妳可以在我們移動時把剩下的故事告訴我。我希望可以再往山裡走一些。」

他將毯子塞進背包，盡可能藏起我們曾在這裡紮營的痕跡，然後領路爬上一條陡峭多石的小徑。他將弓箭綁在背包上，步槍則隨時就緒。

我每走一步，腳就強烈抗議，但我仍亦步亦趨跟上，盡量把剩下的發展講完。我告訴他巴格拉告訴我的一切，關於影淵的起始、闇之手想打造來利用我的力量的項圈。最後，則是等在歐斯奧塔的船。

當我說完，瑪爾說：「妳不該聽巴格拉的話。」

「你怎麼能這麼說？」我出口質問。

他突然轉身，我差點整個人撞上他。「如果妳成功到了影淵，妳覺得會發生什麼事？如果妳成功上了船？妳難道覺得他的力量會在眞理之海岸邊止步嗎？」

「不是，但是——」

「他找到妳，啪地把項圈扣到妳脖子上，只是遲早的事。」

他又突然轉回頭，在小徑上邁開大步，放我在他身後迷茫地站在原地。我驅策雙腿快點動，急匆匆跟上他。

也許巴格拉的計畫破綻百出，但我們兩人又有何選擇？我仍記得她抓住我的力道、那雙激動眼神中的恐懼。她從沒料到闇之手眞能找到莫洛佐瓦的獸群。冬日祭典那晚，她是眞的慌了手腳，但是她努力幫忙。如果她和她兒子一樣冷酷無情，爲了免除風險，也許直截了當割斷我喉嚨就行。搞不好那麼做，我們都省得輕鬆。我沮喪地想。

我們無聲地走了好久，緩慢地在Z字形山路上移動。某些小徑極爲狹窄，我僅能扣著山坡，踩著緩慢挪移的細碎步伐，並期望諸聖心懷慈悲。大約正午時分，我們下了第一座山坡，開始爬上第二座。而很不幸地，這一座甚至比第一座還要高、還要陡。

我望著面前的小徑，努力一步接著一步踏出去，試圖將絕望感拋諸腦後。我越是去想，就越擔心瑪爾很可能是對的。我無論如何都甩不開那種我把自己和他害慘的感覺。闇之手需要留我活口，但是他會怎麼處置瑪爾？因爲太專注在我的恐懼和未來，我對於瑪爾所做出的行爲，或者他選擇放棄了什麼根本沒有想太多。他可能永遠回不了軍中，回不到朋友身邊，再也當不成能獲獎受勳的追蹤師。更糟的是，他擅離職守，甚至叛了國，而這個刑罰將是死罪。

黃昏時分，我們爬得夠高，就連寥寥無幾數棵參差不齊的樹都消失無蹤，幾塊地面仍有冬日冰霜。我們吃了硬乾酪和很韌的乾牛肉，勉爲其難權充一餐。瑪爾仍認爲生火不安全，所以我們靜靜依偎在毛毯底下，因呼嘯的風顫抖不已。我們的肩膀幾乎沒碰到。

瑪爾突然開口時，我差不多要睡著了。「明天我會帶妳往北走。」

我瞬間睜開眼睛。「往北？」

「去茲貝亞。」

「你想去追雄鹿？」我不敢置信。

「我一定能找到。」

「除非牠還沒被闇之手找到！」

「他還沒。」他說，我感到他在搖頭。「牠還在外頭，我能感覺到。」

他的話莫名令我想起闇之手在往巴格拉小屋路上說的話。**雄鹿註定要與妳相遇。阿利娜，我能感覺到。**

「要是闇之手先找到我們呢？」我問。

「妳不能一輩子逃跑啊，阿利娜。妳說雄鹿能讓妳變得強大，強到能對抗他？」

「也許吧。」

「那我們就得這麼做。」

「如果他抓到我們，會殺死你的。」

「我知道。」

「諸聖啊，瑪爾。你爲什麼要來找我？你到底在想什麼？」

他嘆著氣，一手搔抓短短的頭髮。「我沒有想什麼。我們收到得回頭獵捕妳的命令時，正在回茲貝亞的半路上。所以我就這麼幹了。最困難的只有把其他人從妳的方向引開，尤其在妳差不多算是昭告天下妳人就在雷沃斯特之後。」

「然後你成了逃兵。」

「沒錯。」

「全因爲我。」

「沒錯。」

我因爲沒流出的眼淚而喉嚨一陣刺痛，只能努力不讓嗓音顫抖。「我眞的不是故意搞出這一切的。」

「我不怕死，阿利娜。」他的語調冷漠且平靜，在我聽來好陌生。「但我希望至少爭取一絲抵抗的機會。我們得去追雄鹿。」

我細細思忖他說的話好一會兒，最後小聲地說：「好。」

但我只得到鼾聲當回應。瑪爾已經睡著了。

□

接下來幾天他趕起路簡直冷酷無情，但我或許因爲自尊，或許因爲恐懼，死也不肯拜託他慢一點。我們偶爾會見到山羊從上方斜坡飛掠而下，便花一晚在山中一座絕美的藍湖旁紮營稍停。然而，這不過是色彩單調的鉛灰色岩石與陰沉無明的天空之間少有的喘息。

瑪爾陰鬱沉默的態度也毫無幫助。我想知道他到底爲什麼會跑去幫闇之手找雄鹿，還有最近這五個月過著什麼樣的日子，但是只要問題出口，永遠只換來簡潔的回答，有時甚至被完全無視。當我特別疲倦或飢餓，就會惡狠狠瞪著他的背，盤算要好好給他腦袋來上一記，讓他至少注意我一下。可是大多時候我只是憂心忡忡。我擔心在茲貝亞無邊無際的曠野中根本不可能找到雄鹿，但最重要的是，我擔心要是被抓到，闇之手不曉得會怎麼處置瑪爾。

當我們終於要離開佩塔索，朝西北方向下山，總算能將這荒蕪山脈與其刺骨寒風拋在身後，我再感激不過。當我們降到林線之下、進入宜人的樹林，我不禁雀躍。經過數日在硬梆梆的地表手腳並用，能走在松針鋪成的柔軟地面，聽著動物在矮灌木叢中的沙沙聲響，呼吸充滿濃厚樹液香氣的空氣，實在太愉快了。

我們在一條潺潺小溪旁紮營。當瑪爾開始收集樹枝生火，我差點忍不住唱起歌來。我喚出一小道集中光束生起火焰，但是瑪爾似乎不怎麼激賞。他消失在林中，然後帶回一隻兔子，我們處理過後烤來當晚餐。他茫然地看著我狼吞虎嚥吃掉我那份肉，嘆了口氣，顯然還餓。

「如果妳沒有變得那麼會吃可能比較好餵飽。」他邊抱怨邊吃完自己那份，伸展了一下背，頭枕在手臂上。

我不理他。這是打從我離開小行宮第一次感到溫暖，沒有任何事物能破壞這份幸福，就連瑪爾的鼾聲都不行。

□

我們得在向北更深入茲貝亞前再添補給品，可是又多花了一天半才找到一條能帶著我們前往佩塔索西北方數個村落之一的獵道。我們越是靠近有人煙的地方，瑪爾就越緊張。他會消失好長一段時間到前方偵察，讓我們前進時與小鎮主要道路保持平行。下午稍早，他穿了件難看的棕色外套和松鼠皮帽出現。

「你從哪裡找來那些的？」我問。

「從一間沒上鎖的房子隨手拿的，」他有點罪惡感地說，「但我留了幾枚錢幣。雖然那裡很恐怖——房子全都空蕩蕩的，就連路上也沒看到任何人。」

「也許是因爲星期日，」我說，離開小行宮後我已不知今夕是何年。「他們可能都在教堂吧。」

「也許吧。」他勉強承認。然而，當他將舊的軍外套和帽子埋在一棵樹旁時仍困擾不已。

聽到鼓聲時，我們已離開村子約半哩路。我們躡手躡腳，越靠近路，音量就變得越大，沒多久也聽見了鈴鐺和小提琴聲，還有鼓掌和歡呼。瑪爾爬上一棵樹，好把情況看得更清楚。但他下來時臉上部分的憂慮神色煙消雲散。

「到處都是人，至少有上百人在路上走，我還看到了領主的馬車。」

「是奶油週！」我喊道。

春季齋戒前一週，照慣例所有貴族都要在子民簇擁下乘領主馬車出巡，那輛車上將載滿甜食、乾酪和麵包。遊行會一路經過村裡教堂，再回貴族的莊園，而莊園中的公共交誼廳將敞開大門，歡迎百姓和農奴，他們得以飽食茶和薄餅。當地的女孩會穿上紅色連身裙，在頭髮上佩戴花朵，以慶祝春日降臨。

奶油週對孤兒院來說再開心不過。要上的課會減少，好讓我們打掃房屋、幫忙烘焙。卡拉索夫公爵向來會調整他從歐斯奧塔回來的時間配合此一盛事。我們都會搭上領主馬車，他則在每座牧場停下來喝科瓦斯酒、分發蛋糕和糖果。當我們坐在公爵旁邊，對著歡呼的村民揮手，簡直有種自己也是貴族的錯覺。

「瑪爾，我們可以去看看嗎？」我渴望地問道。

他皺起眉，而我很清楚他心中的戒慎恐懼正和過往在卡拉錫最開心的記憶天人交戰——但是他唇上露出一抹微笑。「好吧，這人數絕對夠我們混進去了。」

我們加入路上遊行的人群，溜進拉小提琴和打鼓的民眾中。小女孩抓著綁了鮮艷緞帶的樹枝。當我們通過村子的主要街道，店家老闆站在自家門口搖響了鈴，並跟著這些演奏者一起拍手。瑪爾停下來買了些毛皮、補充些補給品，但當我見他往包裡塞進一塊硬乾酪，忍不住伸出了舌頭。如果那是我這輩子看到的最後一塊硬乾酪，那也未免太快了。

我搶在瑪爾阻止我前就衝進人群，迂迴鑽入跟在領主馬車後方的人群中，車上坐了個紅臉頰的男人，他左搖右晃，邊唱歌邊把麵包丟給簇擁在車子周遭的農民，同時一隻胖手還抓著一瓶科瓦斯酒。我伸出手，抓到了一個熱呼呼的金黃麵包卷。

「漂亮小妞，那就給妳啦！」那人喊道，差點翻過去。

甜麵包卷滋味好比天堂。我謝過他，雀躍地一路走回瑪爾身邊，相當志得意滿。

他抓住我的手臂，將我拖到兩棟房子間的泥濘走道。「妳以為自己是在幹什麼？」

「又沒人看到我，他只會以為我是個農村小女孩。」

「我們不能冒這種風險。」

「所以你不想吃一口嗎？」

他猶豫了。「我沒這麼說。」

「我本來要讓你咬一口的，不過既然你不要，那我就得自己吃了。」

瑪爾來搶麵包卷，但我跳開，讓他搆不著，不斷左閃右躲，逃到他可及範圍之外。我見到他一臉驚訝，愛死了這種感覺。我再也不是他記憶中那個笨手笨腳的女孩了。

「妳這小無賴。」他大聲說著，又是出手一揮。

「嘿嘿，但我可是個拿著麵包卷的小無賴。」

我不知道是我還是他先聽見，但剎那間，我們都挺直身體，突然意識到有不速之客。兩個鬼鬼祟祟的傢伙在空蕩小巷中從我們背後靠近，瑪爾還來不及轉身，其中一人就拿出一把看起來很髒的刀抵住他喉嚨，另一人則用髒兮兮的手蓋住我嘴巴。

「最好給我安靜，」拿刀的男子啞著聲音說，「否則我就割開你們兩個的喉嚨。」他的頭髮超油膩，長臉一副滑稽樣。

我瞄著抵在瑪爾脖子上的刀，輕輕點頭。另一個人放開我嘴巴，卻仍緊扣著我手臂。

「掏錢。」長臉男說。

「這是搶劫嗎？」我不禁脫口而出。

「沒錯。」抓住我的男人嘶聲說，晃了我一下。

我實在忍不住——我眞的很驚訝我們並不是被抓到，因此眞心鬆了好大一口氣，忍俊不住笑出聲音。

那兩個賊和瑪爾都用一副我發瘋了的模樣看著我。

「這妞有點單純是不是？」抓著我的那人問。

「是，」瑪爾說，看我的眼神火冒三丈，很顯然在說快閉嘴。「有一點。」

「給錢，」長臉男說，「現在就給。」

瑪爾小心地將手伸進外套、抽出錢袋遞給長臉男，那人咕噥了聲，因爲太輕而皺起眉頭。

「就這樣？包包裡呢？」

「也沒什麼東西，一些毛皮和食物。」瑪爾回答。

「讓我瞧瞧。」

瑪爾慢慢將包卸下，打開頂蓋，讓那兩個賊一窺內容物。他裹在羊毛毯裡的步槍就在最上方，看得一清二楚。

「啊，」長臉男說，「很好，那把步槍挺不錯的。你說是不是啊，勒夫？」

抓我的人仍用粗壯的手扣住我手腕，他用另一隻手將步槍撈出來。「非常不錯。」他哼了聲。「那包看起來也很像是軍隊配的。」聞言，我心臟一沉。

「所以怎樣？」長臉男問。

「就是呢，瑞科夫說有個在切納斯特基地的士兵逃跑了，傳言說他往南跑，然後就再也沒回來。我們很可能抓到個逃兵了呢。」

長臉男懷疑地打量瑪爾，我知道他已經滿腦子都是等著他去領的獎賞——不過他絕對不曉得自己實際上抓到了什麼。

「小鬼，你怎麼說？你該不會真的在逃亡吧？」

「那背包是我弟弟的。」瑪爾輕而易舉地撒謊。

「是有可能。但我們搞不好可以讓切納斯特的隊長好好瞧瞧這個包——也瞧瞧你。」

瑪爾聳聳肩。「很好啊，告訴他你們想搶劫我們，也是挺不錯的。」

勒夫似乎不太喜歡這樣。「我們拿了錢就走吧。」

「我偏不，」長臉男仍瞇著眼打量瑪爾。「要不他是逃兵，要不就是從別的兵那兒拿來，不管是哪個，隊長要是知道都會給個好獎賞。」

「那這妞呢？」勒夫又晃了我一下。

「如果她和這傢伙一起行動，恐怕肚子裡也沒安什麼好心，搞不好也是個逃跑的。就算不是，說不定也能讓我們享點樂子，好不好啊小寶貝？」

「別碰她。」瑪爾咒罵一聲，走上前來。

長臉男敏捷地狠狠拿刀柄朝瑪爾腦袋上來了一記，瑪爾腳步踉蹌、單膝跪地，血從太陽穴汩汩湧出。

「不要！」我喊道。抓住我的人再次緊捂住我的嘴，放開了我的手臂——而我只需要這樣就夠了——我手腕一振，鏡子隨即滑入指間。

長臉男居高臨下壓制瑪爾，手握利刃。「說不定不論死活，隊長都會給錢呢。」

他發動攻勢時，我將鏡子一轉，強光立刻直射長臉男的雙眼。他就躊躇了那麼一下，舉起一手阻擋強光，瑪爾馬上抓住機會一躍而起，抓住長臉男，將他狠狠摜在牆上。

勒夫鬆開我，想舉起瑪爾的步槍，但是我一個轉身，面向他舉起鏡子，讓他什麼也看不見。

「搞什麼——」他悶哼著瞇起眼睛，還來不及恢復視線，我已用膝蓋重創他鼠蹊。當他身子一彎，我雙手扣住他腦袋後方，膝蓋往上狠狠一頂，噁心恐怖的喀啦聲馬上傳來。他抱著鼻子倒在地上、血如泉湧從指間噴出，我後退一步。

「我成功了！」我高喊。噢，真希望波特金能看見這一刻。

「快點！」瑪爾說，將我的注意力從歡天喜地的心情移開。我轉過身，只見長臉男失去意識躺在地上。

瑪爾抓了他的包包，朝巷子的反方向奔去，遠離遊行的喧喧嚷嚷。勒夫正在呻吟，手卻仍抓著步槍。我狠狠踹了他的肚子，拔腿追在瑪爾身後。

我們狂奔過空盪的店家和住屋，回去越過泥濘的主要道路後一頭衝進林中，進入有樹木安全掩護的地方。瑪爾的步伐猛且快，帶著我越過一條小溪，接著過一座山脊，一直走、一直走，彷彿走了好幾哩。我個人並不覺得依照那兩個賊的狀態能起來追我們，可是我有點喘不過氣，無法就此和他爭執。最後，瑪爾慢了下來，終於停步，彎身用雙手按住膝蓋，呼吸斷續而破碎。

我整個人往地上一倒——心臟在胸腔裡狂敲猛撞——再噗咚一聲轉成仰躺。我就這麼任憑血液在耳中奔流，浸潤在透過森林頂篷斜射而入的下午陽光，拚命想喘過氣來。當我終於覺得能開口說話，便用手肘撐著起身問道，「你沒事吧？」

瑪爾小心翼翼地碰了碰頭上的傷口——沒再流血了，但他還是瑟縮一下。「沒事。」

「你覺得他們會說出去嗎？」

「當然會啊，他們一定會想盡辦法用這消息去換點錢幣。」

「諸聖啊。」我不禁咒罵。

「事到如今我們也無計可施了。」接著他竟然露齒微笑——我十分訝異。「妳是從哪裡學來那種打架的招式啊？」

「格里沙訓練。」我一派誇張、裝神弄鬼地說。「千古絕技踢胯下。」

「能派得上用場就好啦。」

我笑著說。「波特金也那樣講，『不是炫技，是眞的要讓你痛到死。』」我模仿著那名傭兵厚重的口音。

「算他行。」

「闇之手不認爲格里沙靠自己的力量進行防禦就足夠。」然而，我一說出口就後悔了。瑪爾的笑容旋即消失。

「另一個很行的傢伙。」他冷冷地說，望進林中。一會兒後，他開口，「他一定會知道妳沒有直接前往影淵；他會曉得我們在追雄鹿。」他沉沉往我身旁一坐，表情陰沉。在這場競賽中，我們的優勢已經少之又少，現在又再丟了一個。

「我不該決定進城的。」他慘然說道。

我輕輕打了他手臂一下。「誰會曉得竟然有人想來搶劫我們？我是說，到底有哪個人運氣那麼差？」

「這個風險太愚蠢，我早該知道的。」他從林地上撿起一根樹枝，火大地拋到遠處。

「至少麵包卷還在。」我給了個爛回答，從口袋拿出那團壓得扁扁又黏滿線頭的玩意兒。麵包卷原本烤成鳥的形狀，以慶賀春季飛禽，可是現在它看起來更像坨捲起來的襪子。

瑪爾垂下腦袋、埋進雙手中，手肘抵著膝蓋。他的肩膀開始顫抖。在那嚇人的一瞬間，我還以爲他在哭，可是接著就發現他正無聲地大笑，整個身體晃個不停；他的呼吸一抽一抽，眼淚開始從眼中溢出。「那麵包卷最好給我很好吃。」他喘著氣說。

我注視了他一會兒，深怕他的理智會完全斷線，不過接著我也開始大笑。我捂住嘴巴，想堵住自己的聲音，卻只是笑得更厲害，彷彿過去幾天來的緊張和恐懼就這樣超量了。

瑪爾伸出一指舉在嘴前，誇張地「噓——！」了一聲，我整個按捺不住，又湧上新一波竊笑。

「我覺得妳打斷了那傢伙的鼻子。」他嗤了一聲。

「那眞是太壞了，我眞的很壞。」

「沒錯，眞的很壞。」他表示同意，我們又狂笑起來。

「你還記得在卡拉錫的時候，有個農夫的兒子打斷了你的鼻子嗎？」我邊說邊偷空喘氣。

「你沒告訴任何人，結果在阿娜·庫亞最喜歡的桌布上流得到處都是血。」

候了。

「妳空口說白話。」

「我才沒有！」

「妳就有！妳打斷人家鼻子還說謊。」

我們笑到沒辦法呼吸，笑到身側痛個半死、頭暈目眩。我已想不起上一次笑成這樣是什麼時候了。

我們還眞的吃了那個麵包卷。麵包上面撒滿糖霜，嚐起來就和小時候吃過的甜麵包卷一模一樣。吃完時，瑪爾說，「這個麵包卷眞心很好吃。」然後我們又爆發另一輪狂笑。

最後他嘆了口氣，站起來，伸出手要扶我。

我們一直走到薄暮時分，在一間小木屋的殘骸旁紮營。由於這回只是僥倖脫困，他認爲當晚不應該冒險生火，所以我們吃的是在村裡買的補給品。在我們嚼著乾牛肉和那可悲的硬乾酪時，他問了小行宮裡的波特金和其他老師。我直到開口才意識到自己有多渴望和他分享這些事。他沒有像以前那麼容易就笑出來，可是當他一笑，那些陰沉和冷漠會稍稍遠離，而他似乎會變得更像我所熟悉的那個瑪爾。至少這給了我一絲希望，曉得那個他還未永遠消失。

到就寢的時候，瑪爾在營地周邊巡了一圈，確保我們安全，同時間，我重新打包食物。由於丟了瑪爾的步槍和羊毛毯，現在包裡空間足夠。他的弓還在，我已十分感激。

我將松鼠毛的帽子綑起枕在頭下，把包包留給瑪爾當枕頭，接著便將外套拉緊、包住自己，縮在新買的毛皮底下。當聽到瑪爾回來在我身旁躺好，我已呈現半夢半醒。他從容自在地和我背貼著背。

墜入夢鄉時，我彷彿在舌尖嚐到了甜麵包卷的糖霜，感到笑聲帶來的愉悅心情竄過全身。我們遭到搶劫，差點沒命；我們被拉夫卡最有權力的人追殺。但我們又是朋友了，而且好久以來難得能夠輕鬆入睡。

在夜晚的某個時刻，我因爲瑪爾的鼾聲醒了，用手肘後方戳了他幾下。他翻過身，在睡夢中含糊地說了些什麼，然後一手攬住了我。沒多久，他又開始打鼾，但是這一次，我沒有叫醒他。

第十八章

我們仍能看見新生野草的嫩芽，甚至少少幾朵野花，但隨著逐漸往北朝茲貝亞前進，深入到瑪爾認爲能找到雄鹿的無盡曠野，春天的跡象就越來越微薄。濃密的松樹林變成了稀疏的樺木林，接著便是無盡延伸的牧草地。

雖然瑪爾後悔進村一趟，卻也迅速承認那是必要之舉。我們持續北進，晚上越來越冷，在我們更靠近切納斯特基地時，爲了煮飯而生火的選項已不存在。我們也不想日日浪費時間打獵或設陷阱，所以只能靠身上的補給，緊張地看著它們漸漸減少。

我們之間的什麼似乎消解了，不再像在佩塔索那時只剩冷冰冰的死寂。我們邊走邊聊天，他似乎對小行宮的生活十分好奇，還有宮廷中那些詭異的舉止——甚至格里沙理論。聽到格里沙大多對國王十分蔑視，他似乎不怎麼驚訝。很顯然，關於國王的無能，追蹤師之間的牢騷是越來越無法忽視了。

「斐優達人擁有每分鐘能開二十八發子彈的後膛裝填槍，我們的士兵也要有才對。如果國王可以稍微撥空關心一下第一軍團，我們就不會這麼倚賴格里沙。可是這種事絕對不會發生，」他對我說，然後咕噥著：「我們都曉得是誰在掌控整個國家。」

我什麼也沒說。我盡全力避而不談闇之手。

當我問瑪爾追蹤雄鹿花了多久時間，他似乎總在找藉口把話題繞回我身上。我不逼他。我知道瑪爾的單位越過了邊界，進入斐優達，猜想他們可能是拚了老命才逃出來，瑪爾也是在那時候下巴得到一條疤，但是除此之外，他再也不肯多說。

穿越一片乾巴巴的柳樹林時，霜雪在我們的靴子下嘎扎響，瑪爾指出一座雀鷹的巢穴，而我則意識到自己深深希望可以這樣一直、一直走下去。儘管我是那麼渴望有一餐熱飯，還有溫暖的床，卻畏懼著不曉得這趟旅程將會面臨何種結局。要是我們找到雄鹿，我也獲得了鹿角呢？這樣一個強大的增幅物，會把我變成怎樣？夠讓我們不畏懼闇之手的威脅嗎？要是我們能持續這樣並肩同行、相互依偎睡在星空下就好了。也許這些空盪的平原和靜謐的小樹林，能夠像保護莫洛佐瓦的獸群那樣保護著我們，免受那些想抓我們的人的毒手。

然而這都是愚蠢的念頭。茲貝亞渺無人跡，是冬日酷寒、夏日熾熱的蠻荒世界。而我們也不是在薄暮時分於大地上漫遊的奇異古老生物；我們只是瑪爾和阿利娜，而且不可能永遠超前我們的追兵。數天來在我腦中來回閃過的黑暗念頭此刻終於塵埃落定。我嘆了口氣，深知我拖著不和瑪爾談這問題，已經拖了太久。這很不負責任，而且基於我們兩人冒了多少風險，我實在不能繼續這樣了。

那晚，瑪爾的呼吸深沉而平均，我趕快搶在他睡著前鼓起勇氣開口。

「瑪爾。」我一講話，他立刻清醒過來，緊張感瞬間沖過他全身，他立刻坐起來伸手拿刀。

「不是，」我一手擱在他手臂上。「一點事都沒有，但我得和你談談。」

「現在？」他悶哼一聲，噗咚倒下，手臂又回來將我攬住。

我嘆氣。我也很想就這樣躺在黑暗中，聽風吹草葉沙沙響，感受著這種安心帶來的溫暖——不管有多不眞實。可是我知道不能這樣。「我要你幫我做件事。」

他嗤了一聲。「妳是說除了逃兵、爬山，外加每天晚上躺在冷冰冰的地上，屁股凍得要死？」

「沒錯。」

「嗯哼。」他含糊不清地悶哼一聲，呼吸再次回到快睡著的深沉平穩韻律。

「瑪爾，」我一字一句清楚地說，「要是我們失敗……要是他們在我們找到雄鹿前就追上來，你不能讓他們抓住我。」

他一動也不動。我好像眞的能感到他的心臟在跳。他安靜了好久好久，我都要以爲他又睡著了。

然後他說：「妳不可以叫我這麼做。」

「我別無選擇。」

他坐起來，離我遠遠的，一手抹臉。我也坐了起來，將肩上毛皮拉得更緊，在月光下望著他。

「不可以。」

「你不能說不可以，瑪爾。」

「妳問我，我也回答了：不可以。」

他站起來，走開幾步。

「如果他把項圈掛在我身上，你知道那代表什麼意思，會有多少人因我而死，我不能讓那種事發生，我不能背負那種責任。」

「不可以。」

「瑪爾，我們往北走的時候，你就該知道有這種可能。」

他轉過身，大步走回來，在我面前一股腦兒蹲下，好直接與我對望。

「我不會殺死妳的，阿利娜。」

「你可能得這麼做。」

「不可以，」他重複，搖搖頭，別開了眼神。「不可以、不可以、不可以。」

我用冰冷雙手捧住他的臉，把他的頭轉過來，直到他不得不與我四目相交。

「可以。」

「我做不到，阿利娜，我做不到。」

「瑪爾，小行宮那天晚上，你說我屬於闇之手。」

他輕輕瑟縮一下。「我那時很生氣，我不是那個——」

「如果他拿到項圈，我就眞的會屬於他了——徹徹底底。而他會把我變成一頭野獸。拜託你，瑪爾，我得確定你不會讓這種事發生在我身上。」

「妳怎麼能拜託我做這種事？」

「不然我還能拜託誰？」

他看著我，臉上滿是絕望、憤怒，還有一些我無法解讀的情緒。到最後，他點了一下頭。

「答應我，瑪爾。」他扯動雙唇，露出猙獰的線條，下巴有條肌肉陣陣抽動。我也不願意這麼對他，可是我一定要確定此事。「答應我。」

「我答應妳。」他沙啞著聲音說。

我吐出長長一口大氣，全身竄過鬆一口氣的感覺。我往前傾身，前額抵在他額上，閉上了眼睛。「謝謝你。」

我們維持這個姿勢好久好久，然後他退開。當我睜開雙眼，他正注視著我，臉距離我只有幾吋，近得我能感覺他溫暖的吐息。我放開他長了鬍碴的臉頰，突然意識到我們靠得有多近。他看了我好一會兒，突然站起來，走進黑暗中。

我清醒了好一陣子，既冷又悲慘地凝視夜色。我知道他就在那裡，無聲地穿梭在新生野草間，肩上扛著我加諸於他的沉重負荷。我雖然因此歉疚，卻也慶幸一事塵埃落定。我一直等著他回來，卻終究還是獨自一人在星空下睡去。

□

接下來幾天，我們都耗在切納斯特周遭，走遍好幾哩的範圍尋找莫洛佐瓦獸群的蹤跡，鼓起最大勇氣盡可能靠近基地。每過一天，瑪爾的心情就變得更陰沉。他在睡夢中翻來覆去，幾乎不太吃東西。有時我會被他驚醒，因爲他在毛皮裡頭一面翻一面咕噥：「你在哪裡？你在哪裡？」

他能窺見人的蹤跡——斷掉的樹枝、錯位的石頭——那些在他指出前我都看不見的模式，卻見不到雄鹿的蹤影。

然後，某天早上，他在黎明前將我搖醒。

「起來，」他說，「牠們很近了，我能感覺到。」邊說他已將毛皮從我身上扯掉，塞進包裡。

「嘿！」我不禁抱怨，實在醒不過來，而且試圖奪回被子未果。「那早餐呢？」

他扔給我一片硬麵包。「邊走邊吃。今天我想嘗試向西的小徑；我有個預感。」

「可是昨天你覺得我們應該往東。」

「那是昨天，」他已將背包扛上肩頭，大步走進高聳的草中。「快點動身，我們得找到雄鹿，這樣我才不必砍妳腦袋。」

「我可沒說你得砍我腦袋。」我悶悶地抱怨，試圖將睡意從眼中揉去，踉踉蹌蹌地跟在他身後。

「那拿劍刺穿妳好了，還是妳要行刑隊？」

「我本來想的是一些安靜點的，毒藥之類的怎麼樣？」

「妳只說我得殺了妳，又沒說怎麼殺。」

我對著他背後吐舌頭。不過見他精神這麼好，我挺高興的。瑪爾還能拿這開玩笑，我想應該是件好事——至少我希望他是在開玩笑。

向西的小徑帶我們穿越一叢叢矮胖的落葉松、越過長了滿滿雜草和地衣的草地。瑪爾目標明確，步伐一如往常輕快。

空氣感覺冷且潮濕。有幾次，我注意到他緊張地抬頭注視陰鬱的天空，不過仍持續前進。下午稍晚，我們來到一座低矮的山丘，山丘微微往下斜，進入長滿蒼茫野草的廣闊高原。瑪爾在斜坡最上方來回踱步，一下往東、一下往西；走下山坡又走上去，接著又從坡上下來，弄到我簡直要忍不住放聲尖叫。最後，他領頭前往一大堆圓石的背風面，將包包滑下肩膀，說：「這裡。」

我在冰冷地面抖開毛皮，坐上去等待，看著瑪爾不安地走來走去。最後，他在我身旁坐下，眼神瞄準高原，一手輕輕擱在弓上。我知道他正在想像牠們就在那處，心中刻畫獸群從地平線出現的模樣。白色身體在漸深的暮色中閃耀光澤，吐息在寒冷中成為一縷輕煙。也許他是希望用意志力讓牠們出現。那個能找到雄鹿的地點，好像就是這兒了。此處長了新草，處處散落小座藍色湖水，在沉落夕陽中有如一枚枚錢幣那樣發著光。

陽光消散殆盡，我們看著高原在暮光中轉成藍色，靜靜等待，聽著自己呼吸的聲音，以及穿梭過無邊無際的茲貝亞的風吹拂呻吟。然而，當光芒也褪盡之際，高原上仍一片空盪。

月亮升起，被雲掩蓋。瑪爾沒動，仍像塊石頭般坐在那兒，凝視著無盡延伸的高原，藍色目光顯得遙遠。我又從包裡拉出另一件毛皮，裹在他和我的肩膀上。在這個位於石頭背風面的庇護所中，我們能免受強風吹襲，但仍不算多好的避難處。

然後他深深嘆了口氣，抬頭對著夜空瞇起眼睛。「要下雪了，我們應該進森林才是，可是我覺得……」他搖搖頭。「我本來很確定的。」

「沒事，」我將頭靠在他肩膀上。「也許明天吧。」

「我們的補給沒辦法一直撐下去，在外面多待一天，我們就多一點被抓到的機率。」

「明天。」我再次表示。

「就目前的資訊來看，他搞不好已經找到了獸群、殺了雄鹿，只剩來追捕我們了。」

「我才不信。」

瑪爾什麼也沒說。我把毛皮拉得更高，任憑微乎其微的一小簇光芒在手中綻放。

「妳在做什麼?」

「我很冷。」

「這樣不安全。」他拉高毛皮，想藏起將他的臉照得溫暖的金黃光芒。

「我們超過一禮拜沒看到另一個生物了，而且要是我們被凍死，躲得再好也沒有用。」

他皺起眉，但接著就伸出了手，以指就光玩耍起來，他說，「這玩意兒還真是了不起。」

「謝了。」我微笑著說。

「米凱死了。」

光在我手中劈啪一響。「什麼?」

「他死了，在斐優達被殺；道伯夫也是。」

我坐在那兒嚇到不能動彈。我向來不喜歡米凱和道伯夫，可是現在那些都無所謂。「我不懂……」我遲疑了一下。「怎麼發生的?」

有一會兒，我不曉得他到底會不會回答，又或者我該不該問。他望著仍在我手中閃爍的光，思緒彷彿到了遠方。

「我們抵達了非常北的位置，接近永凍土的地方，遠遠超過切納斯特基地。」他平靜說道，「我們追著雄鹿一路深入斐優達。那是隊長想出的點子，他認爲我們幾個應該僞裝成斐優達人，越過邊界，持續追蹤獸群。這樣很蠢——其實甚至可以說荒謬。就算我們有辦法不被發現地通過邊境國，可是，如果眞的追上了獸群要怎麼辦？我們獲得的命令是不能殺死雄鹿，那就表示得抓住牠，然後想辦法帶牠穿越國境回拉夫卡。這根本是瘋了。」

我點點頭。這聽起來的確很瘋。

「所以那晚，米凱、道伯夫和我對此嗤之以鼻，都在講這根本就是自殺任務，說隊長是超級大蠢蛋，一起舉杯祝福可能要接下這燙手山芋的可憐蟲……然後第二天早上，我就舉手自願。」

「爲什麼？」我嚇了一大跳。

瑪爾再次沉默，最後才說，「阿利娜，妳在影淵救了我的命。」

「你也救了我的命啊。」我回他一句，有點不確定這一切和進斐優達執行自殺任務有什麼關係。但是瑪爾似乎沒聽見我的話。

「妳救了我的命。在格里沙帳篷裡，當他們帶妳離開，我卻什麼也沒做，我就站在那兒，任憑他把妳帶走。」

「瑪爾，你還能怎麼樣呢？」

「怎樣都好，什麼舉動都好。」

「瑪爾——」

他挫折地用一隻手抹過頭髮。「我知道這聽起來很不合理，可是我就是那樣覺得。我吃不下、睡不著；我不斷看見妳走掉的樣子，看見妳消失。」

我想到自己在小行宮每個睜眼無眠的夜晚，憶起闇之手的護衛帶我離開時，對著消失在人群中瑪爾臉龐的最後一瞥，並不斷不斷思忖我還能不能見到他。我想他想得不得了，卻從來不相信瑪爾可能也同樣那麼想我。

「我知道我們是在爲闇之手追捕雄鹿，」瑪爾繼續說，「可是我想……我想如果能找到獸群，就能幫到妳，就能幫忙解決這一切。」他看我一下，還有我們之間往來傳遞的訊息是怎樣偏差走岔。「米凱完全不知道這件事，但他是我朋友，所以就像個跟屁蟲一樣也自願了。當然，道伯夫也跟著來。我叫他們不要來，可是米凱只是笑一笑，說他才不會讓我搶走所有功勞。」

「後來發生了什麼事？」

「我們九個人越過邊界，六個士兵，三個追蹤師，最後兩人回來。」

這句話就這麼懸在那裡，淡漠而決絕。七個人爲了追蹤雄鹿喪生，又有多少是我不知道的？但是就算我這麼想，腦中仍浮上一個令人不安的念頭：雄鹿的力量能拯救多少人呢？瑪爾和我是難民，在肆虐拉夫卡邊界許久的戰亂中誕生。要是闇之手和影淵的恐怖力量眞能阻止這一切呢？可以讓拉夫卡的敵人再也不能作亂，永保我們平安嗎？

不只是拉夫卡的敵人，我提醒自己，是任何膽敢違抗闇之手、敢和他作對的人。在闇之手把最後一絲力量拿到手之前，他將會讓世界變成荒漠。

瑪爾一手抹過那張充滿倦意的臉。「反正這一切也是枉然。只要氣候一變，獸群就會回拉夫卡，其實我們只要等雄鹿自己找來就好。」

我看著瑪爾，看著他遙遠的眼神，以及帶著傷疤卻又凜然堅毅的下頷。他看起來和我記憶中的男孩截然不同。他追著雄鹿時其實就一直在試圖幫我，那就表示，對於他的改變我也要負部分責任，而光是想到這件事就令我心碎。

「我很抱歉，瑪爾，我真的很抱歉。」

「那不是妳的錯，阿利娜，那是我自己作的決定。但是這些決定卻害我的朋友喪命。」

我想張開雙臂抱住他，緊緊地抱在懷裡……可是不行。對於面前這個全新的瑪爾，我做不到——也許舊的那個也沒辦法。我承認，我們再也不是孩子。那樣輕輕鬆鬆就能拉近距離的狀態已成過去。我伸出一手放在他手臂上。

「如果那不是我的錯，也不是你的錯，瑪爾，米凱和道伯夫也是自己決定的。米凱想善盡好朋友的責任，而且你知我知，他去追蹤雄鹿也有自己的原因。他不是小孩了，他也不會希望你記憶中的他只是個孩子。」

瑪爾沒有看我，但是過了一會兒，他將手蓋在我的手上。當第一片雪花開始落下，我們仍以相同姿勢坐在那兒。

第十九章

待在岩石背風處，我的光能讓兩人溫暖整個晚上。有時我會忍不住打盹兒，瑪爾便會將我搖醒，讓我在僅有星光照耀、黑暗一望無際的茲貝亞放出日光，溫暖躲在皮毛下的我們。

當我們在第二天早上探頭出來，太陽如此明亮，照耀著整個被白色覆蓋的世界。在這麼北的地方，而且距離春天腳步還遠，雪可說是司空見慣。可是天氣這麼糟糕，實在很難認為我們只是不走運。瑪爾看了乾淨如新的廣袤草地一眼，嫌惡地搖頭。我連問都不用問就知道他在想什麼，如果獸群真在附近，牠們留下的痕跡恐怕早就被雪蓋住。反之，我們自己則會留下充足蹤跡被其他人發現。

我們不發一語，抖開皮毛後收起。瑪爾將弓綁在背包上，開始和我一起跋涉越過高原。我們步調很慢，瑪爾盡可能抹消一切足跡，可是我們很顯然有了大麻煩。

我知道瑪爾責怪自己無能找到雄鹿，但是我不曉得該怎麼解決這個問題。和從前相比，茲貝亞不知怎麼變得好遼闊……又或者我只是覺得自己變得渺小了起來。

最終，草地變成了細瘦銀樺樹的小林子與一叢叢茂密松樹，這些樹木的枝椏上積了厚厚的雪。瑪爾的步伐變慢，看起來疲倦不堪，藍眼底下有著揮之不去的深深黑影。我在一時衝動下伸出戴著手套的手與他相扣，還以爲他會將手抽回，然而他只是捏捏我的手指。我們就這樣走著，手牽手行過傍晚時分。我們持續深入森林黑暗無光的中心，松樹粗大的樹枝則在高高上方聚集成一片頂篷。

大約日落時分，我們走出樹林，來到一小片林間空地，那兒的雪落成了完美的厚實小丘，在逐漸消逝的光中閃爍。我們悄悄溜進這片靜謐景色，腳步聲被雪遮掩。時間很晚了，我知道我們應該搭起營帳，尋找休憩之處，然而我們卻安靜地站在那裡，緊握著手，目送白晝消逝。

「阿利娜，」他靜靜說道，「很對不起——就是我那天晚上在小行宮說的話。」

我望著他，有些驚訝。不知怎麼，感覺那好像是很久之前了。「我也很對不起。」我說。

「其他一切我也很對不起。」

我捏捏他的手。「我早就知道我們沒多少機會能找到雄鹿。」

「不對，」他別開了眼神。「不是，不是因爲那個。我……當我來找妳，我還以爲自己這麼做是因爲妳救了我的命，因爲我欠妳一些什麼。」

我的心臟小抽了一下。意識到瑪爾爲了償還某種想像出來的債來找我，似乎意外讓人痛苦。

「那現在呢？」

「現在我不知道該作何感想；我只知道一切都不一樣了。」

我的心臟又痛苦地抽了一下。「我知道。」我低聲說。

「真的嗎？在王宮那晚，我看到妳和他一起站在台上，妳看起來好開心，好像真的屬於他。我怎麼也忘不掉那個畫面。」

「那時我確實很快樂，」我承認，「那個瞬間，我真的很快樂。瑪爾，我不像你，我從來沒辦法像你那樣融入眾人，我從來不屬於任何地方。」

「妳屬於我。」他靜靜地說。

「不，瑪爾，不完全是這樣，而且已經很久了。」

他看著我，雙眼在暮色中呈現深深的藍。「妳想念我嗎，阿利娜？妳不在的那段時間，想念我嗎？」

「每天都想。」我誠實以對。

「我每個小時都在想妳。妳知道最糟的是什麼嗎？這完全出乎我的意料。我發現自己會到處尋找妳的蹤影，沒有任何原因，只是出於習慣。例如我看到某個想叫妳來看的東西，或想聽見妳的聲音。然後，我才意識到妳已經不在了。每一次——真的是每一次——那感覺就像肺裡的空氣被抽光。我爲了妳冒險犯難，爲了妳走過半個拉夫卡，而爲了和妳在一起，我願意一次、又一次、再一次這麼做。一起挨餓、一起受凍，天天聽妳抱怨硬乾酪。所以別說什麼我們不屬於彼此這種話。」他語氣強烈，而且靠我非常近，我的心臟突然在胸中狂敲猛撞。「阿利娜，我花了那麼久才眞正看見妳，眞的很對不起。但我看見妳了。」

他低下頭，我感到他的嘴唇落在我唇上，世界彷彿陷入靜默，我只能感覺他將我拉得更近時與我相握的手，還有嘴唇溫暖的力道。

我以爲自己放棄了瑪爾，我以爲那些對他有過的愛已成過去式，屬於某個愚蠢、寂寞、我再也不願意成爲的女孩。我曾試圖將那個女孩和她感受到的愛埋起，就如同我埋起自己的力量。但我不會再犯這種錯誤。不管我們之間燃燒的是何物，它就是如此明亮、如此不可否認。我們雙唇相接的那一刻，那股純粹且銳利的確定感受讓我深知，我願意等待著他，直到永遠。

瑪爾稍微退後，我輕輕睜開雙眼。他用戴著手套的一手捧著我的臉，搜索我的雙眼。然後，我從眼角餘光捕捉到一閃而過的動靜。

「瑪爾，」我小心翼翼地呼吸著，越過他肩膀窺看。「你看。」

幾道白色軀體從林中現身，牠們彎下優雅的頸脖，小口小口咬著分布在積雪的林間空地邊緣的野草。立於莫洛佐瓦獸群中間的，正是一頭巨大白色雄鹿。他用那雙巨大且深暗的眼睛注視著我們，銀色鹿角在一片昏暗中閃耀光芒。

瑪爾敏捷地一個動作從背包側邊抽出了弓。「阿利娜，我先放倒他，但得由妳來殺。」他說。

「等一下。」我低聲說，一手擱在他手臂上。

雄鹿慢慢走上前，就停在我們面前幾碼處。我看見他起起伏伏的體側，擴張的鼻孔，吐息在寒冷空氣中化爲白煙。

他用深沉且清澈的眼睛看著我們；我走向他。

「阿利娜！」瑪爾低聲喊道。

我靠近雄鹿時，他並沒有動，即便我伸出一手放在他溫暖的口鼻上也一樣。他輕輕抽動耳朵，皮毛在漸漸變得深沉的黑暗中閃耀著奶白色。我想到瑪爾和我拋下的一切、承擔的危險；想到我們爲了追蹤獸群花了那麼多個禮拜，和那些寒冷的夜晚，那些彷彿見不到盡頭、瘋狂行軍的悲慘時日，而我對那一切都心懷感激。我感謝自己能在這寒冷的夜晚活著來到這裡，感謝瑪爾在我身邊。我望進雄鹿深暗的雙眼，明白他平穩的蹄下土壤給人什麼感受，鼻孔中嗅到什麼樣的松樹氣味，以及強而有力的心跳——同時也知道，結束他生命的人不會是我。

「阿利娜，」瑪爾急迫地低聲說，「我們沒有多少時間了，妳知道該怎麼辦。」

我卻搖了搖頭。我無法將眼神從雄鹿深沉的目光移開。「不，瑪爾，我們找別的方法。」

箭矢正中目標時，有如輕輕一聲口哨劃過空氣，隨著沉沉的咚一聲，雄鹿發出嚎吼，暴跳起來，一支箭在他胸口綻開，他旋即前腳軟倒。在其餘獸群四散逃入森林時，我縮了一下往後退。當空地擁入一身炭灰的闇衛和穿著藍紅斗篷的格里沙，瑪爾立刻到我身邊搭弓就緒。

「妳應該聽他的話的，阿利娜。」那個聲音從黑影中傳來，清晰且冷酷。闇之手走進林間空地，嘴上露出一抹陰沉微笑，黑色柯夫塔好比一塊漆黑的污漬，在他身後翻飛。

雄鹿側身倒下，躺在雪中，粗重地呼吸著。黑色眼睛大睜，充滿了驚慌。

在我看見瑪爾移動之前，我先感覺到他。瑪爾將弓箭轉向雄鹿，手一放，箭射出。然而藍袍風術士一個上前，單手在空中畫出一道拋物線，箭矢向左轉，什麼也沒傷到就落進雪中。

瑪爾伸手要拿另一支箭，同時間，闇之手甩出一臂，釋放出黑色緞帶般的暗流，朝我們洶湧撲來。我舉起雙手，光從指尖射出，輕而易舉地擊潰黑暗。

但那不過是聲東擊西。闇之手轉向雄鹿舉起一臂，做出一個我再熟悉不過的動作。「不！」我放聲尖叫，想都沒想直接整個人衝到雄鹿面前。我閉上眼睛，做好被黑破斬撕成兩半的準備，但是闇之手一定是在最後一刻轉了身。我後方的樹發出響亮的一聲啪後被劈開，黑暗的觸鬚從傷口濺出。他饒過了我，也饒過了雄鹿。

闇之手將雙手啪一聲合起的瞬間，臉上所有笑意驟然消失，一道翻湧的巨大漆黑障壁往前衝來，將我們和雄鹿淹沒。我不做他想，直接讓光綻放成一顆鼓動的閃耀球體，包圍我和瑪爾，讓黑暗不能越雷池一步，也讓攻擊我們的人什麼也看不見。有那麼一會兒，雙方陷入僵局。他們看不見我們，我們也看不見他們。黑暗在光球周遭盤旋，想要突圍。

「太了不起了，」闇之手說，聲音彷彿從遠方傳來。「巴格拉把妳教得太好了，可是若想成功，妳還是不夠強，阿利娜。」

我知道他是想讓我分心，所以我聽若罔聞。

「你！追蹤師！你真的準備要為她而死了嗎？」闇之手喊道，瑪爾的表情絲毫未變。他站在那裡，弓已就緒，箭在弦上，緩慢地繞著圈，尋找闇之手的聲音來源。「我們目睹了一幅十分感人的畫面，」他冷哼著，「阿利娜，妳告訴他了嗎？那男孩知道妳多麼願意把自己奉獻給我嗎？妳有沒有告訴他我在黑暗中讓妳見識了什麼？」

一股羞恥感竄遍全身，閃爍的光不住動搖。闇之手笑開。

我看著瑪爾。他繃緊著下巴，散發一股我在冬季盛宴那晚見過的冰冷怒意。我感到自己對光的控制力似乎要溜走，手忙腳亂試圖抓好，努力重新專注於我的力量。球體磕磕絆絆地再一次閃耀起來，可是我感到自己探到了能力所及邊緣。黑暗開始像墨汁般漏進光球邊緣。

我知道自己該怎麼做。闇之手說的沒錯，我不夠強，而且我們也不會再有另一次機會。

「瑪爾，動手，」我低聲地說，「你知道該怎麼做。」

瑪爾看著我，眼中燃起驚慌，他搖著頭。黑暗衝撞光球，我微微踉蹌。

「快點，瑪爾！不然就太遲了。」

電光火石的一瞬間，瑪爾扔下了弓，伸手拿刀。

「動手，瑪爾！現在就動手！」

瑪爾的手在顫抖，我能感到自己的力量逐漸衰退。「我做不到，」他悲傷地低喃。「我做不到。」他放掉了刀，任其無聲落進雪中；黑暗突圍而入，朝我們撲來。

瑪爾消失了，空地也一同消失。我被拋進令人窒息的黑暗中，聽見瑪爾大喊出聲，我試圖朝他的聲音奔去。可是突然之間，強壯的雙臂從兩邊箝制住我，我雙腳狂踢、瘋狂地掙扎著。

黑暗散去，就那麼一瞬間，我看見一切都畫下句點。

闇之手的兩名護衛抓住了我，瑪爾則被另兩人押住，不斷掙扎。

「乖乖別動，不然我就在這裡斃了你。」艾凡對他咆哮。

「不要殺他！」我吼道。

「噓——」闇之手朝我走來，一根手指舉在嘴唇前方，那雙唇掀動著露出充滿嘲弄的微笑。「別說話，不然我就讓艾凡殺了他……而且是慢慢地殺。」

我的眼淚溢出、淌下臉頰，在寒夜晚風中凍結。

「火把。」他說。我聽見敲響打火石的聲音，兩根火把倏地爆出火光，照亮了空地、士兵及雄鹿——他正躺在地上喘氣。闇之手從皮帶中抽出一把沉甸甸的刀，火光映在格里沙鋼鐵上。「我們已經浪費夠多時間了。」

他大步上前，沒有一絲猶豫，一舉割斷雄鹿的喉嚨。

血如泉湧噴入雪中，在雄鹿身軀周遭積成小池。我看著生命之光從他深邃的眼中消逝，胸中不住湧上一聲啜泣。

「割了鹿角，」闇之手對一名闇衛說，「各切下一段來。」

那名闇衛上前，在雄鹿的屍體前俯身，手上握了一把鋸齒刃的刀。

我別過頭。鋸東西的聲音瀰漫在空地的寂靜中，我的腹部因而翻攪。我們無聲地站在那兒，吐息在冰冷的空氣中繚繞。那個聲音彷彿永無止境。即使停下，我仍能感到它在我緊咬的牙關之間振動。

闇衛橫過林間空地，將兩段鹿角交給闇之手。它們幾乎呈現對稱形狀，末端的分岔尖角可說尺寸相當。闇之手雙手緊抓著那兩段鹿角，拇指摩娑著粗糙的銀色骨頭，然後做了個手勢，我吃驚地看見大衛身穿紫色柯夫塔從陰影中現身。

這是當然的，闇之手一定希望由他最優秀的造物法師親手塑造項圈。大衛不敢和我對上眼，我不禁猜想娟雅知不知道他在哪裡、又在做什麼。也許她會感到驕傲吧，也許現在，她也認為我是叛徒。

「大衛，」我輕輕開口，「別這麼做。」

大衛看了我一下，又迅速別開眼神。

「大衛很清楚未來會如何，」闇之手說，語調中隱約有著一絲威脅。「他也知道最好還是別反抗。」

大衛過來站到我的右肩後方，闇之手就著火光細細打量我。有一瞬間，只剩寂靜。暮色已然消失，月亮高升，燦亮而圓滿，林間空地彷彿懸浮在寂靜之中。

「打開外套。」闇之手說。

我沒有動作。

闇之手瞥了艾凡一眼，點點頭——瑪爾尖叫，整個人頹然倒地，雙手緊揪胸口。

「不要！」我喊道，拚了命想跑到瑪爾身邊，但是兩旁的護衛緊緊扣住我的雙臂。「拜託你，」我懇求闇之手，「叫他住手！」

闇之手再次點頭，瑪爾停下喊叫。他躺在雪中粗重地呼吸，死死地瞪視艾凡臉上掛的傲慢冷笑，眼中充滿恨意。

闇之手看著我，靜靜等待，面無表情，幾乎可以說一臉無聊。我甩開闇衛，用顫抖的雙手抹去流下的眼淚，解開外套釦子，讓它從肩上滑下。

我模模糊糊意識到寒冷滲過羊毛短上衣，以及士兵與格里沙定睛注視的眼神。我的世界限縮到僅剩闇之手抓著的那兩段彎彎骨頭，並感到一陣恐怖襲捲而來。

「把頭髮撩起來。」他低喃著。我用雙手把頭髮從脖子撩起。

闇之手走上前，將礙事的衣服撥開。當他的指尖掠過我的皮膚，我不禁瑟縮；我看到他臉上閃過一絲怒意。

他將兩段彎曲的鹿角圍在我的喉嚨周圍，一邊一個，極度小心地將它們放在我的鎖骨上。他對大衛點點頭，我便感到那名造物法師握住了鹿角。我能從腦海看見大衛站在我身後，臉上掛著我第一天在小行宮工坊裡見過的專注表情。我看見那些骨頭移動、相互融合。不用鉤子、不必鉸鏈。我將永永遠遠戴著這副項圈。

「完成。」大衛低聲說。他放開項圈，我感到那東西的重量就這麼落在頸子上。我的雙手緊握成拳，安靜等待。

什麼事也沒發生。我突然莫名湧上一股沒來由的希望。要是闇之手弄錯了呢？要是項圈不會產生任何影響呢？

接著闇之手的指頭在我肩上收緊，我體內迴響起一句無聲的命令：**光**。好比一隻看不見的手深入我的胸膛。

金色光芒轟然一響，貫穿我的全身、流入空地。我看見闇之手在亮光中瞇起眼睛，他臉上燃燒著勝利與狂喜的神情。

不，我想著，努力想排除那光、把它弄走，可是這個抗拒的念頭才一形成，看不見的手就像揮走羽毛一樣把它揮開。

另一聲命令又在我體內迴盪起來：**再來**。新湧來的一股力量號吼著貫穿我全身，這份感受之狂野強大，可說前所未有，簡直像是沒有盡頭。我學過的所有控制方式、獲得的一切理解，全在這面前敗下陣——我建起的房屋脆弱又不完美，在雄鹿不斷湧上的力量前兵敗如山倒。光像一波一波耀眼的海浪從我體內接續爆出，夜空在燦亮炫目的洪流中幾乎失去蹤影。我完全感覺不到使用力量該有的愉悅或開心。這再也不屬於我了，而且我正溺斃其中，無助地被這恐怖又看不見的手玩弄於股掌。

闇之手就這麼扣著我，不斷測試我的極限在哪裡——我推測不出到底過了多久，只在那隻看不見的手放開我時才有意識。

黑暗再度籠罩空地，我巍顫顫地吸入一口氣，拚命想回過神，重新將自己拼湊起來。火把的閃爍光芒將那些護衛和格里沙滿臉的敬畏照亮——還有瑪爾，他仍倒在地上，表情痛苦，眼中滿是懊悔。

當我回頭去看闇之手，他很近很近地看著我，瞇起了雙眼。他從我看到瑪爾，又看回他的手下。「把他銬起來。」

我張開嘴想抗議，但瑪爾看了我一眼，我便安靜下來。

「我們今晚先紮營，第一道光出來時，就動身前往影淵。」闇之手說，「傳話給導師，叫他做好準備。」他轉向我。「要是妳想傷害自己，追蹤師也會連帶受罰。」

「雄鹿怎麼辦？」艾凡問。

「燒了。」

一名元素系格里沙朝火把舉起一手，火焰颼地畫出一道弧往前噴，包圍雄鹿失去生氣的屍體。我們被帶離空地時，除了腳步聲與後方的火焰劈啪響，沒有其他聲音。林中沒有沙沙騷動，沒有任何蟲鳴鳥叫。整座森林都因哀傷而陷入死寂。

第二十章

我們在無聲之中走了超過一小時。我麻木無覺地低頭注視自己的腳，看著靴子走在雪上，想著雄鹿，還有我因軟弱得付出的代價。最終，我看見在林中閃爍的火光，接著我們走進一座林間空地，那兒有一小座圍繞熊熊篝火搭起的營地。我注意到林中有幾座小帳篷，還拴了一小群馬。兩名闇衛坐在火旁，正在吃晚餐。

抓住瑪爾的護衛將他帶進其中一座帳篷，推他進去後他們也進去了。我試圖和他對上眼神，但他消失得太快。

艾凡拖著我橫越營地，來到另一座帳篷，然後推了我一下。我進去後，看到幾張鋪開的鋪蓋。他推我往前，朝著位於帳篷中央的柱子比了比。「坐下。」他命令道。我背抵柱子坐下，接著他把我綁在上頭，將我的雙手綑在背後，腳踝也綁起來。

「舒不舒服啊？」

「你知道他打算做什麼，艾凡。」

「他打算帶給我們和平。」

「可是要付出什麼代價？」我絕望地問道。「你知道這根本是瘋子的行徑。」

「妳知道我有兩個兄弟嗎？」艾凡突然這麼問，俊美臉龐上常見的睥睨神情消失。「妳當然不知道。他們都不是格里沙，是士兵，而且都在國王的戰爭中戰死了。我父親也是，叔叔也一樣。」

「我很遺憾。」

「沒錯，每個人都遺憾。國王很遺憾，王后很遺憾，我也很遺憾。但只有闇之手願意爲此做點什麼。」

「但不必這樣，艾凡，我的力量可以拿來摧毀影淵。」

艾凡搖頭。「闇之手很清楚該做什麼。」

「他永遠不會停的，你很清楚，一旦嘗到力量的滋味，他就不會停手了。現在戴著項圈的人是我，可是最終會是你們所有人。而且再也不會有任何人事物有能力阻擋他。」

艾凡的下巴一條肌肉抽動。「再繼續講這些大逆不道的話，我就把妳的嘴巴塞起來。」他說，然後緊閉上嘴，直接大步走出帳篷。

一會兒後，一名召喚者和一名破心者鑽了進來。我兩人都不認得。他們避不看我，安安靜靜縮進毛皮底下，把燈吹熄。

我清醒地坐在黑暗中，注視營火跳躍的光在帳篷的帆布牆上舞動。我感受著項圈壓在頸上的重量，恨不得用被綁起來的手去狂撓它。我想著瑪爾，他就在幾呎外的另一座帳篷裡。

害我們落到這步田地的人就是我。要是我取了雄鹿的命，他的力量就會是我的。我早就知道婦人之仁會害我們付出什麼代價——我的自由、瑪爾的小命，還有無數人的命。然而我還是那麼沒用，無法完成該做的事。

那個晚上我夢到了雄鹿。我一次又一次看見闇之手割斷他的喉嚨，生命逐漸從他深邃的眼中消失。但當我一低頭，在雪中噴濺出鮮紅痕跡的卻是我的血。

我倒抽一口氣醒來時，聽見身周營地開始活動的聲音。帳篷的門簾打開，進來一名破心者，她將我從帳篷柱子上放開後，拖著我站起來。我的身體抗議似地咯吱作響，畢竟我一整晚都用扭曲的姿勢坐著，渾身都很僵硬。

破心者帶我走到某個地方，那兒的馬都已裝上馬鞍，闇之手正在那裡低聲和艾凡及其他格里沙說話。我打量周圍尋找瑪爾，並因遍尋不著突然一陣驚慌。但接著我就看見一名闇衛將他從另一座帳篷拖出來。

「我們怎麼處理他？」護衛問艾凡。

「讓那個叛徒用走的，」艾凡回答，「他要是太累，就讓馬來拖他。」

我張嘴想抗議，但還來不及說一個字，闇之手就開口。

「不，」他以優雅的姿態上馬。「我們抵達影淵的時候，我要他活得好好的。」

護衛聳聳肩，扶瑪爾上馬，然後將他上了銬的雙手綁在馬的鞍頭上。我先是鬆一口氣，旋即又湧上一股尖銳刺人的恐懼。闇之手打算讓瑪爾受審嗎？或者他還打算用更糟的方法處置他？他還活著，我對自己說，那就表示還有機會救他。

「和她一起騎，」闇之手對艾凡說，「確保她不會幹出任何蠢事。」他踢了馬一下，讓牠快跑起來，完全沒浪費時間看我一眼。

我們騎了好幾個小時穿越森林、越過瑪爾和我之前等待獸群的高原。我輕而易舉就能看見我們過夜的大圓石，並忍不住想，讓我們撐過暴風雪的光，會不會就是指引闇之手找到我們的線索。

我知道他正帶著我們回到奎比爾斯克，可是死也不願去想那裡有什麼等待著我。闇之手第一個選擇清算的會是誰？他會否派出一支沙上輕艇艦隊，向北直奔斐優達？又或者，他打算大舉南行，讓影淵長驅直入蜀邯？我手上將會沾滿誰的鮮血？

我們又花了一天一夜才抵達將往南接上汝道的寬廣大路。在十字路口，我們碰到一大批全副武裝的小分隊，大多身著闇衛的灰衣。他們又帶來新的馬匹，還有闇之手的馬車。艾凡用最低等級的禮儀把我扔到天鵝絨座墊上，跟在我後面上了馬車。隨著韁繩一揮，我們再次前進。

艾凡堅持窗簾得拉起，但我偷偷窺到外面一眼，並看見兩旁夾脅重裝騎士，很難不想起和艾凡同乘交通工具的第一趟旅程。

士兵晚上紮營，但我遭到隔離囚禁，關在闇之手的馬車中。艾凡把我的食物送來，明顯因爲不得不當保母而滿心厭惡。我們趕路的時候，他不願和我說話，並威脅要是我再敢問他瑪爾的事，就要放慢我的心跳、讓我陷入昏迷。可是我還是每天照問，並且持續不懈地盯著窗簾和馬車間細細一小條窗景，希望至少能瞥到他一眼。

我睡得很不好。每晚每晚，我都夢到那塊積雪空地和雄鹿深邃的眼睛，在漫天靜謐中凝視著我，夜夜提醒著我的失敗和婦人之仁導致的悲劇。無論如何，雄鹿就是死了，如今瑪爾和我未來無光。每天早上，我都在新湧上的罪惡感與羞恥感中醒來，但同時還有某種挫折：我好像忘了什麼。在夢裡，那個訊息分明清楚又明顯，可是當我醒來，它卻飄浮在意識之外，觸手不能及。

來到奎比爾斯克近郊，我終於再看見闇之手。當馬車的門突然打開，他一瞬間坐上了我對面的座位，艾凡則一語不發地消失蹤影。

「瑪爾在哪裡？」門一關上，我立刻問。

我看見他戴了手套的手指緊揪，但是當他開口，語調仍一如往常冰冷而溫和。「我們正進入奎比爾斯克，」他說，「當其他格里沙來迎接我們，對於這趟小逃亡……妳最好什麼都別說。」

我簡直掉了下巴。「他們不知道嗎？」

「他們只知道妳在閉關，爲了準備跨越影淵進行祈禱和休憩。」

我忍不住發出咳嗽似的乾巴巴笑聲。「我看起來確實是休息得滿好的。」

「我會說妳在齋戒禁食。」

「就是因為這樣雷沃斯特才沒有士兵在找我。」我恍然大悟，「你根本沒告訴國王。」

「如果妳失蹤的消息走漏，絕對會被追到天涯海角，不出幾天就會被斐優達刺客殺掉。」

「然後你就得揹上弄丟了國內唯一太陽召喚者的責任。」

闇之手打量了我好久好久。「阿利娜，妳到底以為能跟著他過怎樣的生活？他是被棄者，永遠都不可能理解妳的力量。如果他理解，就會漸漸害怕妳。對妳和我這樣的人來說，沒有所謂普通的生活。」

「我和你才不一樣。」我不帶感情地表示。

他扭曲著嘴唇，露出硬擠出來的忿忿笑容。「我想也是。」他親切有禮地說，然後敲了敲馬車車頂，車子旋即停下。「我們抵達的時候，妳要好好打招呼，再藉口說妳精疲力盡，請容許妳回帳篷休息。如果妳幹些有勇無謀的蠢事，我會折磨那名追蹤師，讓他求死不能。」

他就這麼走了。

我獨自走完進奎比爾斯克的路程，努力叫自己不要怕。**瑪爾還活著，**我對自己說，**這才是最重要的。**但是另一個念頭又悄悄竄入。**也許闇之手只是騙妳相信他還活著，好讓妳乖乖聽話。**我緊緊抱住自己，祈禱這不是真的。

行經奎比爾斯克時，我拉起窗簾，回想起幾個月前走在這同一條路上，一面湧上一股令人疼痛的悲傷。我——瑪爾和我——差點被我現在坐的這輛馬車輾過；還有柔雅，她從召喚者乘坐的馬車窗戶看著他。我多希望能變成她啊，一個穿著藍色柯夫塔的漂亮女孩。

當我們終於在一座巨大的黑色絲綢帳篷停下，一群格里沙朝馬車簇擁而來。瑪麗、愛佛和瑟杰衝過來迎接我。眞沒想到再看到他們我會那麼高興，我不禁有點驚訝。

他們一見到我，興奮的神情便全然消失，換成了擔心和憂慮。他們本以爲會見到一個意氣風發的太陽召喚者，佩戴有史以來最了不起的增幅物，渾身充滿力量，外加闇之手的偏愛——結果看到的卻是一個被折騰得慘兮兮的蒼白疲倦女孩。

「妳沒事吧？」瑪麗擁抱我時低聲問道。

「沒事。」我向她保證。「只是旅途太辛勞。」

我盡力露出能夠說服人的微笑，再三對他們保證沒事，並在眾人讚嘆莫洛佐瓦的項圈、伸手觸摸時努力裝得一派熱情。

闇之手一直在附近徘徊，眼帶警告，而我持續在人群中前進，咧嘴笑到臉頰都痛了起來。通過格里沙亭閣時，我瞥到柔雅正在一大疊抱枕上生著悶氣。她在我經過時貪婪地瞪著項圈。**那麼想要眞的可以給妳**，我苦澀地想著，並加快腳步。

艾凡帶著我來到一座位於闇之手住處附近的私人帳篷。我的行軍床上放著全新衣服，還有一缸熱水和我的藍色柯夫塔。不過只是幾週前的事，但是再次穿上召喚者的顏色，總有種奇怪的感覺。

我的帳篷四面八方都有闇之手的護衛站哨守衛。只有我清楚他們之所以站崗，不只是要保護我，更要監視我。帳篷奢華地配有一疊疊皮毛，一張上漆的桌子和幾張椅子，還有一面造物法師打造的鏡子，清澈如水面，還嵌飾黃金。可是我情願把這一切拿去交換躺在破爛毛毯上、在瑪爾身旁顫抖的短暫瞬間。

我沒有訪客，只能整天來回踱步，無所事事地擔憂、想像著最糟結果。我不知道闇之手在等什麼，怎麼還不進入影淵，或者他可能在計畫什麼。我的護衛當然對於討論這件事完全沒興趣。

第四天晚上，當我的帳篷門掀開，我差點從床上掉下來。那是娟雅，她端著我的晚餐托盤，艷光四射得不可思議。我坐起來，不太確定該說什麼。

她進來將托盤放下，在桌旁走來走去。「我沒辦法待在這兒。」她說。

「也是啦，」我承認道，「我不確定能不能有訪客。」

「不是，我的意思是，我沒辦法待在這種地方。這裡真是髒得要命。」

我笑出來，突然非常高興能見到她。她輕輕一笑，優雅地在漆椅邊緣坐下。

「他們說妳在閉關，準備接受試煉。」她說。

我打量著娟雅的臉龐，試圖推敲她究竟知道多少。「在我……離開前沒有什麼機會道別。」我小心地說。

「如果妳來道別，我就會阻止妳。」

所以她知道我是逃跑的。「巴格拉怎麼樣了？」

「妳離開後再也沒人見到她。她似乎也去閉關了。」

我抖了一下。我希望巴格拉逃跑了，但知道不太可能。闇之手會對她的背叛索取怎樣的代價？

我咬著嘴唇，遲疑不定，然後決定抓住這可能是唯一的機會。「娟雅，我有沒有可能和國王說句話？他絕對不曉得闇之手在打算什麼，他——」

「阿利娜，」娟雅打斷我，「國王病了，導師正代他治理國家。」

我的心一沉。我記得見到導師的那天闇之手是怎麼說的：**他有其用處**。

然而那名祭司不僅提及了諸王的傾覆，更提到闇之手的。他是在試著警告我嗎？要是我不那麼怕、要是我更願意傾聽……我那張長長的名單又追加了更多懊悔。我不曉得導師是否對闇之手忠誠，又或者他是在玩某種更高深莫測的遊戲。然而現在也沒有辦法知道眞相了。

我認爲國王懷有反抗闇之手的野心或意圖的念頭雖然微薄，但至少給了我一些倚靠，讓我能度過這幾天。如今這些也破滅了。「王后呢？」我帶著不堪一擊的樂觀心態問道。

娟雅唇上掠過一絲厭惡的微笑。「王后被囚禁在自己的住處，當然，這是爲了她的安全著想。妳知道的，因爲傳染病。」

到這一刻，我才意識到娟雅穿的是什麼。因爲看到她過於驚喜，也太沉浸在自己的思緒中，我並沒有好好地看清楚。娟雅穿了一身紅——軀使系的紅。她的袖口繡的是藍色，這是我從沒見過的組合。

一陣寒意從脊髓竄上。娟雅在國王這場急病中扮演何種角色？為了完完整整穿上格里沙的色彩，她以什麼交換？

「我懂了。」我靜靜表示。

「我有試著警告妳。」她有些哀傷地說。

「所以妳也曉得闇之手打算做什麼？」

「有一些謠傳。」她不太自在地說。

「謠傳都是眞的。」

「那就勢在必行了。」

我望著她。一會兒後，她低頭看著自己的大腿，手指揪著柯夫塔的衣褶，捏了又放、放了又捏。「大衛覺得糟透了，」她悄然說，「他認為自己毀了整個拉夫卡。」

「那不是他的錯，」我邊說邊發出空洞笑聲。「讓這世界走上絕路，我們都有份。」

娟雅猛一抬頭。「妳不是眞的這麼認為。」她臉上滿滿悲傷，然而，其中也有警告意味嗎？

我想到瑪爾和闇之手的威脅。「不是，」我空洞地說，「當然不是這樣。」

我知道她並不相信我，但仍鬆開了眉頭，對我露出那副溫柔且美麗的微笑。她看起來就像某幅聖人繪像，髮上有一圈閃亮的紅銅光圈。她站起身，當我和她一起走向帳篷的門簾，雄鹿深邃的眼睛在我腦海若隱若現。那是我夜夜在夢中見到的雙眼。

「無論如何，」我說，「告訴大衛，我原諒他。」也原諒妳。我無聲地補充。我是眞心誠意的。我非常清楚想有個歸屬是什麼感覺。

「我會的。」她靜靜地說，轉身消失在夜色中。但在她轉身前，我還是看見了她漂亮的雙眼中有滿滿的淚水。

第二十一章

我沒什麼胃口地對晚餐挑挑揀揀，又躺上行軍床，反覆思索起娟雅說的那些話。娟雅可說一輩子都與世隔絕地活在歐斯奧塔，提心吊膽地夾在格里沙的世界和宮廷的明爭暗鬥之間。闇之手為了自己的利益，把她放在那個位置，而今他讓她脫離了苦海。她再也不用因國王和王后的頤指氣使而卑躬屈膝，或穿上僕人的顏色。但是大衛感到後悔，而如果他後悔，或許其他人也那麼覺得。或許，當闇之手釋出影淵的力量，將有更多人後悔。雖說到那個時候可能就太遲了。

艾凡出現在帳篷入口，我的思緒便被打斷。

「起來，」他命令道，「他要見妳。」

我的胃緊張地扭結，不過仍站起身跟著他。我們一出帳篷，兩邊立刻有護衛夾道，護送我們走這一小段前往闇之手住處的路。

入口的闇衛一看見艾凡便退到兩邊，他對著帳篷點點頭。

「去吧。」他冷笑著，我真恨不得一掌搧飛他臉上那副早知道的表情。然而我只是昂起下巴，大步走過他面前。

沉甸甸的絲綢在我身後緩緩闔上，我往前走了幾步，然後稍微暫停，看看周遭環境。帳篷很大，由閃爍著昏暗光芒的油燈照亮；地上覆有毯子和毛皮，中央的巨大銀盤中火焰正劈啪燃燒。高高在上方，帳篷的天頂有個掀蓋，讓黑煙得以排出，並露出一塊夜空景色。

闇之手坐在一張巨椅上，長腿慵懶地在身前伸開，正注視著火焰。他一手拿著酒杯，身旁桌上有瓶科瓦斯酒。

他連看也沒看我，逕自指指他對面的椅子。我走到火焰前方，但沒有坐下。他露出一絲惱怒看了看我，再次回去注視火焰。

「阿利娜，坐下。」

我縮身棲在椅子邊緣，戒慎恐懼地看著他。

「說話。」他說。而我開始覺得自己和狗沒兩樣。

「我沒什麼好說的。」

「我倒覺得妳有非常多事要說。」

「如果我要你住手，你不會住手；如果我說你瘋了，你也不會相信我。我何必？」

「例如說，妳希望那男孩還能留條小命？」

我體內所有空氣彷彿都被擠出，得拚命壓抑才不至出聲啜泣。瑪爾還活著，闇之手也許在說謊，可是我不覺得。他熱愛權力，瑪爾的命讓他擁有控制我的權力。

「那就告訴我，我該說什麼才救得了他，」我低喃著往前傾身。「告訴我，我就說給你聽。」

「他是叛徒，還有逃兵。」

「他是這世界上你再也找不到、最厲害的追蹤師。」

「可能吧。」闇之手冷淡地聳了下肩。可是現在我比較瞭解他了，當他再次仰起頭喝乾那杯科瓦斯酒，我從他眼中見到貪婪神情一閃而過。我知道這讓他忍不住思考，是否眞要毀掉某個能拿來利用的東西。於是我乘勝追擊。

「你可以放逐他，派他往北去永凍土區，有必要的時候再叫他回來。」

「妳情願讓他餘生都困在勞動營或監獄裡？」

我用力吞下那哽住喉嚨的感覺。「願意。」

「妳覺得自己能想出辦法去找他，是不是？」他問道，似乎有些困惑。「妳認爲不管怎樣，只要他活著，妳就能想出辦法。」他搖搖頭，短促地笑了一聲。「我能給妳作夢都夢不到的力量，妳卻等不及想要逃走，去當那追蹤師的黃臉婆。」

我知道自己該閉嘴，應該放聰明一點，但我實在忍不住。「你什麼也沒有給我，你只是想把我變成奴隸。」

「我的本意從來不是那樣，阿利娜。」他一手撫過下頷，神情是如此疲倦、挫折——如此像個人。可是這有多少是眞的，又有多少是演技？「我不能冒險，」他說，「只要和雄鹿的力量有關就不行，尤其拉夫卡的未來還懸而未決。」

「不要一副都是爲了拉夫卡好的模樣。你對我撒謊，打從我們見面的第一秒就對我撒謊。」

他纖長的手指在酒杯上收緊。「那麼妳難道就值得我的信任？」他問，難得一次，他的語氣沒那麼鎮靜冷酷。「巴格拉不過在妳耳邊悄悄說幾句控訴我的話，妳就跑了。妳有沒有停下來想一想，如果妳就這樣失蹤，對我來說——對整個拉夫卡來說代表什麼？」

「你沒給我選擇餘地。」

「妳當然有選擇餘地，而妳選擇背叛妳的國家、背叛妳的一切意義，棄他們於不顧。」

「你那樣說不公平。」

「公平！」他笑道，「妳現在還在對我談公平。公平和這有什麼關係？人民咒罵我，卻爲妳祈禱，可是妳分明才是拋棄他們的人，我卻可以賦予他們能凌駕敵人的力量，我才是會把他們從國王的暴政救出來的人。」

「是啊，換成你的暴政。」

「總要有人出面領導，阿利娜；得有人結束這一切。相信我，我也希望有別的方法。」

他聽起來是如此誠懇、合情合理，不像野心勃勃、殘酷冷血的野獸，更像是深信自己所作所爲對人民的確正確無誤。雖然見到他的行爲和那些企圖，我還眞差點相信他了，就差那麼一點。

我搖了一下頭。

他整個人倒回椅子上。「很好，」他疲倦地聳了下肩。「就把我當成壞人吧。」他放下空酒杯，站起來。「過來這裡。」

我渾身竄過一陣恐懼，但逼自己站起來，慢慢收近我與他的距離。他就著火光細細打量我，伸手去碰莫洛佐瓦的項圈，張開纖長的手指扣住粗糙的骨頭，然後順著頸子往上撫摸，一手捧住我的臉。我感到一股強烈的嫌惡，同時卻也嘗到他那堅定又令人上癮的力量。我仍深受他的影響，對此我痛恨不已。

「妳背叛了我。」他輕輕地說。

我眞想笑。我背叛他？他利用我、誘惑我，現在還奴役我，結果我竟然是背叛者？可是我想到了瑪爾，便將所有怒火和驕傲都吞了下去。「是，」我說，「關於這件事，我很抱歉。」

他笑出來，「妳才不抱歉，妳腦袋裡想的就只有那個男孩和他可悲的人生。」

我什麼也沒說。

「告訴我，」他將力道收緊，讓我好痛；他的指尖掐進我的肉裡。在火光中，那眼神看起來蒼涼到令人難以理解。「告訴我妳有多愛他，求我饒他一命。」

「求求你，」我低聲說，拚命壓抑快從眼中湧出的淚水。「求你饒了他的命。」

「爲什麼？」

「因爲項圈不會給你想要的東西。」我不顧一切。如今，我能拿來討價還價的籌碼僅此一項，而它卻是如此微不足道。但是我仍繼續說。「我別無選擇，一定得侍奉你不可，可是如果瑪爾受到傷害，我永遠不會原諒你。我會無所不用其極地反抗你。只要我醒著一分一秒，都會死命尋找殺死你的方式，而最終我會成功。所以求你有點慈悲，讓他活著，我會心甘情願地侍奉你，用餘生來證明我有多麼感謝。」說到最後一個字，我差點嗆住。

他將頭偏向一邊，唇上冒出一絲質疑的微笑。接著那抹微笑消失蹤影，換上某個我不認得、看起來幾乎像是渴望的神情。

「慈悲，」他玩味著那兩個字，彷彿品嘗著什麼陌生事物。「我也可以很慈悲的。」他舉起另一隻手捧住我的臉，輕輕地、溫柔地吻我。雖然我全身上下所有細胞都在瘋狂抗議，但我不抵抗。我痛恨他、畏懼他，卻仍對他那詭異的吸引力有感覺，我阻止不了自己背叛的心臟以飢渴姿態予以回應。

他抽身，注視著我，眼神沒有移動，直接喊來艾凡。

「把她帶到牢裡，」艾凡出現在帳篷門口時，闇之手說，「讓她見她的追蹤師。」

我心中冒出一絲希望。

「沒錯，阿利娜，」他邊說邊輕撫我的臉頰。「我也可以很慈悲的。」他往前傾，一把將我拉近，嘴唇掠過我的耳邊。「明天我們就進影淵，」他低聲說，嗓音有如愛撫。「進去的時候，我會把妳的朋友餵給有翼鷹人，妳將看著他赴死。」

「不要！」我大喊出聲，恐懼地縮起身體，拚命想離他遠點，可是他的手勁猶如鋼鐵般強硬，讓我不能動彈，手指簡直要刺進我的頭顱。「你說過——」

「妳可以用今晚道別，叛徒能獲得的慈悲就是這樣。」

我體內彷彿有什麼崩潰了。我撲向他，對他一陣猛抓，尖喊出我對他的憎惡。艾凡立刻撲到我身上，把我緊緊抓住，當我被他雙臂箝制，腳還不住亂踢。

「殺人犯！」我大吼著。「禽獸！」

「隨便妳叫。」

「我恨你。」我啐了一口。

他聳聳肩。「妳很快就會對恨意感到厭煩，妳將對一切感到厭煩。」然後他露出微笑，而我從他眼底見到了與巴格拉那雙蒼涼目光如出一轍、大大敞開的幽暗裂谷。「阿利娜，在妳非常、非常漫長的餘生，妳都會戴著這副項圈。想怎麼反抗我都隨便妳，因爲妳會發現，關於永恆，我比妳有更多經驗。」

他輕蔑地一揮手，艾凡便將仍不斷掙扎的我從帳篷拖走，來到小徑上。我喉中不禁竄出一聲哽咽，剛才和闇之手說話時拚命想忍住的眼淚潰堤，不受管束地從臉上淌流而下。

「不准哭，」艾凡火大地小聲說。「會被人看見的。」

「我不在乎。」

反正闇之手都要殺死瑪爾了，被人見到我的落魄又有什麼差？瑪爾將死的現實、闇之手的冷酷無情，盡皆赤裸裸攤在我面前，而我見到那清晰又駭人的未來逐漸成形。

艾凡猛地把我拉進我的帳篷，粗魯地拽了我一下。「妳到底想不想見那個追蹤師？我可不想拉著一個哭哭啼啼的女孩走過營地。」

我用雙手壓住眼睛，硬將哭聲嚥下。

「好一點了，」他說，「把這穿上。」他扔給我一件棕色長斗篷，我披在柯夫塔外面，他則用力地拉起那一大片帽兜。「給我低著頭，不准出聲，否則我發誓會一路把妳拖回來這兒，妳的道別就在影淵說吧，懂了沒？」

我點點頭。

我們沿著繞營地外圍的一條沒有點燈的小徑走。護衛與我們保持距離，遠遠走在前頭和後方，我則迅速意識到艾凡不希望任何人認出我，或者發現我要去探監。

走在兵營和帳篷間的時候，我感到整個營地瀰漫著一種簡直要發出劈啪響的詭異緊張感。途經的士兵似乎有些精神緊繃，少數幾人還公然用帶著敵意的眼神怒瞪艾凡。我忍不住思忖，對於導師突然手握大權，第一軍團到底有何感受。

監獄位於營地遠遠另一邊。那是一棟更老的建築，明顯早於圍繞在它身周的那些兵營，入口兩側站著百般聊賴的守衛。

「新犯人？」其中一人問艾凡。

「是訪客。」

「從什麼時候你還會護送訪客來牢房了？」

「從這個時候。」艾凡說，語調中隱約透出危險意味。

守衛交換了個緊張眼神，往旁一站。「沒必要這麼敏感啊，放血人。」

艾凡帶我走上一條兩旁幾乎都是空牢房的走道，我見到幾個衣衫襤褸的人和一個躺在牢房地上酣然打呼的醉漢。走道盡頭，艾凡將一道門的鎖打開，我們走下一道搖搖晃晃的階梯，進入沒有窗戶的陰暗空間，只用孤單一盞搖曳的油燈照亮。昏暗中，我勉強看見這空間唯一牢房粗重的鐵欄杆，以及低垂著頭坐在遠遠牆邊，牢中的唯一囚犯。

「瑪爾？」我低聲說。

他迅速站起身，我們隔著鐵欄杆抓著彼此不放，雙手緊緊相握。我怎樣也停不住讓我幾近失控的哭泣。

「噓……沒事的，阿利娜，沒事的。」

「今晚就隨妳。」艾凡說完，上樓梯消失身影。當聽見外面的柵門哐噹關上，瑪爾轉朝向我。

他骨碌碌轉動眼睛打量我的臉。「我不敢相信他竟然讓妳來了。」

新湧上的淚水從我臉上滾下。「瑪爾，他讓我來，是因為……」

「什麼時候？」他啞著嗓子問。

「明天，在影淵。」

他吞了口口水，我看著他努力調適、接受這個新訊息，然而他只是說，「好吧。」

我發出半笑半哭的聲音。「就只有你能在死亡即將降臨時說句『好吧』帶過。」

他對我露出微笑，將頭髮從我被淚水濡濕的臉上往後撥。「那『噢，真糟糕！』有好一點嗎？」

「瑪爾，如果我能更強大……」

「如果我能更強大，就有辦法一刀刺穿妳的心臟。」

「我希望你有這麼做。」我低聲說。

「但我沒有。」

我低頭看著我們相握的雙手。「瑪爾，闇之手在空地講的……他和我的事情。我沒有……我從來沒有……」

「不重要了。」

我抬頭看著他。「不重要了嗎？」

「嗯。」他說，但有點太用力。

「我好像沒辦法相信你耶。」

「所以說不定我也還沒相信……沒有完全相信，但事實就是如此。」他更用力地抓緊我的手，拉到心臟附近。「我不在乎妳是否和他裸著身體在小行宮屋頂跳舞，我愛妳，阿利娜，即使一部分的妳愛著他。」

我想否認，想要抹去此事，卻沒辦法。我不禁又發出一聲啜泣。「我好恨自己曾經……曾經——」

「妳會因爲我犯過的每一個錯、邂逅過的每一個女孩、說過的每一句蠢話責怪我嗎？如果我們眞要對蠢事算總帳，妳應該知道誰會遙遙領先。」

「沒有，」我努力擠出一絲微笑。「我沒有那麼責怪你的。」

他咧嘴一笑，而我的心臟就如往常那樣翻了個筋斗。「我們想出回到彼此身邊的方法，阿利娜，這樣就很夠了。」

最後一晚，我們待在一塊兒。聊孤兒院，聊阿娜·庫亞發火時聲音多麼刺耳，偷來的櫻桃甜酒是什麼味道，我們的草原新除的草是什麼氣味。夏日酷暑多麼痛苦，我們又如何跑到音樂室的大理石地面，尋找一絲冰涼的慰藉。前去參軍時一起走過的旅途，離開有記憶以來唯一知道的家園的第一晚，聽見的蘇利小提琴演奏。

我則對他說了一些故事：我和卡拉錫的一個廚房女僕一起修補陶器，一面等待著他從外出打獵的旅程歸來。那時，他得離家的次數越來越頻繁。當時我十五歲，正站在長桌旁試圖將參差不齊的藍色杯子碎片黏在一起，卻徒勞無功。當我看見他越過原野，不禁跑到門口揮手。他瞥到我，放開步伐跑了起來。

我也朝著他慢慢越過院子，看他越來越近，因心臟在胸中到處亂撞受到重重阻撓。然後他一把將我抱起來轉圈，我則緊抓著他，呼吸著他美好而熟悉的氣味，同時發現自己竟然那麼想他，並因此訝異不已。那時我隱約感到手中仍握著一塊藍色杯子的碎片，而且正刺進掌心。可是我不想放手。

等他終於把我放下，踏著悠哉的腳步去廚房找午餐吃，我則站在那兒，手掌滴下鮮血，仍暈頭轉向，深知一切都已改變。

我的血在乾淨的廚房地板上滴得到處都是，阿娜．庫亞把我罵得狗血淋頭。她用綁帶包紮我的手，告訴我傷口會好，可是我知道它會這樣一直疼痛下去。

在牢房僅剩嘎扎聲響的死寂裡，瑪爾親吻我掌心的疤，那道許久前被破杯子邊緣割出的傷口，一個我認爲再無可能修復的脆弱事物。

我們在地上熟睡，臉頰隔著鐵欄杆緊緊相貼，雙手也緊握在一起。我不想睡，想珍惜最後能和他一起度過的每個瞬間，但我一定還是睡著了。因爲我再一次夢到了雄鹿。這回在空地中，瑪爾在我身邊，而噴在雪上的是他的血。

下一刻，我只曉得自己聽見一個聲音，倏地醒來，那是上方門打開、艾凡走在樓梯上的聲音。

瑪爾要我答應不能哭，他說那只會讓他更爲難。所以我吞下淚水，最後吻他一次，任憑艾凡帶我離開。

第二十二章

艾凡帶我回帳篷時，黎明無聲無息降臨在奎比爾斯克。我坐在行軍床上，眼神失焦地望著這個空間，莫名覺得四肢有千斤重，心中則無念無想。娟雅來時，我還坐在那兒。

她幫我洗好臉，換上我穿去冬季盛宴的黑色柯夫塔。我低頭望著那件絲綢衣裳，盤算著要將它撕成碎片，可是不曉得爲什麼動彈不得，雙手軟綿綿地垂在身側。

娟雅帶我坐上漆椅。當她幫我整理髮型，我坐著一動也不動。她把我的頭髮圈繞著往上盤，並以金色髮夾固定，這麼一來便能高調展示出莫洛佐瓦的項圈。

等她完成，她用臉頰貼了我的臉一下，帶我去找艾凡，有如在婚禮一樣將我的手擱上他的手臂。我與她沒有任何對話。

艾凡帶我去格里沙帳篷，落坐在闇之手身側。我知道我的朋友都注視著我、竊竊私語，不曉得出了什麼問題。他們很可能認爲我因爲要進入影淵而緊張兮兮。他們錯了。我不緊張，也不害怕；我現在什麼也感覺不到。

格里沙按照各自系別，隨我們一路走到旱地碼頭。只有經過精挑細選的少數人獲准登艇。那艘沙艇比我見過的都要大，配備了三副巨大的船帆，上頭飾以闇之手的代表符號。我掃視一遍艇上的大批士兵和格里沙，知道瑪爾一定在船上某處，但是看不到他的身影。

闇之手和我被護送到沙艇前方，我被介紹給一群身著華服、金色鬍子和銳利藍眼的男士，我心中一驚，突然意識到他們是斐優達大使。他們身旁穿著猩紅絲衣的則是來自蜀邯的代表團，再過去是一批身穿古怪喇叭袖短外套的克爾斥商人。有一名國王的使節和他們站在一起，一身軍中正裝，淺藍飾帶上清晰可見金色雙鷹，飽經風霜的面容掛著堅毅不拔的神情。

我滿心好奇地打量他們。闇之手一定是因爲這樣才延後前往影淵的旅程。他要有時間召集到適當的觀眾，這些人將成爲他新獲力量的見證者。但他打算做到什麼程度？我心中翻攪起一股不祥的預感，打亂了一整個早上守護著我的那股痲木又美好的感覺。

沙艇顫了一下，滑過草皮，進入影淵令人毛骨聳然的黑霧中。三名召喚者舉起雙臂，巨大船帆啪一聲倏地轉向前方，帆中盈滿強風。

第一次進入影淵時，我害怕黑暗，也怕死。而今黑暗對我已不算什麼，而我深知不要多久死亡也將成爲最好的禮物。我向來知道自己有一天不得不回到異海，然而當我轉頭回顧，卻意識到一部分的我對此有所期待。我很樂意有個證明自己的機會，以及——一思及此，我便不禁瑟縮——取悅闇之手的機會。我一直夢想這個能站在他身旁的瞬間，我想要相信他爲我安排的命運，相信一個沒人想要的孤兒可以改變世界，並因此受人敬愛。

闇之手注視前方，整個人散發自信和泰然的氣息。陽光變得忽隱忽現，然後開始消失在眼前。不久我們便陷入暗影之中。

有好長一段時間，我們在黑暗裡飄盪，格里沙風術士推著沙艇在沙上前進。

然後，闇之手的聲音響起。「點火。」

從沙艇兩側的火術士位置炸開巨大焰雲，瞬間照亮夜空。大使——甚至連我身邊的守衛——都陷入不安的騷動。闇之手等同宣告了我們的位置，直接召來有翼鷹人。

而牠們也沒花多久便有所回應。當我聽見遠方傳來硬皮翅膀拍動的聲音，顫意沿著脊椎往上衝。我感到恐懼在沙艇乘客之間散開，聽見斐優達人開始用那婉轉而優美的語言祈禱。在格里沙火焰搖曳的光芒裡，我見到朝我們飛來的深色模糊身影；有翼鷹人的尖吼劃破空氣。

守衛伸手去拿步槍，有人開始哭泣。然而闇之手仍在等待有翼鷹人更靠近些。

巴格拉說過，有翼鷹人曾是普通男女，是闇之手因貪婪釋放的反自然力量下的受害者。也許這只是我的想像，但我總覺得，我從牠們的叫喊中聽到一些什麼，令人害怕，也很像人類。

有翼鷹人快撲到我們身上時，闇之手抓住我的手臂，簡明扼要地說，「現在。」

那隻看不見的手掌控我體內的力量，我感覺它延伸橫過影淵中的黑暗、尋覓光亮，並以光速般猛烈的強度朝我襲來，力道之強大，令我不支倒地；那股燦爛而溫暖的能量就這麼排山倒海朝我壓來。

影淵恍若燃燒，燦亮一如正午，彷彿這無法穿透的黑暗從不存在。我看見一長條蒼白的沙地，彷彿船難留下的殘骸點綴在無生命的地景上，而在這一切的上空，則是大批蜂擁而至的有翼鷹人。牠們的恐懼尖叫、痛苦扭動的灰色身體在明亮陽光中令人毛骨悚然。這就是他的眞面目，當我對著炫目的光芒瞇起眼，心中想著。**同類相喚**。闇之手的靈魂如果有形體，就會長這副模樣，他的眞面目在燃燒的烈日下一覽無遺，所有神祕和黑影都被剝除。這，就是那張俊美臉孔和奇蹟力量背後的眞相，是諸星之間無生命且空洞之處的眞相；一片住滿擔驚受怕怪物的荒原。

開一條路。我不確定他到底有沒有開口，或只需在腦中發號施令，就能響徹我的全身。我莫可奈何，只能暫且在專注於光時任影淵將我們包圍，做出一條能讓沙艇通過的通道，緊貼在旁的是翻湧黑暗形成的一面面牆壁。有翼鷹人遁入黑暗，而我聽見牠們怒不可遏又困惑的吼叫，彷彿從一道無法突破的簾幕後方傳來。

我們加速通過蒼白無色的沙地，陽光一如隱約閃爍的波浪在前方鋪展開。遠遠前方，我看見一抹綠意，並瞬間頓悟，我是見到了影淵的另一端。我們看見了西拉夫卡。當逐漸靠近，我看見他們的草地、他們的旱地碼頭，以及位居後方、屬於新奎比爾斯克的村落。歐斯科佛的高塔在遠處閃耀……不曉得是我的想像，還是我眞的聞到了空氣中飄著眞理之海的強烈鹹味？

人群爭先恐後從村中跑出來，擁上旱地碼頭，指著眼前劃開影淵的那道光。我看見在草地上玩耍的小孩，甚至聽見了碼頭工人彼此呼喊的聲音。

在闇之手指示下，沙艇放慢速度，然後他舉起雙臂。當我意識到將發生什麼，一陣恐懼立刻竄上。

「那是你的人民！」我絕望地喊道。

他聽若罔聞，仍將雙手一合，發出落雷般的聲響。一切彷彿變成慢動作，黑暗從他手中翻騰而出。當它觸到影淵的黑暗，無生命的沙地轟然升起震耳欲聾的聲音。小徑旁被我製造出的黑色障壁搏動、隆起。**好像在呼吸**。我恐懼地想。

隆隆聲響逐漸變為怒嚎，影淵在我們身周搖晃震顫，往前噴出瀑布般層層翻湧的恐怖浪潮。

當黑暗衝向碼頭的人們，人群中傳出嚇壞的慟哭聲，他們拔腿逃跑。影淵的暗黑結構勢如破竹，碾壓過旱地碼頭和村落，我看見他們的恐懼、聽見他們的尖叫。黑暗包圍他們，有翼鷹人立即轉移目標去抓新獵物。有個抱著小男孩的女人踉蹌逃跑，想勝過不知饜足的黑暗，可是黑暗亦將她吞吃入腹。

我絕望地探向自己體內，拚了命想擴大光芒，將有翼鷹人驅走，或至少提供些許保護。可是我什麼也做不了，力量從我手中溜走，被那隻嘲弄著我、看不見的手掠奪。我好希望能有把刀讓我刺進闇之手的心臟——或我自己的心臟，只要能阻止這一切，什麼都好。

闇之手轉頭去看大使和國王的使節，他們掛在臉上的恐懼和驚嚇神情如出一轍。不管他看到什麼，一定都非常滿足。因為他分開了雙手，黑暗便不再往前推進，轟隆聲響退散。

我聽見那些消逝在黑暗中的人發出的痛苦哭喊，以及有翼鷹人的刺耳尖叫，還有步槍擊發聲。旱地碼頭不見蹤影，新奎比爾斯克的村落也消失了，只見影淵最新拓展的領地。

此舉傳遞的訊息再明顯不過，今日是西拉夫卡，明日，闇之手可以輕而易舉讓影淵北進斐優達，或南侵蜀邯。它會吞噬國家，並將闇之手的敵人逼入海中。我助紂爲孽造成了多少死亡？我要背負多少責任？

把路關起來。闇之手又發出命令。我除了服從沒有其他選擇。我收回光，直到它像某種發亮的光罩那樣落在沙艇周圍。

「你做了什麼好事？」使節低喃，嗓音顫抖。

闇之手轉頭看他。「還用得著我說明嗎？」

「你應該要消除這邪惡事物，不是擴大它！你屠殺了拉夫卡的人民！國王絕對不會忍——」

「我要國王怎麼做，他就得怎麼做，否則我就讓影淵推進到歐斯奧塔的城牆前方。」

使節氣急敗壞，嘴巴無聲張了又合、合了又張。闇之手轉向那些大使。「我想你們現在都懂我意思了，再也沒有拉夫卡人，沒有斐優達人，沒有克爾斥或蜀邯人；再也沒有所謂國界，也不會再有戰爭。從現在開始，只有在影淵裡面的大地和外面的大地。從此，世界將永遠和平。」

「這只是你定義的和平。」其中一名蜀邯人憤怒地說。

「這不會長久的。」斐優達人咆哮。

闇之手將他們掃視一遍，再鎮定不過地說，「確實是我定義的和平。否則，你們寶貴的山脈和諸聖唾棄的苔原凍土，都會就這樣化為烏有。」

我突然湧上一股確定感，並且領悟他絕非戲言。大使們也許奢望這種威脅不過是空口白話，深信他的飢渴還是有著分寸，可是他們很快就會懂了。闇之手不會遲疑，他不會感到悲痛。他的黑暗將吞噬世界，而且他不會有一絲動搖。

闇之手直接在那些震驚又憤怒的人面前轉過身，對沙艇上的格里沙和士兵下達指示。「將今日所見所聞傳出去，告訴所有人：恐懼與不安的日子已經過去，不見盡頭的爭鬥也會結束。告訴他們，你們見到了新世紀的開始。」

歡呼聲從人群中響起，我看見幾名士兵低聲交談。雖然有部分格里沙看起來惴惴不安，但大多數人一臉飢渴。他們得意洋洋，發著光芒。

這些人求之不得。我瞬間頓悟。即便他們目睹他的能耐、即便眼見自己的同胞死去。闇之手不只給了他們終止戰爭的句點，從此所謂「缺陷」也不存在。經歷這麼漫長的恐懼和苦難歲月後，他將給予這些格里沙從前永遠不敢希冀之事：勝利。儘管他們也有恐懼，卻因此愛戴他。

闇之手對艾凡做了個手勢，瑪爾手被綁著，從人群中被帶到欄杆旁。那瞬間，新湧上的恐懼貫穿我全身。

「我們回拉夫卡，」闇之手說，「但是叛徒留在這裡。」

我還沒能搞清楚發生什麼事，艾凡便將瑪爾一推，讓他翻過沙艇邊緣，有翼鷹人發出尖銳的喊聲，拍動翅膀。我跑到欄杆旁。瑪爾側身倒在沙上，仍在我的光芒保護範圍內。他呸呸吐出沙子，用被綁住的雙手撐著站起來。

「瑪爾！」我大喊。

我想都沒想，轉身狠狠揍了艾凡下巴一拳。他踉蹌著退後到欄杆上，震驚不已，可是下一刻便衝向我，**很好啊**，他抓住我時，我想，**也把我一起扔出去**。

「住手。」闇之手的語調如冰霜般寒冷。艾凡火大地臉一沉，因爲羞恥和憤怒滿臉通紅。他雖放鬆力道，卻沒有放開手。

我見到沙艇上的人紛紛一臉困惑，他們不曉得這場秀是爲了什麼，爲何闇之手這麼糾結一個逃兵，又或者他最看重的格里沙，怎麼會出手打如他親信一般的手下。

收回來。這指令在我體內迴響，我恐懼地看著闇之手。

「不！」我說，卻無法阻擋。光罩開始收縮，當光圈越縮越靠近沙艇，瑪爾注視著我，如果不是艾凡把我抓住，他那雙藍眼中的懊悔與愛戀必定會讓我軟腳跪下。我拚命抵抗體內的一切、我擁有的每一分力量，巴格拉教我的一切。然而，在闇之手壓倒性的力量面前，我根本微不足道。光一分一毫朝沙艇收縮。

我抓住欄杆，憤怒且悲痛地喊出聲音，眼淚汨汨流下臉頰。瑪爾已在閃爍光圈的邊緣。在環繞的黑暗中，我看見有翼鷹人的形體，感到牠們翅膀拍動。他其實可以跑，也可以哭；可以緊抓住沙艇一側到黑暗將他籠罩。但他完全沒有這些動作。面對逐漸聚攏的黑暗，他毫無畏縮。

只有我擁有拯救他的力量——可是我卻束手無策。不過一個呼吸的瞬間，黑暗就將他吞噬。我聽見他發出尖叫，雄鹿的記憶在我面前翻騰湧上，極爲清晰，甚至有那麼一瞬間，那塊下雪的林中空地湧入腦海，畫面取代了影淵的荒蕪景色。我聞到松樹的氣味，臉頰感覺到冰冷的空氣。我記得雄鹿深邃且水潤的雙眼，他的吐息在冷夜中變爲一縷輕煙，以及我意識到自己不會殺死他的那一刻。然後——我終於明白爲什麼雄鹿會每晚來到我夢中。

我以爲雄鹿是在糾纏我，不斷提醒我的失敗，以及無能讓我付出的代價。但我錯了。雄鹿是要讓我認識我的強大——不只是慈悲的價值，還有它授予我的力量。而慈悲是闇之手永遠不會瞭解的一種特質。

我放了雄鹿一命。然而，就像奪走他生命的人，那條生命的力量也確確實實屬於我。

當這分領悟竄過全身，我倒抽一口氣，感到那隻看不見的手節節敗退。我的力量再一次回到我手中。我又站在巴格拉的小屋，第一次召喚出光，感覺著光朝我奔來，拿回本就屬於我的事物。這就是我誕生於世的意義，而我再也不會讓任何人將我和它分開。

光從我體內爆出，純粹且堅定不移，波濤洶湧地襲捲瑪爾不久前站的那片黑暗。抓住他的有翼鷹人尖叫著放開了手，瑪爾跪地倒下。當我的光芒將他包覆、並把有翼鷹人趕回黑暗，他身上許許多多的傷口血如泉湧。

闇之手有那麼一瞬間的困惑。他瞇起眼睛，我感到他的意志再次朝我壓來，看不見的手試圖掌控狀況。我甩開它。那根本不算什麼；他根本不算什麼。

「這是怎麼回事？」他嘶著嗓子說。闇之手舉起雙手，一股股黑煙纏繞住我，但只消一個輕彈，它們便如霧般消失殆盡。

闇之手朝我走上前，俊美的五官因憤怒而扭曲變形。我的腦子則不斷瘋狂運轉。我知道他一定很樂意當場宰了我——但是他不能——特別是這個時候，有翼鷹人仍在只有我能製造出的光外頭打轉。

「抓住她！」他對我們周圍的守衛喊道。艾凡逼近。

我感到脖子上那副項圈的重量，雄鹿古老的心臟以穩定韻律隨我的心一同跳動。我的體內湧上一股力量，堅定不移，有如手握利劍。

我舉起一臂，揮砍而下。隨著震耳欲聾的劈啪一聲，沙艇其中一根桅杆被劈成兩半，人們驚慌哀嗚，在斷掉的桅杆倒在甲板上時四散逃亡，那根粗木還微微地發著灼熱光芒。闇之手露出震驚的神情。

「是黑破斬！」艾凡倒抽一口氣，退後一步。

「退下。」我發出警告。

「妳沒辦法殺人，阿利娜。」闇之手說。

「我想剛剛我幫你殺死的那些拉夫卡人恐怕不會同意。」

沙艇上蔓延開一股驚慌，闇衛紛紛生起警戒，可是仍呈扇形散開，將我團團包圍。

「你們都看見了他對那些人幹了什麼事！」我對身邊的守衛和格里沙高喊，「那難道是你們想要的未來嗎？一個充滿黑暗的世界？一個按他的形象打造的世界？」我看見他們的慌亂、憤怒和恐懼。「現在阻止他還不遲！幫幫我，」我懇求，「拜託你們幫幫我。」

可是沒有人敢動。士兵和格里沙全在甲板上一動也不動。他們太害怕了。他們怕他，怕一個沒有他保護的世界。

闇衛悄悄挪近，我一定得下決心了。瑪爾和我不會有第二次機會。

我瞥了一下後方，希望瑪爾能心領神會，然後邁步往沙艇側邊衝。

那就這樣吧，我想。

「不要讓她碰到欄杆！」闇之手大喊。

大批守衛朝我奔來，我便讓光熄滅。

我們陷入伸手不見五指的黑暗，人們出聲痛哭，而在上方，我聽見有翼鷹人刺耳的喊叫。我伸出去的雙手打到欄杆，便立刻俯身一鑽，縱身躍下沙地。我一個打滾，一面拋出光弧，一面盲目地朝著瑪爾奔去。

我聽見身後沙艇上展開的大屠殺。有翼鷹人開始攻擊，黑暗中有團團格里沙焰雲爆開。但我不能停下來想那些被我拋在身後的人。

我的光弧照到了瑪爾。他蜷縮在沙地，在他上方盤旋的有翼鷹人尖叫著逃回黑暗，我朝他奔去，將他拉起來。

一顆子彈砰的打在我們身旁的沙地，我再次讓黑暗籠罩住我們倆。

「不要開火！」我聽見闇之手高喊的聲音壓過沙艇上的一團混亂。「我們得留她一命！」

我拋出另一道光弧，驅散在身邊伺機而動的有翼鷹人。

「妳逃不出我的手掌心的，阿利娜！」闇之手喊道。

我不能冒險讓他來追我們，也不能冒險讓他活下來。我好恨自己得這麼做。沙艇上的人確實沒有對我伸出援手，可是他們難道活該被丟給有翼鷹人嗎？

「妳不能把所有人丟下來等死，阿利娜！」闇之手吼道，「如果妳做了這個決定，應該知道妳會變成怎樣。」

一陣歇斯底里的笑彷彿從我體內翻騰而上。我當然知道，我知道這樣會讓我步上他後塵。

「妳曾經求我仁慈一點，」他越過影淵的死亡領域，越過由他一手打造、瀰漫飢渴尖叫的恐怖場面，高聲喊著，「妳所謂的慈悲難道是這樣嗎？」

另一顆子彈打在沙地上，離我們只有咫尺。**沒錯，當這股力量在我體內湧上，我想著，這慈悲就是你教我的。**

我舉起一手，往下畫出一道熾烈弧線劈開空氣。當沙艇被劈成兩半，搖撼天地的轟然巨響在影淵迴盪。稀稀疏疏幾聲尖叫瀰漫在空氣，有翼鷹人發狂似地發出刺耳尖喊。

我抓住瑪爾的手臂，在我們身周設下光罩。我們逃亡，踉蹌奔入黑暗。當我們將那些怪物拋在身後，打鬥聲很快消失在耳邊。

□

我們從新奎比爾斯克南方某處離開影淵，踏出在西拉夫卡的第一步。下午的陽光明燦，原野的草青翠甜美，但我們沒有停下腳步感受這一切。雖筋疲力盡、飢腸轆轆、渾身是傷，但是我們的敵人不會停歇。那麼，我們也不能停歇。

我們不斷地走，在一座果園找到藏身處，並在那裡躲到天黑，擔心受怕會被人看見或記住。空氣中瀰漫著濃濃的蘋果花香，但是水果還太小、太青，不能食用。

我們躲的樹下擺了滿滿一桶惡臭的雨水，於是我們用那桶水洗掉瑪爾那件染血襯衫上的恐怖血漬。他將破得亂七八糟的衣服從頭上脫下時，拚命忍耐想瑟縮的動作。可是有翼鷹人的爪子在他肩膀和背後的平滑皮膚留下極深傷口，根本藏也藏不住。

當夜色降臨，我們開始往岸邊跋涉。有一瞬間，我擔心可能會迷路，可是就算是在陌生土地，瑪爾仍能找到方向。

拂曉過後不久，我們爬上一座小丘的頂峰，看見下方阿坎姆灣寬闊的海灣弧線及歐斯科佛的閃爍燈光。我們深知應該離開道路，畢竟這裡很快就會熙熙攘攘地擠滿商人和旅客，他們不可能不注意到一名滿身是傷的追蹤師，還有身穿黑色柯夫塔的女孩。但是我們怎麼也壓抑不了能第一次親眼見到眞理之海的渴望。

太陽在我們背後升起，粉紅色光芒映在城市中數座細瘦高塔，再分散出金色碎光，灑落海灣水面。我見到延展開的港口，巨大船隻在碼頭起伏擺盪，然後便是一片藍……再過去仍是藍，沒有止境的藍。海似乎不見盡頭，延伸至遙遠得不可思議的海平線。我看過的地圖再多不過，知道遠方某處，在經歷漫長數週的旅程和遙遠距離的海洋之外，是有陸地存在的。可是即使是我也不免頭暈目眩，覺得恍若站在世界邊緣。一陣微風從海上吹來，夾帶著充滿水氣的鹹鹹味道，還有幽微的海鷗叫聲。

「實在是目不暇給。」最後，我這麼說。

瑪爾點頭，轉向我露出微笑，「實在是不錯的藏身處。」

他一手溜進我髮中，從紊亂糾結的波浪髮絲裡取下一只金色髮夾，我感到一綹頭髮鬆開，滾下頸脖。

「用來買衣服。」他將髮夾扔進口袋時說。

前一天，娟雅將這些金髮夾別在我髮上。我再也不會見到她了——我不會見到他們任何一人。思及此，心臟不禁一顫。我不曉得娟雅到底有沒有當我是朋友，可是我仍會很想念她。

瑪爾讓我在稍微遠離道路的地方等，躲在一小落林木中。我倆都同意他獨自進歐斯科佛會比較安全，可是看他離開著實艱難。他叫我好好休息，可是他才離開，我似乎就睡意全消。我仍能感到那股力量在全身上下撩動，有如我在影淵的舉動的殘響。我不禁去摸頸子上的項圈。這是前所未有的感覺，一部分的我還想再次品嘗。

那麼被妳丟在那裡的人怎麼辦？我腦中響起一個聲音，而我用盡全力予以無視。大使、士兵、格里沙。我等同判了他們死刑，而且甚至無法確定闇之手眞的死了。他被有翼鷹人撕成兩半了嗎？土拉谷迷失的男男女女，終於能對黑異教徒復仇了嗎？又或者，就在此時此刻，他正穿越異海的死亡領域、朝我直奔而來，準備進行他個人專屬的秋後算帳？

我渾身戰慄，來回踱步，草木皆兵。

午後稍晚，我深信瑪爾已被人認出、遭捕落網。當我聽見腳步聲、看到他熟悉的身影從林中冒出，幾乎因爲鬆一口氣而哭出聲。

「有遇到麻煩嗎？」我顫抖著問，努力藏起緊張。

「完全沒有，」他說，「我從沒看過這麼人滿爲患的城市。甚至沒人多看我一眼。」

他穿著新襯衫和不怎麼合身的外套，抱了一整手要給我的衣服——一件布袋似的連身裙，紅色褪得看起來幾乎變橘色，還有一件質料凹凹凸凸的芥末色外套。他把衣服遞給我，再得體地轉過身，讓我換上。

我笨手笨腳地解著柯夫塔上的細小黑釦。這些釦子彷彿怎麼解都解不完。當這件絲衣終於從我肩膀滑下、堆在腳邊，巨大的負擔好像瞬間飄走。冷冷的春天空氣刺痛我赤裸肌膚，這是前所未有第一次，我敢去想像，我和他也許眞的能夠自由。可是我先壓下那個想法。在確定闇之手死亡前，我永遠不能放鬆。

我將粗羊毛連身裙和黃色外套穿上。

「你是故意買你能找到最醜的衣服嗎？」

瑪爾轉過來看我，壓抑不了笑意。「我買的是我能找到的第一套衣服，」他說，然後笑容旋即消失，他輕碰我的臉頰。當他再次開口，嗓音低沉而沙啞。「我再也不想看到妳穿一身黑了。」

我也定定地望著他。「這種事再也不會發生。」我低喃著。

他將手伸到外套口袋，拿出一條紅色的長圍巾，輕輕圍在我脖子上，蓋住莫洛佐瓦的項圈。

「這樣，」他說，又露出微笑。「就更完美了。」

「那夏天的時候我該怎麼辦呢？」我笑著說。

「到那個時候我們就會找到弄掉它的方法。」

「不行！」我猛然說道，又因爲自己竟然這麼討厭這個想法而感到震驚。瑪爾縮了縮，被我嚇了一跳。「我們不能把它弄掉，」我解釋，「這是拉夫卡擺脫影淵的唯一機會。」這是眞相無誤——不過只是部分眞相。我們確實需要項圈，這是抵抗闇之手力量的保險，也是確保我們未來能回拉夫卡、並找到撥亂反正方法的關鍵。但我不能對瑪爾說的是：這項圈屬於我。雄鹿的力量現在感覺像我的一部分，而我不確定自己是否想放下。

瑪爾打量著我，皺起眉頭。我想起闇之手的警告，還有我在他和巴格拉臉上見過的蒼涼神情。

「阿利娜……」

我努力擠出能讓他安心的笑容。「我們還是會弄掉它的，」我承諾，「找到方法就馬上弄掉。」

時間滴答流逝。「好吧。」最後，他這麼說，臉上卻仍掛著警惕的神情。瑪爾用靴尖把縐成一堆的柯夫塔推開。「我們該拿這東西怎麼辦？」

我低頭看著那堆破破爛爛的絲綢，翻湧而上的憤怒與羞恥席捲了我。

「燒了。」我說。而我們也眞的這麼做。

火焰吞噬那件絲綢時，瑪爾慢慢將剩下的金髮夾從我鬈曲的髮上取下，一根接著一根，直到我的頭髮全垂下肩膀。他輕輕將頭髮撥到一邊，親吻我的脖子，就在項圈上方不遠。當我不禁流下淚來，他拉我入懷、緊緊抱著我，直到除了灰燼什麼也不剩。

之後

男孩和女孩站在船欄杆旁，那是一艘在眞理之海波濤洶湧的水面上搖搖擺擺、如假包換的船。

「*Goed morgen, fentomen*！」一名水手經過他們身旁，高喊招呼，手中抱了一堆繩子。船上每個船員都喊他們*fentomen*。那是克爾斥語「鬼魂」的意思。

當女孩問舵手原因，他笑著回答，說那是因爲他們太蒼白，還有他們總在船欄杆那兒不發一語地站著，彷彿這輩子沒見過海水似地凝視大海好幾小時。她露出微笑，但不告訴他眞相。眞相是他們得無時無刻注視著海平線，得留意揚著黑帆的船隻。

巴格拉的弗洛倫號早就離開，所以他們得藏在歐斯科佛的貧民窟，直到男孩能用從她髮上取下的金髮夾支付另一趟船費。新奎比爾斯克發生的恐怖事件在城裡傳得沸沸揚揚。有些人責怪闇之手，其他人歸咎蜀邯或斐優達，少數人甚至說那是憤怒的諸聖在替天行道。

拉夫卡各種奇聞軼事的謠言也開始傳進他們耳朵。他們聽說導師失蹤了，外國軍隊開始在邊界集結，第一和第二軍團礙於脅迫，不得不並肩同赴戰場，還有太陽召喚者早已喪生。他們等著聽見闇之手死於影淵的隻字片語，然而未果。

晚上，男孩和女孩會蜷在船腹，依偎在一塊兒。當她又一次被夢魘驚醒，牙齒不住打顫，耳邊迴盪著被她留在殘破沙艇上的男女發出的驚恐尖叫，四肢因爲揮之不去的力量而顫抖，他會緊緊抱著她。

「沒事的，」他在黑暗中低喃，「沒事的。」

她也想相信，卻好害怕閉上眼睛。

風吹得船帆嘎吱作響，船在他們身邊發出嘆息。他們又獨處了，就和年少時候一模一樣。躲著那些年紀大的孩子，避開阿娜·庫亞的壞脾氣，避開那些似乎在黑暗中祟動的事物。

他們再次成了孤兒，沒有眞正的家，除了彼此，以及將在海另一邊共同打造的生活——無論會是怎樣的生活——他們孑然一身。

《太陽召喚1　影與骨》完

後記

謝謝我的經紀人、一流的人才Joanna Stampfel-Volpe。能有她在身邊，我每天都覺得自己十分幸運，此外還有Nancy Coffey Literary的超棒團隊：Nancy、Sara Kendall、Kathleen Ortiz、Jaqueline Murphy和Pouya Shahbazian；我眼光銳利且直覺超強的編輯Noa Wheeler，她對這個故事有信心，並且非常清楚如何能讓它更加完美。大大感謝Holt Children's與Macmillan，了不起的各位：Laura Godwin、Jean Feiwel，負責設計的Rich Deas和April Ward，以及負責行銷宣傳的Karen Frangipane、Kathryn Bhirud和Lizzy Mason。我也想感謝Dan Farley和Joy Dallanegra-Sanger，《太陽召喚》再也找不到更好的落腳處。

我的讀者Michelle Chihara和Josh Kamensky慷慨出借他們天賦異稟的腦子，並拿出無止境的熱情與耐心替我加油打氣。也感謝我的兄弟Shem的手藝和遠距離的擁抱。Miriam "Sis" Pastan、Heather Joy Kamensky、Peter Bibring、Tracey Taylor，末日會（the Apocalypsies）——尤其是Lynne Kelly、Gretchen McNeil和Sarah J. Maas——他們提供我最初的書評，我的好伙伴WOART Leslie Blanco，以及迷失在河中的Dan Moulder。

我要怪Gamynne Guillote餵養了我的妄自尊大，還有對反派的偏愛；Josh Minuto介紹我史詩級奇幻小說，並讓我相信英雄之說，此外還有Rachel Tejada那些過量的深夜電影。我忠誠的海盜女王Hedwig Aerts，妳忍耐落落長的深夜打字；Erdene Ukhaasai不辭辛勞幫我在臉書上翻譯俄文和蒙古文；Morgan Fahey提供我源源不絕的雞尾酒、談天說地和精妙有趣的小說。Dan Braun和Michael Pessah讓我不至鬆懈。

關於拉夫卡的靈感，還有它如何躍然紙上，我受益於很多書，包括奧蘭多・費吉斯（Orlando Figes）的《娜塔莎之舞：俄羅斯文化史》（*Natasha's Dance: A Cultural History of Russia*）；蘇珊・馬西（Suzanne Massie）的《火鳥之地：古俄羅斯之美》（*Land of the Firebird: The Beauty of Old Russia*）；琳達・J・艾凡提斯（Linda J. Ivanits）的《民間信仰》（*Russian Folk Belief*）。

最後要大大感謝我的家人：我的母親Judy從未動搖她的信念，而且排第一個訂製她的柯夫塔；我父親Harve，他是我的磐石，是我日日想念的人；還有我的祖父Mel Seder，他教會我對詩句的熱愛，教我追尋探險，還有如何出拳。

格里沙

第二軍團成員
微物魔法專家

SHADOW AND BONE

Corporalki 軀使系

The Order of the living and the dead 死生法師團

Heartrender 破心者

攻擊、紅色柯夫塔黑色刺繡

Heaeler 療癒者

治療、紅色柯夫塔灰色刺繡

Tailor 塑形者

已知只有娟雅、紅色柯夫塔藍色刺繡

☼

Etherealki 元素系

The order of summoners 召喚法師團

Squaller 風術士

藍色柯夫塔銀色刺繡

Inferni 火術士

藍色柯夫塔紅色刺繡

Tidemaker 浪術士

藍色柯夫塔淺藍刺繡

☼

Materialki 質化系

The order of Fabrikators 造物法師團

Durast 物轉士

處理物質、紫色柯夫塔

Alkemi 鍊化士

處理化學、紫色柯夫塔

下集預告

太陽召喚

2

Siege and Storm

阿利娜與瑪爾航行過眞理之海，他們要逃離身後的追兵，而她更對在影淵取走的性命充滿罪惡感。而她無法逃離身爲太陽召喚者的命運與過去，更強烈的風暴即將降臨……

Coming soon.

國家圖書館出版品預行編目資料

太陽召喚1 影與骨／莉·巴度格（Leigh Bardugo）著；
林零譯.——初版.——台北市：蓋亞文化，2023.04
冊；公分.——（Light）
譯自：Shadow and Bone
ISBN 978-986-319-770-6（平裝）.——

874.57　　112004513

Light 024

太陽召喚 1 影與骨

作　　者　莉·巴度格（Leigh Bardugo）
譯　　者　林　零
裝幀設計　莊謹銘
編　　輯　章芳群
總 編 輯　沈育如
發 行 人　陳常智
出 版 社　蓋亞文化有限公司
地址：台北市 103 承德路二段 75 巷 35 號 1 樓
電話：02-2558-5438　傳眞：02-2558-5439
電子信箱：gaea@gaeabooks.com.tw
投稿信箱：editor@gaeabooks.com.tw
郵撥帳號 19769541　戶名：蓋亞文化有限公司
法律顧問　宇達經貿法律事務所
總 經 銷　聯合發行股份有限公司
地址：新北市新店區寶橋路二三五巷六弄六號二樓
電話：02-2917-8022　傳眞：02-2915-6275
港澳地區　一代匯集
地址：九龍旺角塘尾道 64 號龍駒企業大廈 10 樓 B&D 室
電話：+852-2783-8102　傳眞：+852-2396-0050
初版一刷　2023年04月
定　　價　新台幣 399 元
Published and Printed in Taiwan

GAEA ISBN／978-986-319-770-6